KB129387

우리를 행복하게 하는 것들

우리를 행복하게 하는 것들

장석주 에세이

❀ 을유문화사

우리를 행복하게 하는 것들

발행일
2019년 7월 10일 초판 1쇄
2021년 1월 30일 초판 3쇄

지은이 | 장석주
펴낸이 | 정무영
펴낸곳 | (주)을유문화사

창립일 | 1945년 12월 1일
주소 | 서울시 마포구 서교동 469-48
전화 | 02-733-8153
팩스 | 02-732-9154
홈페이지 | www.eulyoo.co.kr

ISBN 978-89-324-7404-5   03810

고백하자면, 몇 년 동안 행복에 대해 궁리했습니다. 아침엔 도(道)
와 죽음을 궁리하고, 저녁엔 피고 지는 것과 행복에 대해 사유
했습니다. 과연 행복이란 뭘까요? 그런 게 있기는 한 걸까요?
분명 행복했던 시절이 있었던 듯한데, 행복이 뭔지는 잘 모르
겠어요. 영원이나 무한이 그렇듯이 행복은 그 실체를 손으로
쥐고 감촉할 수 없는 추상성과 비밀의 영역에 있습니다. 어쩌
면 우리 내면에 웅크린 불행은 외부의 불행에 대한 반향의 결
과겠지요. 젊었을 땐 백수로 떠돌았기에 삶이 내내 누추했어요.
남들이 가진 것을 갖지 못해서 불행하다는 생각에 빠졌지요.
남들이 누리는 것을 누리지 못하니 불행했습니다. 가난이 불행
의 유전 인자가 아니라는 것쯤은 알았지만 어쩐지 몹시 불행했
어요. 내 꿈이 꺾인 건 가난 탓이라고 단정했습니다만, 세월이

지난 뒤 돌이켜 보니 가난만이 꼭 불행의 원인은 아니라는 생각이 듭니다.

살면서 이상하게도 불행에 대한 감수성만 키운 듯합니다. 왜 그랬을까요? 행복의 덧없음 때문이었을까요? 알 수가 없습니다. 분명한 것은 행복보다는 불행에 대한 감수성이 더 잘 발달하고, 그것이 어느덧 내면 기질로 고착되었다는 사실이지요. 우리를 불행으로 내몬 것은 부재와 상실의 실감이 여러 겹으로 누적된 탓이 아닐까요? 돈이 없어 접었던 꿈들, 배고픔, 죽음과 이별, 나를 스쳐 간 많은 기회들……. 하지만 불행이 나를 시인으로 키웠어요. 행복했더라면 시 따위는 거들떠보지도 않았겠지요. 불행 앞에서 스스로를 낮추고, 불행을 겪는 가운데 타인의 고통에 대한 공감 능력도 커졌어요. 불행이 마냥 나쁜 것만은 아니라는 뜻이지요. 당신이 겪은 불운과 불행에 주눅이 들거나 절망하지 않기를 바랍니다. 쓴맛을 아는 혀가 단맛에 더 예민해지는 법이지요. 혁명 직전에 희망이 부풀고, 혁명의 달콤함이 최대치에 이릅니다. 불행은 끈덕지고 길지만, 행복은 번개와 같이 찰나를 스치고 지나가지요. 행복의 찰나는 너무 짧아서 그걸 인지하지 못하는 사이에 자주 놓치곤 했는지도 모릅니다.

행복의 황홀경 속에 미량의 슬픔이 녹아 있어요. 어떤 사람은 가장 아름다운 풍경을 바라보는 순간 울음을 터뜨립니다. 그 아름다움을 영원히 가질 수 없다는 슬픔은 큽니다. 초목은 시들고, 사람은 혈기 방장한 젊음의 정점을 찍은 뒤 곧 쇠잔해지다가 덧없이 죽습니다. 어떤 사랑도, 생명도 영원하지는 않아요. 한 번 온 것은 가고, 간 것은 돌아오지 않아요. 우리에게 좋았던 날은 사라지고, 영원할 것 같던 젊음도 없습니다. 세월이 흐르면서 사람들은 하나씩 떠나고, 남은 것은 쓰디쓴 회한과 안타까움, 상실과 부재의 고통, 사라진 것에 대한 서글픈 그리움과 혼자 남은 자의 뼛속까지 사무치는 고독뿐입니다. 어떻게 살아야 잘 사는 것일까요?

　　　먼지가 되기보다는 차라리 재가 되리라.
　　　마르고 푸석푸석해져 숨 막혀 죽기보다는
　　　내 생명의 불꽃을
　　　찬란하게 타오르는 불길 속에
　　　완전히 불태우리라.
　　　활기 없이 영원히 회전하는 행성이 되기보다는
　　　내 안의 원자 하나하나까지
　　　밝은 빛으로 연소되는
　　　장엄한 별똥별이 되리라.

인간의 본분은 그냥 존재하는 것이 아니라
살아가는 것
나는 단지 생을 연장하느라
나의 날들을 허비하지는 않으리라.
내게 주어진 시간을 쓰리라.

잭 런던, 「먼지가 되기보다는 재가 되리라」

혹시 『강철 군화』라는 소설로 유명한 잭 런던(Jack London)을 아시나요? 그는 미국 샌프란시스코에서 태어나 젊은 시절에는 선원, 청소부, 접시닦이, 통조림 공장 직공, 금광 광부 등으로 일하며 밑바닥 생활을 전전했습니다. 젊은 시절 부랑하고 고되게 육체노동을 하며 떠돌았으니, 유복하게 살았다고 할 수는 없겠지요. 어느 날 동네 도서관에서 『로빈슨 크루소』를 읽고 작가가 되기로 결심하고, 엄청난 양의 책을 읽어 치웠지요. 27세에 밑바닥 체험을 바탕으로 인간의 야성을 그린 장편 소설을 써서 작가가 되었고요. 안타깝게도 40세의 나이로 세상을 떴습니다. 알코올 중독과 싸우는 가운데 50여 권의 책을 쓰고, 수백 편의 단편 소설과 회고록을 남겼습니다. 그는 불운하고 짧은 인생을 불꽃처럼 태우듯 맹렬한 기세로 살았어요. 장엄하게 산다는 것은 시련이나 고난 없이 무난하게 사는 것이 아닙니다. 그것은 "내 안의 원자 하나하나까지／밝은 빛으로 연소"시키며 사는 것, 생명의 불꽃을 불태우며 사는 것! 그렇게 살 때 우리가 품었던 불운이나 불행도 불꽃과 함께 타서 사라집니다. 그런 생은 이미 행복과 불행의 분별은 넘어서겠지요. 단 한 번 주어지는 생을 먼지처럼 부유하다가 죽는다면 이보다 더 큰 불행이 어디 있을까요? 자신을 연소시키며 살겠다는 결기가 있다면 웬만한 불행 따위에 무릎을 꿇을 수는 없겠지요.

우리에게는 행복을 꿈꿀 권리와 함께 행복할 의무도 있습니다. 우리가 열심히 일하는 것도 다 행복을 거머쥐려는 열망 때문이 아닐까요? 행복은 잉여 가치가 아니라 필요 가치지요. 사실 행복과 불행 사이에는 아무 인과 관계도 없습니다. 다만 둘은 불과 얼음 같은 관계겠지요. 많은 이들이 불행을 회피한 결과로 행복이 주어지는 게 아님을 이해하지 못합니다. 그러면서 사람들은 불행을 회피하는 데 시간과 돈을 다 써버려서 정작 행복을 위한 대가를 지불해야 하는 순간 아무것도 할 수 없는 불능 상태에 빠집니다.

기어코 가려는 행복의 섬에는 불행의 나라를 버리고 떠나온 망명자들이 삽니다. 어처구니없게도 그 망명자들은 떠나온 곳을 그리워하며 향수병을 앓느라 제대로 행복을 누리지 못합니다. 많은 이들이 불행한 것은 행복에 대한 감수성이 모자란 탓입니다. 불행한 이들은 결핍 탓에 불행해지는 거라고 굳게 믿습니다. 그 결핍을 채우려고 죽자 살자 매달린다는 게 그 증거지요. 복어 독은 사람 목숨을 앗아 갈 만큼 치명적이지만 일류 요리사는 복어 회의 풍미를 돋우려고 극미량의 독을 남긴답니다. 마찬가지로 약간의 우울감을 곁들여야 행복의 양감이 분명해집니다. 완벽한 행복이란 차라리 불행이 아닐까요? 행복을 실감하려고 일부러 우울해질 필요는 없겠지만 부족한 듯한 행복을 살펴 누릴 줄 알아야 합니다. 어린 시절 앓았던 감기처럼 가벼운 병, 며칠 집을 비웠던 어머니의 귀환, 어린 이마를 짚던 어머니 손의 차디찬 감촉, 어린 살구나무 가지마다 찬란하게 피었던 분홍색 꽃, 뽕나무 가지에 익어 다닥다닥 매달린 오디, 담장 밑에 돋는 작약의 움, 나날이 푸르러지는 버드나무, 앞산에서 한가로이 우는 뻐꾹새 울음소리조차도 우리를 행복하게 할 수 있습니다.

누군가는 불행하고, 누군가는 행복하다고 말합니다. 그런데 비슷한 처지면서도 자기가 불행하다고 믿는 사람은 불행해 보이고, 행복하다고 웃는 사람은 정말 행복해 보입니다. 행복과 불행은 그가 처한 현실의 차이가 만드는 게 아니라는 뜻이겠지요. 같은 현실 속에서 불행의 냄새를 맡는 자는 불행하고, 행복의 기미를 찾아서 그걸 향유하는 사람은 행복한 것입니다. 밝은 태양이 공중에서 빛나고, 그 아래 갖가지 꽃이 피고 새가 지저귀며, 가끔은 비 온 뒤 무지개도 뜨는 지금 이 순간, 당신이 행복하지 않다면 나도 행복할 수 없습니다. 부디 마음의 눌린 데를 펴고 더 밝고 더 크게 웃기를! 행복해서 웃는 게 아니라 웃어서 더 행복해진다는 사실을 잊지 말기를 바랍니다. 당신이 행복하게 웃는다면 나도 함께 행복하게 웃을 수가 있습니다.

2019년 초여름, 파주에서
장석주

2장 행복의 형상을 그리다

3장 손안의 행복을 몽상하다

1장 내 몸의 행복을 만나다

여름의 문장들

열대야에 잠을 설치고 새벽에 깨어났다. 몸을 씻고 책상 앞에 앉아 몇 자 끄적였다. 그 뒤 책을 집어 들었지만 이미 집중을 잃었다. 출판사에서 보낸 새로운 책의 교정지를 열흘 넘게 붙잡고 있지만 진도가 한없이 더디다. 나는 짐을 잔뜩 지고 사막을 건너가는 낙타와 같이 여름과 함께 닥친 습기와 무더위에 지쳐간다. 우기(雨氣) 동안 식욕 부진, 경미한 우울증, 권태와 전면전은 못 벌이고 소심하게 맞서 싸웠다. 그 소심함의 증거가 신경질과 짜증이다.

오늘은 점심 대신 찐 옥수수 한 자루와 감자 한 알을 먹고 달랑 책 한 권을 들고 밖으로 나온다. 비가 갠 하늘은 맑고 푸르다. 녹음은 우거지고, 햇빛은 쨍 하고 빛난다. 머리 위로 떨어지는 햇빛을 받으며 동네 단골 카페로 가는데, 돌연 기분이 좋아진다. 여름의 정취가 확 느껴지며 기분이 붕 뜬 듯 좋다. 이 달콤함의 실체는 무엇일까? 혹시 이게 행복일까? 다정한 여름의 고독, 여름의 슬프고 행복한 느낌!

공중에서 하얗게 타오르는 햇빛과 흰 구름은 여름의 입법 기관이 제정한 헌법이자 피할 수 없는 도덕 강령이다. 여름엔 누구나 평등하게 행복을 누려야만 한다. 여름 제국의 시민은 이 도덕 강령을 따라야 한다. 여름이 베푸는 지복(至福)과 기쁨을 누리지 못하는 자는 참된 삶을 사는 게 아니다. 나는 소심한 탓에 밀지를 품고 국경 수비대의 감시를 뚫고 행복의 나라로 월경(越境)할 꿈조차 꾸지 못한 채, 그저 반바지나 입고 동네 골목을 장악한 여름의 건달로 살아갈 뿐이다. 하지만 여름의 일을, 여름이 베푸는 참된 삶의 정동(情動)을 좋아한다.

나는 늘 어떻게 더 행복해질 수 있을까를 생각해 왔다. 그리고 그것이 우연한 마주침에서만 나타날 뿐이지 필연의 운명은 아니라는 걸 깨달은 뒤, 스스로에게 이렇게 속삭였다. '행복하지 않아도 괜찮아. 행복하기 위해 사는 건 아니잖아. 역설적으로 행복을 붙잡으려는 마음을 내려놓으면 더 행복해질 수 있어.' 행복의 모양은 사람마다 다르다. 저마다 자기 행복이 있다.

진리가 작동하는 방식 속에서 실현된다는 점에서 행복의 기원과 참된 것의 기원은 하나다. 인간에게는 생명의 안전과 안녕에 대한 욕구가 있다. 모든 참된 것은 이것에 기초한다. 행복에 이르기 위해서는 최소한도의 의식주와 더불어, 의미와 가치를 향한 실존 욕구에 대한 지속적인 응답이 있어야만 한다. 결국 행복은 질병, 쇠약, 이혼 따위와 같은 불행을 회피함으로써 얻는 안녕이고, 찰나의 만족감에서 느끼는 충실성이며, 여유롭고 고즈넉한 시간, 좋은 삶에 대한 긍정과 낙관에의 약속이 전제되어야만 한다.

약간의 불안과 약간의 절망이 행복을 구성하는 성분 중 일부라는 사실에 놀라는 사람도 있다. 어느 정도의 절망과 불행이 행복의 조건이라는 점은 놀랍지만 따지고 보면 크게 놀랄 일도 아니다. 행복이란 의지로 얻을 수 있는 것에 속하기 때문이다. 행복해지려면 먼저 걱정거리를 내려놓을 것, 그리고 자유로워질 것! 웃고, 하고 싶은 일에 몰두하며, 먹고 마실 것! 특히 웃음은 행복한 삶을 위한 보험이다. 행복한 자는 웃음과 춤을 가졌다. 오, 삶을 긍정하고 즐겨라! 행복이 여름 속에서 겪는 내재적 예외라면 나는 여름의 행복을 만끽하면서 여름의 문장 몇 개를 가다듬어 내놓을 것이다.

독일의 철학자 프리드리히 니체는 『차라투스트라는 이렇게 말했다』에서 "웃는 자의 이 왕관, 장미꽃으로 엮은 이 왕관, 형제들이여 이 왕관을 그대들에게 던져 주노라! 나는 웃음을 신성하다고 말하노라. 보다 높은 인간들이여, 내게 배울지어다 —웃음을."이라고 썼다. 웃음, 춤, 건강은 행복을 위한 트라이앵글이다. "삶이여, 너는 작은 손으로 캐스터네츠를 고작 두 차례 쳤을 뿐이다. 그런데도 나의 발은 벌써 춤을 추겠다고 야단이다. 나의 발꿈치는 일어서고, 나의 발가락들은 네 의향을 헤아리기 위해 귀를 기울였다. 춤추는 자는 그의 귀를 발가락에 달고 있는 것이다!" 선량함과 이타주의와 웃음은 행복을 손에 쥐겠다는 약속이다. 오직 웃는 자만이 삶을 긍정하고, 중력의 영역에서 벗어나 공중으로 도약한다. 발꿈치를 들어 새처럼 도약하는 자여, 그대들은 춤이 육체의 웃음임을 드러내는구나!

나는 여름의 빛과 그늘을, 여름의 황혼을, 여름의 자두와 복숭아를, 여름의 센티멘털을, 여름의 무상급식을, 여름의 우연한 만남과 흑맥주를, 여름의 크레타 여행을, 여름의 키스를 다 좋아한다. 걱정하지 말게, 벗이여. 지금 동네 텃밭에 옥수수도, 해바라기도, 토마토도, 호박 넝쿨도, 고구마도 잘 자란다네. 녹음과 그늘은 우리를 위한 것. 살아 있는 건 다 눈부시다. 자기 자리를 꿋꿋하게 지키고 서 있는 모든 것, 잘 자라는 건 눈물이 날

만큼 다 고맙다. 이 여름을 허풍쟁이와 협잡꾼과 거짓말쟁이에게 통째로 맡겨둘 수는 없다. 이 여름이 시간의 소실점 저 너머로 사라질 때까지 행복은 하모니카 연주와 찐 옥수수와 면 셔츠를 좋아하는 이들의 것!

여기 수박이 있다고 외쳐라!

이마에 닿는 땡볕이 불에 달군 쇠꼬챙이같이 뜨거워 화들짝 놀란다. 아스팔트의 콜타르가 녹아 진득거리고, 이마와 등으로 연신 땀이 흐른다. 오, 여름이구나, 하고 실감한다. 내가 여름을 기다린 것은 수국과 태양 때문이다. 살균할 듯이 백열(白熱)로 타는 태양은 우리 안의 습기와 곰팡이를 말리고 우울증을 사라지게 한다.

우리는 곧 타는 듯한 목마름을 느끼지만 해결책이 있다. 폭염을 견딘 자에게는 여름의 선물, 여름의 축복이 있다. 바로 수박이다. 타는 입술과 혀를 적시고, 목구멍으로 기쁨을 흘려 보내는 수박을 상상하는 것만으로도 즐겁다. 수박은 여럿이 둘러앉아 한 자리에서 먹어야 맛있다. 내가 어렸던 옛 시절, 어른이 수박 한 통을 사 오면 얼음을 깨고 설탕을 듬뿍 넣어 수저로 휘저어 차가운 수박화채를 만들었다. 그래야 양이 늘어서 식구가 골고루 나눠 먹을 수 있었기 때문이다.

아내와 외출을 했다가 돌아오며 과일 가게에서 가장 크고 잘 익은 수박 한 통을 샀다. 10킬로그램이 넘는 녹색 고래 같은 수박! 우리는 이 수박을 잘라 냉장고에 넣은 뒤 며칠을 먹을 것이다. 나는 녹색 껍질로 붉은 과육을 감싸고 있는 이 과일을 좋아한다. 엄격하게 따지자면 수박은 야채로 분류되지만 말이다. 땡볕 아래서 줄기를 뻗고 열매를 키우는 수박은 땅과 태양이 일군 합작품이다. 여름이 품은 이 둥근 것을 반으로 쪼갤 때 눈앞에서 열리는 신세계는 경이롭다. 수박은 녹색 안의 붉은 세계를 열어 보이는데, 이내 우리는 검은 별들이 촘촘하게 박힌 우주를 겪는다. 누적된 슬픔의 색깔이 저리도 찬란할까? 루비처럼 붉은 속살에 검은 씨앗이 박힌 수박은 보기에도 달콤하고 서늘하다.

수박은 땡볕 아래 뒹구는 녹색 고래이고, 메마른 땅을 가로질러 흐르는 거친 강이다. 이국의 시인은 수박을 노래한다. "그건 목마른 나무에서 딴 것/그건 여름의 초록 고래"라고, "물의 보석 상자,/과일 가게의 냉정한/여왕,/심오함의/창고"라고! 파블로 네루다의 「수박을 기리는 노래」를 읽을 때마다 누가 이보다 더 잘 수박을 표현할 수 있을까, 하고 감탄한다. 반구로 쩍 갈라진 채 누운 수박은 제 안에 은닉된 부피를 단박에 드러낸다. 입동 무렵의 쩡쩡한 천공(天空)과 땅거죽을 들고 일어서는 내 설악의 서릿발이 여기에 있다! 우리는 이 수박을 먹으며 여름의 목마름을 해소한다. 여름의 방패이자 투구인 수박! 수박 한 통이 주는 기쁨으로 무더위를 이기고 팍팍하고 밋밋한 세월을 건너간다.

옥수수는 자란다

파주 교하에 위치한 타운하우스를 벗어나면 소택지가 나온다. 부지런한 주민들이 그 소택지를 텃밭으로 일궈 밭작물을 심어 기른다. 텃밭에는 옥수수 말고도, 감자, 고구마, 땅콩, 콩, 들깨, 오이, 해바라기, 방울토마토, 토란, 호박, 가지, 고추, 수세미, 아주까리 등이 자란다. 그중에 눈길이 자주 가는 게 옥수수다. 지난 봄 싹을 틔운 옥수수는 어느새 성인 남자 키보다 더 높이 자랐다. 옥수수는 열병식을 치르는 군인들처럼 한 줄로 늘어서 있다. 여름 땡볕을 견디고 나면 알갱이가 꽉 찬 옥수수를 매달 것이다.

옥수수는 어디에서 왔을까? 감자나 고구마가 그렇듯이 옥수수 역시 한반도 토착종이 아니다. 이 외래종은 볼리비아나

남미 안데스산맥의 저지대나 멕시코가 원산지이고, 중국을 경유해 한반도로 들어왔다고 한다. 옥수수가 우리나라에서 언제부터 재배되었는지, 한반도의 토양에 어떻게 적응해 퍼져 나갔는지를 모르지만 옥수수가 자라는 모습을 지켜보는 건 뿌듯한 일이다. 나는 옥수수가 난민을 혐오한다거나 뇌물 수수 혐의에 휘말렸다거나 조직의 배신자가 되었다는 나쁜 소문을 들은 적이 단 한 번도 없다. 옥수수에 대한 세상의 도덕적 평가는 여일하다는 점에서 옥수수는 초록 식물계의 신실한 사제다.

이른 봄, 농부는 옥수수 알갱이를 물에 담가 뿌리가 나면 텃밭에 옮겨 파종한다. 옥수수는 몇 차례 봄비 내린 뒤 금세 뿌리를 내리고 싹을 밀어 올린다. 그 시작은 미미하다. 마치 겨울을 뚫고 봄이 오듯이 땅거죽을 밀고 올라온 옥수수 새싹은 참새 혀보다 더 작은 떡잎을 펼친다. 6월 하순께에 이를 때쯤 옥수수는 어른 키만큼 훌쩍 자라난다. 오랜 벗과의 우정이 깨져 홀로 비틀스의 「헤이 주드」를 들으며 눈물을 떨굴 때조차 옥수수는 저 혼자 무럭무럭 잘 자랐다.

봄에서 여름으로 이어지는 동안 나는 사람의 일로 분주했다. 이를테면 죽은 자를 조문하고, 벽에 못을 박아 액자를 걸며, 요절한 시인의 문학 기념관 개관에 맞춰 강연을 다녀오고, 『우파니샤드』를 읽다가 지난달에 견줘 돌연 많이 부과된 전기 요금 때문에 시비를 한다. 가설극장 무대에 오르는 무명 배우같이 내가 겨우 목구멍에 풀칠이나 할 만큼 터무니없이 적은 돈을 벌며 몸을 재바르게 놀려야 할 때, 옥수수는 멀리 떨어져서 무심히 바람에 흔들릴 뿐이다. 그때 나와 옥수수는 지구와 화성 사이의 거리만큼이나 멀리 떨어져 있다. 나의 우주와 옥수수의 우주 사이로 바람이 불어 간다.

6월 하순쯤 장마가 시작한다. 검은 구름이 몰려오고, 자주 비가 뿌린다. 산책에 나서서 문득 발걸음을 멈추고 서서 옥수수를 바라본다. 옥수수의 보이지 않는 내면의 빛을 본 적은 한 번도 없지만 옥수수가 계절성 우울증 따위는 앓지 않는 강건한 정신을 가졌다는 것쯤은 쉽게 안다. 옥수수는 무성해진 잎사귀로 빗발을 견디며 늠름하고 의연한데, 그 모습이 보기에 좋다. 저 옥수수를 바라보는 나는 누구일까? 나는 당신이 아니고 더구나 옥수수도 아니다. 나는 당신과 다르고 옥수수에 갇힌 채 오직 옥수수로만 자라나는 옥수수와도 다른 그 무엇이다. 나는 '나'라고 말할 수 있는 유일한 존재, 자주 길을 잃고 헤매는 존재, 보잘것없는 자아에 갇힌 존재다. 옥수수는 어쩐지 모르지만 나는 삶이라는 강을 건너기 위해 스스로 다리를 만든다.

나는 자연의 순환 주기, 즉 지구 자전에 따른 낮과 밤이 교차하는 가운데 생기는 빛의 주기와 지구가 공전하며 만들어지는 계절의 주기에 영향을 받는다. 이것의 영향으로 생체 리듬이 바뀌고, 세로토닌이나 멜라토닌 같은 호르몬 분비도 달라진다. 물론 옥수수 역시 일조량이나 강우량에 따라 그 성장이 달라질 테다. 옥수수도 외부의 기후 조건에 내적 생체 리듬이 영향을 받는다고 봐야 할 것이다. 갓난아기였을 때 나를 키운 건 잠과 모유였다. 흑요석 같은 밤이 없었다면 우리는 인생의 반을 빚을 기회를 잃었을지도 모른다.

　사춘기를 거쳐 청년기가 되었을 때 나를 키운 건 밤의 독서, 불면과 악몽이었다. 내 창백한 자아는 현실에 흩어진 숱한 걱정거리와 함께 그것들에 깊이 영향을 받았다. 무엇이 옥수수를 자라게 했나? 대자연이 베푸는 은혜가 없었다면 옥수수는 자랄 수 없다. 땅에 깃든 자양분과 밤과 빗물과 태양이 옥수수를 키웠을 테다. 옥수수를 키운 건 땅이다. 옥수수 뿌리는 땅의 깊이를 탐색하고 마침내 땅과 혼례를 치른다. 땅과 결합한 옥수수 잎과 줄기는 햇빛을 받아 광합성 작용을 하고, 비바람을 맞으며 춤을 추지만, 불순한 기후도 묵묵하게 견디며 원기 왕성하게 잘 자란다.

옥수수의 성장은 괄목할 만하다. 옥수수가 긴 잎사귀를 달고 줄기를 곧게 하늘로 뻗는다는 건 비밀이 아니다. 옥수수도 때가 되면 꽃을 피우고 열매를 매단다. 여름이 거의 끝나간다. 땡볕의 기운이 잦아들고, 남태평양에서 올라오는 태풍 소식도 뚝 끊긴다. 우기가 끝나면서 지긋지긋하던 습기와도 이별이다. 매미 울음소리가 그치고 동풍이 잦아지면 빨래가 잘 마른다. 그때쯤 우리는 유클리드 기하학이나 초신성의 탄생 가설이나 은하계에서 행성을 가진 별의 수가 100억 단위에 이른다는 사실은 모르더라도, 여름이 곧 끝나리라는 기대를 품는다. 어떤 연애는 끝나고 더러 새로운 연애가 시작되기도 한다.

바람이 소슬해질 무렵 더위로 잃었던 식욕이 되돌아온다. 튀긴 두부나 동파육 따위가 먹고 싶어질 때 산수유 가지에는 열매가 빨갛게 익고, 은행나무의 잎은 노랗게 물든다. 산자락에 구절초가 무리 지어 피어나 흔들리고, 떡갈나무와 단풍나무에 든 단풍색도 짙어진다. 어느 계절이나 속수무책으로 깊어진다. 이때 궁정 근위병처럼 위엄을 지키며 텃밭에 서 있는 옥수수의 알갱이도 영근다. 옥수수는 붉은 수염을 떼고 껍질을 벗기면 노란 알갱이가 보석처럼 촘촘하게 박혀 반짝인다. 밭작물을 거둘 때 옥수수 수확도 다 끝난다. 방랑자와 그의 그림자가 쓸쓸하다고 느낄 무렵 곧 기온이 영하로 떨어지고, 서리 소식도 들려온다. 나는 겪어보지 못한 빙하기 저쪽을 바라보면서 영혼이 얼어붙는 듯한 싸늘한 추위를 타며, 타원 은하 저 먼 곳의 궤도를 도는 토성의 달 타이탄의 빙하층에서 벌써 겨울이 시작되었음을 안다.

행복은 찰나가 주는 선물

베를린으로 휴가를 떠나온 우리를 부러워하는 서울의 벗에게 '여기도 더워! 베를린도 지옥이야!'라고 내뱉는다면 위로가 될까? 나의 베를린 여행은 네 번째다. 마지막으로 베를린을 다녀간 게 1991년 가을이니 올여름 여행은 스물일곱 해 만에 이루어진 것이다. 솔직히 말하자면 나는 권태와 무력감에서 벗어나기 위해 여행을 떠난다. 나날의 권태와 무력감은 의심할 바 없는 불행의 전조다. 불행은 일상의 평범한 안녕에서 이탈하며 생기는 감정 균열에서 시작한다. 몸과 마음의 평형이 무너지거나 욕망과 현실 사이의 균형이 깨질 때 우리는 더 자주 불행해질 거란 예감에 사로잡힌다. 나쁜 예감은 늘 들어맞는데, 그것은 대다수 인간이 불행의 직관에 더 예민하고 특화되었다는 증거다.

내 경험에 비추어 말하자면, 이 세상에 '행복한 납세자'란 없다. 누가 갖가지 명목으로 부과되는 납세의 의무와 땀범벅이 되는 '열탕 지옥'의 계절을 즐거워하랴! 나는 찜통더위라는 자연재해와 싸우느라 허덕이는 벗을 조롱하거나, 그 불편해진 기분을 더 엉망으로 도발할 만큼 뻔뻔하지는 않다. 오히려 베를린에서 겪은 행복한 찰나에 대해 말할 때 조심스러워진다. 사실 한여름 베를린의 한낮 더위도 녹록하지 않다. 다만 기온이 30도를 넘는 땡볕은 데일 듯 뜨겁지만, 잉크 방울처럼 떨어진 공원의 나무들 아래 그늘은 시원하다. 이 한낮의 열기는 저녁까지 이어지는데, 우리는 사나운 한낮 땡볕이 누그러진 오전이나 늦은 오후의 시각에 바깥으로 나가 거리를 걷는다. 오늘 오전에도 우리는 숙소 근처의 낯선 거리를 한참 동안 걸어 다니다가 쉬기 위해 방으로 돌아왔다.

우리가 든 호텔방은 4층인데, 무엇보다도 창밖으로 맞은편 하얀 건물을 배경으로 우뚝 선 무성한 잎과 가지를 드리운 큰 나무가 보이는 풍경이 마음에 든다. 수종은 정확히 알 수 없지만 지상에서 하늘로 뻗어 수직으로 올라온 나무의 키는 6층 높이보다 더 높다. 20미터가 넘는 마로니에나무는 가지마다 녹색 잎을 갑옷처럼 걸쳤는데, 햇빛이 비쳐 들면서 건물의 하얀 외벽의 나무 그림자가 바람과 함께 마치 산짐승처럼 움직인다.

자양분으로 가득한 햇빛은 노란빛을 띠며 녹색 잎마다 반짝이는데, 빛을 되쏘는 흰 벽과 나무줄기와 나뭇잎의 그림자는 잉크 방울의 반점처럼 선명하게 대비된다. 바람이 불면 나뭇잎이 얇은 철편(鐵片)처럼 부딪치는 소리가 창문 너머 안쪽으로 솨아솨아 파도 소리로 밀려들어 온다. 나는 책을 내려놓은 채 눈을 감고 바람 소리와 밝은 햇살이 미세하게 움직이는 변화에 집중한다. 바람 소리는 고막을 두드리고 심장과 위를 울리면서 혈관을 타고 온몸으로 흘러들며 내 감정의 기류는 빠르게 바뀐다.

행복은 어떤 기대에 대한 충족과 함께 찰나를 타고 오는 감정이다. 세계를 맹렬하게 빨아들이고, 그 에너지는 온몸에 차오른다. 그것을 '긍정적 감정의 전율'이라고 할 수도 있으리라. 내가 온몸으로 느끼는 행복은 강렬하고 아름다운 세계의 경험을 통해 주어진다. 지금 나를 둘러싼 세계가 주는 시청각적 자극에 기분이 좋아질 때, 더구나 일은 잘 풀리고, 미래 전망이 안정적일 때, 나는 행복감 속에서 미소를 짓거나 웃을 것이다. 누구에게나 행복은 만족한 경험이 주는 선물이다. 자아를 움츠리고 불안을 억누르고 행복을 좇는다고 그것을 거머쥘 수 있는 것은 아니다. 그저 숙면을 취하고, 대인 관계는 원만하며, 삶이 정상적이라는 확신이 단단할 때 행복은 뼛속에 깃든다. 반대로 세상의 규범에 제 삶을 맞추느라고 전전긍긍할 때 행복의 깊이는 얕아지고 밀도는 성글어진다. 세상의 규범에 자신을 맞추는 까닭에 정상적인 삶이 주어진 것이 아니라, 오히려 행복을 만드는 감정의 안정성이 정상적인 삶의 단단한 기반이 되는 것이리라. 마찬가지로 멋진 연인과의 사랑이 행복을 가져오는 게 아니라 행복이 멋진 연인과의 사랑을 가져올 가능성이 더 크다.

지금 바깥은 햇빛이 반짝이고, 나무는 온몸으로 햇빛을 받으며 광합성을 하는 중이다. 나는 나무와 햇빛이 만나 키스를 하고 애무를 하는, 저 혼례의 순간에 넋을 빼앗긴다. 나무의 잎과 잎이 부딪치며 내는 소리를 온몸으로 빨아들이며 전율하는 감정으로 충만해지는 것인데, 물론 그것은 나만의 몽상일지도 모른다. 어쨌거나 나는 이 몽상 속에서 돌연 온몸이 이완되고 나른한 행복감에 젖는다. 몸은 비애건 행복이건 느낌과 감정의 물결이 마지막으로 도달하는 최종 수신처인 것이다! 이제 내 숨결과 육신은 생기발랄해지고 내 존재를 구성하는 물질의 화학적 성분도 어느 정도는 바뀌리라. 앙리 드 레니에는 이 찰나를 '감정의 왈츠'라고 말했을 테다. 레니에는 "행복은 존재를 팽창시키고 존재를 완전히 장악한다. 우리는 행복이 우리 존재의 말단까지 공급되는 것을, 혈액이 가닿을 수 있는 한계가 계속해서 확장되는 것을 육체적으로 느낀다."*라고 말한다.

행복은 존재를 팽창시키는 경험에서 번개같이 번쩍이며 나타난다. 그것은 정신의 만족감이면서도 무엇보다도 몸을 도는 말단의 혈관까지, 혹은 몸을 이루는 60조 개의 세포마다 깃드는 벅차오르는 느낌이다. 유쾌한 기분, 타오르는 감정, 만족에의 지속적인 기대 속에서 우리는 행복을 느끼는데, 이 느낌이 온몸에 퍼지면서 행복은 육체적인 실감으로 보다 확고해진다.

● 벵상 세스페데스, 『행복에 관한 마술적
연구』, 허보미 옮김, 함께읽는책

해가 지지 않는 여름 저녁

베를린의 여름은 밤 아홉 시에도 해가 남아 있어 저녁 시간이 길다. 해가 천천히 지는 까닭에 무슨 일을 도모하든지 서두를 필요가 없다. 지금은 프랑스인이 말하는 개와 늑대의 시간, 즉 땅거미가 지는 시간은 아니다. 저녁임에도 불구하고 빛으로 넘실대는 정오의 찬연함과 부동성이 세상의 일부를 이루고 있다. 하늘에는 뭉게구름이 떠 있고, 한낮 땡볕을 피해 꿈쩍도 않던 사람들이 즐거움과 활기를 찾아 거리로 쏟아진다.

베를린은 조용한 휴양지가 아니다. 거리에서 마주치는 것은 이상하게도 젊은이들뿐이다. 노인을 찾아보기 힘들다. 주말 클럽과 술집에는 비상한 활력과 솟구치는 충동으로 젊은이들이 북적이는 가운데 하룻밤 상대를 찾는 욕망이 넘친다. 우리는 이 도시의 욕망과 활력에 뛰어들 수가 없다. 우리는 방문객이고 외부자다. 뭐, 소외감이 아주 없지는 않지만 그렇다고 아쉽거나 서운하지는 않다. 베를린은 피상적으로 보면 무질서하고 소음으로 넘치는 도시다. 굉음을 내며 달리는 트램, 신경질적으로 경적을 울려대는 자동차, 날카로운 경고음을 내며 달리는 응급차…… 온갖 소음이 불협화음을 내는 탓에 베를린 도심은 온종일 시끌벅적하다.

여름의 해는 천천히 기운다. 길쪽을 향해 서 있는 건물 전면이 해질녘 태양에서 오는 부드러운 색조로 물든다. 아무 예고도 없이 돌연 찾아와 공간을 물들이는 이 관대한 색조가 최종적으로 사건과 사태를 감싸고 밀봉할 때, 우리가 할 일은 별로 없어 보인다. 해질녘의 우아한 오렌지빛이 천지간을 물들이면 가게들은 영업을 끝내고 문을 닫는다. 행복과 덧없는 승리를 구하던 이들이 집으로 돌아갈 채비를 서두른다. 다가오는 밤은 한낮의 노동과 거래, 정치 게임, 가짜 우정에 파국을 선언하고, 살벌하고 추잡한 싸움과 비참마저 완전히 종식시키리라는 예고다.

베를린은 한낮 기온이 섭씨 32도까지 올라간다. 사나운 뙤약볕으로 관자놀이가 지끈거리고, 몸은 열기로 달아오른다. 하지만 저녁으로 접어들면 열기를 식히는 바람이 불어 금세 상쾌해진다. 이 바람은 어디에서 오는가. 여름의 바람은 척박한 땅에서 자라는 옥수수 알갱이의 속살을 차오르게 하고, 더는 둥글어질 수 없이 부푼 복숭아에 단맛이 배게 한다. 저 먼 지중해로부터 불어오는 바람은 북아프리카의 이글거리는 태양이 데운 사막을 건너와 종려나무를 흔든다. 이 바람이 어디에서 오는 것인지를 정확하게 알지는 못한다. 하지만 바람을 맞으며 활엽수의 큰 잎들이 서로 비비고 부딪치며 내는 쏴쏴 하는 소리에 잠시 쾌활해질 수 있다.

어떤 골목길에는 기이한 고요와 그늘만이 유골처럼 적막하게 남아 빛난다. 온통 흰빛으로 물든 여름의 고요와 평화라니! 여기를 지배하는 신은 숨어 있기를 좋아하는 침묵의 신이다. 화강암같이 견고한 침묵은 우리에게 내부로 망명하라고 말없이 권한다. 삶이 요란한 가장행렬같이 전시되는 나라를 떠나온 나는 문득 이 침묵에 무릎을 꿇고 정중한 예를 표하고 싶어 안달이 난다. 실제로는 아무것도 하지 않을 테지만. 골목을 빠져나와 다시 소음이 넘치는 큰길 쪽으로 천천히 걸으며, 고요한 찰나는 늘 영원의 가장자리에서만 붐빈다고 생각하는 것이다.

오늘 오전에는 아름다운 중정(中庭)을 품은 건물들, 작은 서점과 갤러리, 공방과 스튜디오가 이 있는 아우구스트 거리를 일삼아 산책했다. 점심 식사를 마치고 숙소로 돌아왔다가 한낮이 되자 아내는 혼자 발레복을 사러 나갔다. 나는 에어컨 실외기가 뱉어내는 소음에 귀를 기울이며 책을 읽다가 눈꺼풀이 무거워져 열대 지방 주민같이 시에스타를 즐겼다. 저녁때는 출출해진 배를 채우려고 꽤 북적이는 베트남 식당을 찾아갔다. 숙주나물이 듬뿍 든 베트남 쌀국수를 먹고 다시 거리로 나섰을 때, 떠돌이 악사가 연주하는 아코디언 소리가 도시의 소음에 묻혀 아련하게 여름 저녁 하늘로 사라지고 있다.

주위는 평온한 여름 저녁의 빛으로 넘쳤지만 이미 저녁 식사를 하던 때만큼 밝지는 않다. 대기에 떠도는 빛의 입자가 줄면서 빛과 어둠의 밀도 사이에 역전이 일어난다. 공원 안에 서있는 나무들의 녹색은 검푸르고 하늘에는 달이 불끈 솟아오른다. 여름 저녁이 키우는 것은 이 세상 인연이 우연이라는 속삭임, 우리 가슴속의 은밀한 고독을 키우며 더 단순해지고 행복해지리라는 유일한 소명이다. 새벽녘엔 지구 그림자가 달을 잠식하며 이루어지는 개기월식이 일어날 것이라고 예고되어 있다. 하지만 아직 하늘에 달은 떠오르지 않았다. 달이 떠오르려면 더 기다려야 한다.

더 행복한 가을을 기다리자

입추와 말복 뒤에 사나운 폭염의 기세가 꺾이며 더위는 한결 누그러졌다. 아침저녁으로 부는 바람도 선선해졌다. 하지만 파란 하늘에는 햇솜같이 하얀 구름이 피어오르고, 잘 닦인 듯 반들거리는 나뭇잎마다 햇빛은 반짝인다. 늦여름의 숲속에서 우는 매미 울음소리는 귀청을 때린다. 여름이 제 임무를 다 마치고 퇴장하려는 사이 청등호박은 누렇고 실팍하게 익고, 해바라기 꽃판의 씨앗도 촘촘하게 여물었다. 어느 아침 돌연 여름이 곧 끝나리라는 예감이 스쳤다. 지난여름, 나는 유례없는 폭염과 열대야에 무력해진 채 몹시 불행했다. 이제 그 불행도 폭염과 함께 막을 내릴 것이다.

어린 시절을 시골에서 보낸 나는 늘 여름을 좋아했다. 여름 아침 눈을 막 떴을 때 깨끗한 마당과 청량한 기운이 좋았다. 여름이 오면, 외삼촌을 따라 강에 나가 물고기 잡았다. 끝이 보이지 않는 들판을 가로지르는 수로(水路)를 따라 흐르는 물은 반짝거렸다. 저녁에는 애호박을 채 썰어 넣은 수제비를 먹거나 찐 옥수수를 먹었다. 운이 좋은 날은 원두막에 앉아 수박이나 참외를 먹었다. 이제 외할머니와 외삼촌도 다 세상을 떴다. 어린 시절을 보낸 외가도 사라졌다. 좋은 시절은 다 지나가고 만 것이다.

지난여름 아내와 함께 베를린에서 보름 동안을 지냈다. '미테'라는 도심 한가운데에 머물며 평범한 날을 보냈다. 거리를 산책하고 카페에 나가 커피를 마시며 책을 읽었다. 어느 날에는 분수가 뿜어져 나오는 공원에 나가 더위를 피해 공원으로 나온 사람들을 구경했다. 분수 아래에서 발가벗고 뛰노는 아이들의 웃음소리, 풀밭을 뛰어다니는 개들, 공원 한쪽에서 춤추는 한 무리의 젊은이들! 그러는 동안 여름의 평온하고 잔잔한 나날이 흘러갔다. 소소한 일상은 강렬한 기쁨은 주지는 않는다. 행복은 엄청난 쾌락이 아니라 심신의 안녕과 작은 기쁨을 주는 소소한 일상에서 겪는 것, 평온함이 이어지는 나날에서 찾을 수 있다고 확신한다. 어느 책을 읽다가 "행복은 기쁨의 강도가 아니라 빈도다"*라는 문장에 무릎을 치며 공감했다. 나는 너무 큰 행복을 바라지 않는다. 그저 작은 일상의 안녕들을 누리기를 바랄 뿐이다. 혹서(酷暑)로 기록될 만한 여름이 끝난다는 사실 하나만으로 내 입가에 행복한 미소가 떠오른다.

곧 내장산과 설악산 일대의 단풍 소식, 영동 산간의 첫 서리와 첫 얼음 소식이 전해질 것이다. 가을에는 사랑하는 이와 더 자주 키스를 하고 싶다. 가을 저녁, 면 셔츠를 입고 벗을 만나 중국술을 마시는 것, 좋아하는 작가의 신간을 찾아 읽는 것, 어느 날 아침 우연히 라디오에서 흘러나오는 빌리 조엘의 「피아노 맨」이나 리 오스카의 「샌프란시코 베이」를 듣는 것, 풀벌레 소리가 높을 때 밤하늘에 뜬 조도 높은 달을 바라보는 것, 그 찰나 내 머릿속에 장착된 '행복 탐지기'는 예민하게 반응할 것이다. 아, 살아 있어서 좋다! 일상의 안녕과 평온한 기쁨으로 짜인 안감의 무늬, 이런 평범한 날들이 행복을 가져다줄 것이다.

---

* 서은국, 『행복의 기원』, 21세기북스. 심리학자인 서은국은 "기쁘다, 재미있다, 통쾌하다, 즐겁다, 신난다, 좋다……. 그러나 모두 쾌가 원료인 경험이고, 이들은 행복감의 가장 기초적인 재료가 된다. 이런 쾌의 전구가 켜지며 발생하는 여러 세세한 감정을 묶어 심리학에서는 '긍정적 정서'라고 한다."라고 말한다.

나는 왜 시골에서 반려견과 함께 지냈나?

동물은 종종 인간을 비추는 거울이다. 인간은 이 거울로 자기 내면에서 꿈틀대는 수성(獸性)을 비춰본다. 인간만이 자유 의지와 이성을 가진 존재라는 믿음은 잘못된 가설일지도 모른다. 인간은 한낱 자신만을 위하는 유전자의 조합으로 생겨난 하찮은 유해종일지도 모른다.

시골에서 지내는 동안 나는 줄곧 개와 함께 살았다. 사계절이 변화하는 가운데 자연의 경이를 흠뻑 맛볼 수 있는 시골 생활에서 활력을 얻었지만, 지독한 외로움을 피할 수 없었다. 혼자 자고 깨어나 밥을 끓이는 시골살이의 나날은 단조롭고 외로웠다. 나는 고적(孤寂)한 시골에서 외로움을 곶감 빼먹듯이 씹으며 지내는 동안 슈나우저, 삽살개, 진돗개 등 개들과 함께 살

왔다. 이 반려견들이 보여 준 한결같은 우정과 덕성을 잊을 수가 없다. 이 반려견들은 시절 인연으로 왔다가 저마다 다른 이유로 내 곁을 떠나갔다.

내 관찰에 따르면, 무엇보다도 개는 말을 하지 못한다. 개는 으르렁거리거나 컹컹 짖어 대지만 대개는 언어의 결핍 속에 침묵의 덩어리로 방치되어 있다. 개는 불가피하게 도덕을 앞세우는 존재 사이에서 침묵하는 고립된 존재로 동거한다. 하지만 개가 우리의 내밀한 감정생활에 개입하는 걸 막을 수는 없다. 개가 조용히 다가와 우리에게 제 몸을 부비거나 혀로 핥으며 친밀감을 드러낼 때, 그들이 우리 정서의 필요에 부응하는 선량한 친구라는 느낌이 강하게 든다. 외출에서 돌아온 주인을 향해 펄쩍펄쩍 뛰어오르는 반려견의 충직함과 솔직한 환대는 어둡고 무거운 영혼에 한 줄기 기쁨을 주기에 부족함이 없다.

내가 시골로 거처를 옮긴다고 했을 때 한 친구가 적적한 생활에 위안이 될 거라며 검정 털 뭉치 같은 강아지를 선물로 안겨 줬다. 이 작고 명민한 슈나우저 종 암컷 강아지는 사랑스러웠다. 고립된 나날을 보내던 한 시절 나는 이 반려견에 애정을 쏟았다. 우정과 친밀함을 표현하는 개에게서 많은 위안을 얻었다. 나는 이 강아지에게 '포졸'이란 이름을 주었다. 포졸과 나는 서로 다른 종(種)이라는 간격을 뛰어넘어 감정 측면에서 복잡한 상호작용 관계에 있었다. 나는 포졸을 '동물 본성에 갇힌' 가족의 일원이라고 느꼈다. 두 다리를 앞으로 뻗고 편안하게 머리를 얹은 채 나를 바라볼 때 포졸의 순한 눈빛에서 우리는 감정을 교감할 수 있다고 확신했다. 물론 개에게 '내면의 삶'이 있다고 믿기는 힘들었지만 반려견이 자칫 단조로울 수도 있는 시골 생활에 생동감 넘치는 기쁨을 준다는 사실을 부정할 수는 없었다.

시골 생활에 적응할 무렵 나는 한반도 중부 지방의 해발 사오 백 미터 높이의 산들을 잇는 능선 길을 따라 걸었다. 날마다 밥 먹고 배낭을 메고 산을 찾아가 무작정 걷는 게 중요한 일과였다. 목이 마르면 오이를 꺼내 깨물며 걸었다. 땅에 엉덩이를 붙이고 지친 팔다리를 쉬며 땀을 식힌 뒤, 무적(無籍)의 바람이 소나무 가지를 스치는 소리와 어울린 영롱한 새소리에 귀를 기울이며 걸었다. 걷는 동안 무념무상에 빠져들었다. 집에 돌아오면 쓰러지듯 몸을 누였다. 몸의 에너지를 걷는 데 다 쏟아 부은 뒤 혼절한 듯 꿈도 없이 푹 잤다. 밥때를 놓치지 않고 끼니를 챙기며, 해 뜨면 일어나고 어둠이 내리면 잠드는 필부(匹夫)의 평범한 생에 깊이 안도했다. 새벽에 차를 끓이고 명상하고, 노자의 '도덕경'과 '장자'를 꾸역꾸역 읽고, 몇 년 동안 하이쿠를

외웠다. 가끔 부사와 형용사를 배제하고, 접속사와 지시대명사를 생략한 담백한 문장을 몇 개씩 적어나갔다. 나는 문법학자는 아니었지만 문장을 쓸 때 통사법의 질서에 따랐다. 많은 이들이 통사법의 규범 질서를 비틀어 글을 쓰고 있다는 사실을 새롭게 깨달았다.

아침 일찍 뻐꾹새가 우는 봄날에는 안성 장날에 서는 나무시장에 나가 유실수의 묘목이나 모란과 작약을 구해다 집 주변에 심었다. 텃밭에 연못을 파 수련을 심고, 그 주변에 영산홍을 심었다. 영농 후계자라도 된 듯 부지런을 떨었지만 내가 몸을 써서 하는 일은 생계와는 무관했다. 앵두나무 가지마다 흰 꽃이 다닥다닥 달리고, 앵두꽃이 진 자리에는 기어코 앵두가 달려 빨갛게 익었다. 그렇게 시골 생활 몇 년이 지나자 내 안에 쌓인 도시의 독, 사람의 독이 빠져나갔다. 내 영혼을 푸른 초장(草場)으로 인도하는 목자는 없었지만 내 안의 복잡함과 시끄러움이 잦아들자 심령은 고요하고 평화로웠다.

그사이 포졸은 몸집이 크지는 않았지만 성견이 됐다. 산책을 나가면 포졸이 앞장섰다. 약수터를 오를 때 나를 앞질러 산길을 내달렸다. 새벽에 뜰로 나서면 포졸이 신발 옆에 작은 들쥐를 포획해 물어다 놓곤 했다. 포졸은 장한 일을 하고 칭찬을 기다리듯 곁에서 머루처럼 까만 눈동자로 나를 올려다보며 연신 꼬리를 흔들었다. 포졸은 사냥 본성을 숨기지를 못한 채 모든 움직이는 것을 향해 달렸다. 개구리, 들쥐, 두더지를 잘 잡았다. 집 마당 아래 지렁이가 많은 탓인지 두더지가 굴을 파고 돌아다녔다. 어쩌다 그 두더지도 포졸의 포획물이 되었다. 포졸의 핏속에는 사냥 본성이 살아 있었다. 포졸이 잔혹한 맹수는 아니지만 제 영역을 침범하는 야생 동물을 향한 적대성은 유별났다. 작지만 당당하고 용감했다. 어느 여름밤 포졸이 유난히도 날카롭게 짖어 대 손전등을 들고 바깥으로 나섰다. 대문 근처 어두운 풀숲에서 포졸이 어떤 동물을 코앞에 두고 으르렁대고 있었다. 처음엔 다른 농가의 개인가 했는데, 풀숲에 엎드려 있는 것은 너구리였다. 포졸과 대치한 너구리는 오도 가도 못한 채 제자리에 붙박여 있었다. 내가 포졸을 끌고 집으로 데리고 들어오는 것으로 그 대치 상황은 종결됐다.

얼마 뒤 누군가 내게 진돗개 한 마리를 보냈다. 이 진돗개가 아장거리며 걷던 강아지였을 때 포졸이 못살게 굴었다. 포졸은 강아지 목을 물고 돌아다니거나 뒷다리를 물었다. 강아지는 비명을 지르고 혼비백산했다. 포졸이 성질이 나쁘거나 강아지에게 특별한 악의가 있었던 것은 아니었을 테다. 반년쯤 지나자 이 진돗개가 성견으로 자라났다. 진돗개 몸집이 포졸보다 훨씬 커지자 상황은 역전됐다. 포졸은 여전히 자기 서열이 진돗개보다 높다고 생각했다. 두 개 사이에 크고 작은 싸움이 자주 일어났다. 어느 날은 두 개가 사납게 으르렁대다가 큰 싸움이 붙었다. 내가 맨발로 뛰쳐나가 송곳니를 드러내고 한 덩어리로 엉겨 붙은 두 개를 떼어 내려고 했지만 역부족이었다. 포졸은 몸집이 커진 진돗개와 맞서 맹렬하게 싸웠지만 이 싸움에서 크게 상처를 입었다. 성견이 된 진돗개의 완력과 송곳니를 당해 내기에 포졸은 작은 개였다. 포졸의 귀가 찢겨 너덜거리고, 진돗개가 물고 흔들었던 목살의 상처가 흉하게 벌어져 있었다. 포졸을 끌어안고 안성 시내 동물병원에 가서 치료를 받았다. 그 뒤로 두 개는 여전히 으르렁거렸지만 그전처럼 맞대거리하며 싸우는 일은 드물었다. 안타깝지만 포졸은 진돗개가 서열이 위라는 것을 인정한 듯싶었다.

어느 새벽, 잠결에 포졸이 울부짖는 소리를 들었다. 허공을 찢는 듯 날카로운 소리가 마당 아래쪽 하천에서 들려왔다. 나는 포졸이 짖는 소리만으로도 집 근처에 너구리나 고라니 같은 야생 짐승이 나타났는지 아닌지를 분별할 수 있었다. 포졸의 비명이 평소보다 더 높았지만 나는 잠결이라 일어나지는 않았다. 아침나절 포졸이 간밤에 아무 일도 없었다는 듯한 표정으로 관목 숲에서 천천히 걸어 나왔다. 살펴보니 포졸의 가슴과 배 부분에 진흙이 잔뜩 묻어 있었는데, 어쩐 일인지 포졸이 평소와는 달리 꼬리를 흔들거나 반가운 기색을 보이지 않았다. 온몸에 힘이 빠져 축 늘어진 기색이 완연했다. 포졸을 부르자 내 쪽으로 다가왔다. 포졸의 가슴팍 쪽 진흙으로 뒤엉킨 털을 들춰 보니 작은 구멍이 뚫려 있었다. 그 주변의 털에는 피가 검게 굳어 있었다. 하천에서 어떤 야생 동물과 맞대거리 하며 싸우다가 그 야생 동물의 날카로운 송곳니가 포졸의 가슴팍에 구멍을 냈던 것 같다. 그 구멍으로 많은 피가 흘러 나갔을 테다. 그날 오후에 양지쪽에서 마치 명상을 하듯이 눈을 감은 채 앉아 있던 포졸은 고개를 떨어뜨리고 죽었다. 포졸은 평온한 잠에 빠진 듯 사지를 뻗고 누웠는데, 내가 만져 보니 이미 사후 경직으로 사지가 딱딱해진 상태였다. 나는 한 생명을 잃었다는 망연함 속에서 더 주의하지 못한 스스로를 책망했다. 며칠 동안 상실감이 컸다. 포졸이 덧없이 떠나간 뒤 나는 경미한 우울증을 앓았다. 식음을 전폐하지는 않았지만 밥맛을 잃었고, 손에 쥔 일들은 다 심드렁했다.

포졸을 갑작스럽게 떠난 보낸 뒤 나는 동물과 사람의 차이에 대한 생각에 빠졌다. 포졸은 내 외로움을 달래 준 반려견이었다. 포졸은 '도덕관념을 초월한 무자아성'의 존재였지만, 그점이 우리 우정에 걸림돌이 되지는 않았다. 장애의 요소는 다

름 아닌 내 안에서 상충하는 본능과 시시각각으로 변하는 마음
이었다. 동물은 자기 본성에 충실하고, '직감으로 깨달은 앎'의
세계에 산다. 동물에게는 제 본성과 감각을 검열하는 마음이
없다. 따라서 동물의 세계에는 증오와 수치, 추상이나 복잡한
형이상학이란 게 있을 수 없다. 그저 자극과 반응의 메커니즘
이 단순하게 작동하고 있을 뿐이다. 그에 비하면 사람은 훨씬
복잡한 감정 체계와 수시로 변하는 마음이라는 것을 품고 산다.

개에게 도덕성이란 게 있을까? 여러 반려견을 키우면서 그
들의 명석함에 놀랐지만, 이들이 엎드려 눈을 감고 있을 때 나
는 그 머릿속에서 어떤 일이 벌어지는지는 도무지 짐작조차 할
수가 없었다. 개들은 주인에게 충직하지만 그것이 곧 개의 도
덕성이라고 말하기는 어렵다. 무엇보다도 개에게는 여러 상황
을 관통하는 동일성(identity)이란 게 없다. 개를 포함한 동물 일
반이 지고의 선(善)에 대한 열정을 갖는 경우도 없지만, 동족을
대량으로 학살하는 악덕에 빠지는 경우도 없다. 개와 닭과 개
코원숭이에게 일기 예보, 세계 지도, 우울증 치료제 따위가 필
요 없을 것이다. 동물이 도덕에 어긋난 과오 탓에 제 생을 망치
는 일 따위도 결코 일어나지 않는다.

반면 사람은 훨씬 복잡한 세계 속에 산다. 사람의 세계에는

정치와 경제의 원칙이 있고, 이성과 도덕에서 비롯된 규범이 소용돌이친다. 거기에 나날의 삶과 그 현전에 대한 복잡한 이해, 죽음의 선험이 뒤엉킨 문화가 더해진다. 사람에게는 자아란 게 있다. "자아 관념은 태고부터 존재하는 인간의 오류며, 그 자아의 힘으로 우리는 꿈속에서처럼 삶을 살아간다."* 그것이 실제인지 허상인지는 중요하지 않다. 사람은 동물에게는 없는 이 것에 평생 지배받으며 산다. 인간이 가장 고결한 생명체라고 말할 수는 없겠다. 하지만 복잡한 자아와 그 속에서 어지럽게 움직이는 필요와 욕망으로 포맷된 존재임은 분명하다. 그런 까닭에 사람에겐 동물에게는 필요가 없는 일기 예보, 우울증 치료제, 결혼 정보 회사, 포르노, 축구, 디즈니 랜드, 편의점, 점집, 노래방, 태국 마사지 숍, 교회, 장례식장 따위가 필요하다. 개와 사람은 동물이라는 점에서는 하나이지만 두 종의 감정생활은 다르며 그 다름의 폭은 꽤 넓은 것이다. 이렇게 상이한 두 종이 한집에서 우정을 나누며 함께 산다는 것은 놀라운 일이다.

나는 시골 생활에서 벗어나며 반려견과도 헤어졌다. 돌이켜 보면 반려견과 함께 보낸 세월은 꿈결같이 흘려보낸 세월이다. 그 시절을 회고하면 장밋빛 안경을 쓴 듯 아득하고 아련하다. 나는 시골에서 외롭고, 쓸쓸하고, 우울했다. 마치 유배지에 내몰린 자처럼 참담하고 고적할 때도 있었다. 하지만 나는 시

골에서 조촐한 기쁨과 소박한 행복을 누리고, 타인에 대해 전
보다 너그러울 수 있었다. 그것은 내 품성이 다정하고 반듯했
던 탓이 아니라 반려견과 우정을 나누는 가운데 내가 전보다
타인에 대해 관용적인 사람이 되었기 때문이 아니었을까?

• 존 그레이, 『하찮은 인간, 호모 라피엔스』,
  김승진 옮김, 이후

침묵의 말에 귀 기울이기

막스 피카르트는 독일 쇼프하임에서 태어난 의사이지만, 말과 침묵에 관한 매우 심오한 사색을 펼친 뒤 독창적인 책을 쓴 사람이다. 그는 침묵의 시인, 침묵의 탐색자, 침묵의 형이상학자다. 그는 예민한 후각을 이용해 먹잇감을 추적하는 짐승같이 침묵의 양태를 살피고 근원을 파헤치는 문장을 하나씩 쌓아갔다. 침묵은 언어의 전 단계다. 진실한 언어는 침묵의 덩어리에서 떨어져 나온다. 언어는 인간을 다른 동물과 구별하게 만드는 가장 큰 특이점이다. 피카르트가 "인간이 언어를 가지고 있지 않다면, 인간은 하나의 형상, 상징 이외의 아무것도 아니며 따라서 자신의 형상과 동일할 것이다."라고 말할 때 그것은 인간이 자기 언어를 씀으로써 하나의 형상, 상징을 넘어서서 스스로를 결정하고 빚는 존재로 도약한다는 뜻이다. 동물은 언어를 갖지 못한 탓에 그

저 하나의 현상에 지나지 않는다. 동물은 유의미한 자각에 머물지 못한 채 잠깐 눈앞에 나타났다가 찰나에 사라지고 만다.

침묵의 기본적인 양태는 말의 부재, 소리의 부재에서 솟아난다. 하지만 이것은 침묵에 대한 소극적인 해석이다. 말이 없다고 누구나 침묵의 평화에 드는 것은 아니다. 아무 말을 하지 않으면서도 내면에서 소음 장애에 시달리는 경우도 드물지 않다. 마음에서 소용돌이치는 혼란과 광기는 내면이 겪는 소음 현상이다. 침묵은 피동 현상이 아니다. 침묵은 의미의 융합이고, 고요의 폭발이며, 기쁨의 쇄도다. 침묵이 커다란 새처럼 날개를 펼쳐 우리 내면의 소음을 잠재울 때 그것은 커다란 축복이다. 그것은 "겉으로 드러난 표면 뒤에 숨은 이면이고 가면의 뒷면이며 인격의 감추어진 얼굴"*이다. 침묵은 모든 의미 있는 "언어의 도약대"다. 침묵은 누군가에게는 광휘이고, 누군가에게는 피난처다. 침묵은 존경의 표시, 추념의 표시, 불만의 표시, 저항의 표시다. 말은 가볍다. 반면 침묵은 견고한 요새와 같다. 침묵의 양태는 매우 다양하고, 나라마다 혹은 종교마다 다른 침묵이 있다. 침묵의 색깔, 향기, 형태는 놀랄 만큼 여러 가지다.

말 속에도 침묵이 깃들어 있다. 말은 그 내부에 긴 침묵과 짧은 침묵을 갖고 있다. 건성으로 듣는 사람은 소리만 듣지만,

깊이 경청하는 사람은 말 속에 숨은 침묵에 귀를 기울인다. 책은 타인의 말과 세계를, 저 멀리서부터 오는 의미를 겸허하게 경청하려는 자의 것이다. 책을 읽을 때 그것에 집중하면 집중할수록 주변의 소음을 잠재우는 힘은 강력해진다. 소음은 잦아들고 침묵의 오의(奧義)에 더 가깝게 다가간다. 무엇보다도 책 자체 속에 깃든 침묵, 문체상의 침묵을 눈여겨볼 수 있다. 문장 부호 중 말줄임표는 침묵의 존재를 드러낸다. 말줄임표는 통사적 망설임의 흔적이자, 판단을 유보하는 기호다. 군데군데 배치되어 있는 침묵은 독자를 책 속으로 끌어들이고 능동적인 참여를 유도한다. 말줄임표는 차라리 독자를 음향적 현실 아래에 숨은 자아에 대한 깊은 성찰과 인식으로 이끄는 장소다.

오늘날같이 소음으로 전락한 말의 과잉 시대에 침묵은 희귀한 현상 중 하나다. 거짓말, 허언, 의례에 젖은 말은 과잉이고 배설물에 지나지 않는다. 그런 말은 침묵이라는 모태에서 나온 것이 아니라 소란스러운 세계에서 떨어져 나온 조각에 불과하다. 침묵은 영혼으로 침잠하기 위한, 내면을 성장시키는 데 꼭 필요한 요소이지만 요즘 사람들은 눈에 보이는 외면의 성장에 치중한다. 그런 까닭에 침묵의 가치는 쉽게 지나쳐 버린다. 문명사회는 대체로 소란스러운 법이다. 문명사회란 갖가지 말과 소음을 제조해 내기 때문이다. 차량이 많은 도심의 대로들, 공

사 현장, 대형 마트, 백화점, 시장, 학교, 사무실, 병원, 파업 현
장, 스포츠 경기장, 지하철 승차장…… 어디에나 소음은 차고 넘
친다. 사람은 소음 속에서 태어나 소음 속에서 살다가 죽는다.
소음의 위험성은 널리 알려져 있지 않다. 소음은 청각을 자극
할 뿐만 아니라 우리의 신체를 위협한다. 소음은 선(腺), 내장,
심장, 혈관 같은 신체에 영향을 미치며, 소음에 오래 노출되면
혈액 순환, 심장 체계, 선 분비에 장애를 겪는다. 초저주파음과
초음파도 불안, 두통, 이명 등을 유발하며, 소음이 일으키는 나
쁜 영향인 피자극성, 공격성, 초조감을 방치하면 정신분열증이
나 편집증 환자가 될 수도 있다.

　　"아기, 아기는 작은 침묵의 언덕과 같다. 침묵은 마치 아기에
　　게 기어오르는 듯하고, 작은 침묵의 언덕인 아기는 말없이
　　앉아 있다. 이 작은 침묵의 언덕으로부터 이윽고 말이 나타
　　난다. 아기는 최초로 말을 했을 때, 그 작은 침묵의 언덕은
　　아주 더 작아진다. 그 최초의 말이 하나의 주문인 듯, 그 말
　　에 눌려 작은 언덕은 내려앉는다. 그러나 말은 커다랗게 일
　　어서려고 애쓴다. 그것은 아기가 자기 입에서 나온 소리로
　　마치 어른이 문을 두드리듯이 침묵을 두드리는 것 같고, 침
　　묵은 이렇게 대답하는 것 같다. 내가 여기 있다. 침묵인 내가
　　여기 말과 함께 있다고.

말이 아기의 침묵으로부터 빠져나오는 데에는 어려움이 있다. 아기가 어머니의 손에 이끌려오듯이 말은 입 가장자리까지 침묵에 이끌려오고, 침묵에 꼭 잡혀 있는 까닭에 한 음절마다 따로따로 침묵으로부터 떼어 내야만 하는 것처럼 보인다. 아기의 말을 통해서 밖으로 나오는 것은 소리라기보다는 침묵이며, 아기의 말을 통해서 인간에게로 나아가는 것은 본래의 말이라기보다는 침묵이다."

막스 피카르트 『침묵의 세계』(최승자 옮김, 까치) 중에서

아직 언어를 갖지 못한 아기를 "작은 침묵의 언덕"이라고 한 구절을 처음 읽었을 때 나는 놀랐다. 아, 피카르트는 시인이구나! 작은 침묵의 언덕에서 말이 나타나는 것은 하나의 기적이다. 작은 침묵 속에 숨은 말은 "아기가 어머니의 손에 이끌려오듯" 존재 바깥으로 끌려 나온다. 처음으로 말문을 열면서 아기는 비로소 온전한 사람으로 빚어진다. 이제 아기는 누구의 도움도 없이 스스로의 힘으로 일어선다. 아기의 어눌한 말은 침묵에 더 가깝다. 어른의 말은 세계 속으로 나아가 파문과 분쟁을 일으키지만 아기의 말은 이내 다시 깊은 침묵 속으로 가라앉는다. 이렇듯 아기의 말과 어른의 말은 다르다. 피카르트는 그 점을 이렇게 설명한다. "아기의 언어는 소리로 변한 침묵이다. 어른의 언어는 침묵을 추구하는 소리이다."

피카르트는 침묵을 하나의 독자적인 현상으로 바라보고 세계의 저편에 은폐되어 있는 거의 모든 침묵을 살펴 더듬고 그 의미를 밝혀낸다. 이 침묵의 철학자는 말 속의 침묵, 자아와 침묵, 인식과 침묵, 사물과 침묵, 역사와 침묵, 형상과 침묵, 사랑과 침묵, 인간의 얼굴과 침묵, 동물과 침묵, 시간과 침묵, 아기 노인 그리고 침묵, 농부와 침묵, 자연과 침묵, 시와 침묵에 대해 숙고하며 그 현상과 의미를 또렷하게 짚어 낸다. 침묵은 "독립된 전체"고, 인간을 빚는 창조의 기제다. "침묵은 원초적 형상들 가운데 가장 먼저 태어났다. 침묵은 사랑과 믿음과 죽음 같은 다른 원초적 현상들을 감싸 덮고 있으며, 그것들 속에는 말보다는 침묵이, 눈에 드러나 보이는 것보다는 드러나지 않은 것이 더 많이 들어 있다. 또한 한 인간 속에도 그가 평생토록 쓸 수 있는 양보다 더 많은 침묵이 들어 있다." 한 인간 안에는 그가 평생 쓰고도 남을 만한 침묵이 들어 있다니! 사람 하나하나는 침묵의 보고(寶庫)다. 침묵은 우리로 하여금 온전한 사람으로 자랄 수 있도록 돕는 자양분이다. 언어가 자신을 드러내는 방식이라지만 이것은 우리 내면에 자리 잡은 거대한 침묵의 파열이거나 거기서 떨어져 나온 작은 조각일 뿐이다. 우리의 모든 언어는 거대한 침묵의 충만함에서 조금씩 흘러나온다. 그런 까닭에 침묵은 인간이 기대는 하나의 거대한 자연이고, 모든 말의 기원이며 시작점이다.

사람은 말을 통해 개별성을 드러내고 자라난다. 말을 하며 타인과 소통하는 순간 몸-형상에서 자기 자신으로 빚어진다. 말이 없다면 사람은 단지 걸어 다니는 몸-형상에 지나지 않을 테다. 사람은 말을 함으로써 있음의 곤궁에서 벗어나 자기 존엄성을 빚으며, 사람다움의 위엄과 내적 광휘를 품은 존재로 일어선다. 말은 자기표현과 소통의 매개이기 이전에 일종의 빛이다. 철학자 하이데거가 말했듯이 말은 존재의 집이다. 모든 사람은 자기 말 속에서 거주한다. 제 말에 둥지를 틀고 거주하는 존재는 자기 충만으로 빛난다. 반면 말하지 못하는 동물은 그 빛에서 소외된다. 동물은 말의 부재라는 어둠으로 가득 찬 곤궁한 세계에 내팽개쳐진다! 사람이 말을 딛고 도약한다면 동물은 그저 "땅의 표면을 따라, 그 어둠을 향해, 옆으로 확장"할 뿐이다. 동물이 침묵의 덩어리라는 사실은 동물이 밝은 곳에 있더라도 '빛의 그림자'로 살아간다는 점에서 증명되는 것이다. 말은 찰나에 출현하지만 그 찰나를 물고 영원으로 향한다. 사람은 유한한 존재이지만 영원성을 품은 말이 그를 이끌어 불멸로 데려간다. 장 파울의 말처럼 "언어는 무한함을 가르는 가장 섬세한 분할선"이다. 사람이 죽어도 그의 말이 살아서 회자되는 경우가 종종 있지 않은가?

사람은 언어의 부재에서 침묵이라는 현상을 겪는다. 어떤 이들은 침묵을 도무지 견디지 못한다. 그들은 소음이 잦아들며 사위가 조용해지면 안절부절못하며 심적 동요를 일으킨다. 어떤 독거인은 소리가 부재한 상태를 두려워한다. 그들은 고요를 두려워하고 고요에서 도망친다. 자는 동안에도 텔레비전을 켜 놓는 사람은 소음으로 자기 내면의 불안을 잠재우고, 심적 동요를 가라앉힐 수 있다고 믿는다. 소음에 길들여진 영혼은 소음 속에 있을 때만 안식에 들 수 있다. 아무 기댈 곳 없이 외로운 이들이 알코올 중독자가 되듯 가족과 친구가 없이 고독 속에 유폐된 사람은 소음 중독자가 될 위험성이 크다.

문명사회에서 침묵은 소수자의 몫이다. 귀먹은 이들은 평생을 침묵 속에서 거주한다. 이는 매우 특수한 경우다. 오늘의 침묵은 아주 희귀해서 토굴에서 하안거나 동안거를 하며 참선 삼매경에 드는 불교의 수행자나 세속과 차단된 수도원에서 수행하는 수도사만이 누릴 수 있는 특권이다. 소수의 시인, 철학자, 신비주의자가 침묵이 창조의 질료라는 사실을 안다. 토굴의 참선 수행자나 수도원의 수행자는 수행을 통해 궁극의 침묵으로 나아간다. 그들이 궁극의 침묵에 드는 순간 그들 내면에 고요와 평화가 날개를 접고 내려앉는다. 침묵이 있다고 다 성소는 아니지만, 그곳이 어디든 성소에는 침묵의 신성한 기운이 깃든다. 문명사회에서 침묵은 멸종 위기의 생물 종처럼 찾기 힘들다. 문명사회가 침묵의 멸종에 방조했거나 멸종에 부역한 원죄를 갖고 있다는 혐의를 벗기는 어렵다.

> "침묵은 하나의 세계로서 존재하고, 침묵의 세계성에서 말은 자기 자신을 하나의 세계로 형성하는 법을 배운다. 침묵의 세계와 말의 세계는 서로 마주해 있다. 따라서 말은 침묵과 대립하고 있다. 그러나 적대관계 속에서 대립하는 것이 아니라, 말은 다만 침묵의 다른 한 면일 뿐이다. 인간은 말을 통해서 침묵의 소리를 듣게 된다. 진정한 말은 침묵의 반향(反響)인 것이다."
>
> 막스 피카르트, 『침묵의 세계』 중에서

침묵의 세계성은 말과 마찬가지로 독자적인 현상이다. 침묵은 태초 이전에 존재했지만 말은 인간이 지구에 출현한 이후에 나타난다. 말보다 침묵이 먼저라는 뜻이다. 우주라는 침묵의 덩어리에서 말이 떨어져 나와 독자적인 세계를 이루자 말과 침묵은 마주 서 있게 됐다. 말은 인간 본질의 한쪽을 이루지만 그 뿌리는 침묵이다. 침묵은 말을 품고 있고, 말은 침묵과 일체를 이룬다. 더 정확히 말하자면 말은 침묵의 반향일 뿐이다. 말은 침묵에서 나와 세상을 떠돌다가 수명을 다하면 다시 망각과 침묵의 세계에 삼켜지며 사라진다.

침묵은 닫힌 지능과 지각을 열고, 감정을 풍요롭게 하는 데 기여한다. 그뿐만 아니라 미래에 대한 선험적 감각의 중추를 자극한다. 훌륭한 시인은 잉크가 아니라 침묵을 찍어서 시를 쓴다. 항상 궁극의 시는 침묵이라는 목표를 지향한다. 좋은 시는 말과 말 사이, 혹은 말 너머로 침묵과 고요의 공간으로 나아가 자기를 펼친다. 말의 경제적 운용, 말의 내핍을 최대 덕목으로 삼는 하이쿠는 장황한 말의 왕래를 정지시킨 뒤 육탈한 뼈와 같은 17자만을 남긴다. 하이쿠의 뜻은 17자의 말에 있지 않다. 그 정수는 문자 뒤의 여백, 혹은 침묵에서 찾을 수 있다. 하이쿠는 선(禪)의 차원으로 나아간다. "선은 언어의 갑작스럽고 강한 공황 상태 같은 정지, 우리들의 내면에서 코드 지배력을 무력화시키는 여백, 우리의 인격을 형성하는 저 내적 암송의 단절"▲이 되는 것이다. 자, 오늘은 좋은 시집 한 권을 천천히 읽으며 침묵이라는 자양분을 충분히 섭취해 보자.

* 마르크 드 스메트, 『침묵 예찬』,
  김화영 옮김, 현대문학
■ 막스 피카르트, 『인간과 말』,
  배수아 옮김, 봄날의책
▲ 롤랑 바르트, 『기호의 제국』,
  김주환 옮김, 민음사

여름이 좋다!

태양에게 자비심은 눈을 씻고 찾아봐도 없다. 불볕을 쏟는 태양은 만물에게 아주 가혹한 시련을 안길 따름이다. 한낮 이마에 떨어지는 촛농이라니! 태양이 이마를 태우려 드는구나. 한낮 태양이 던지는 금빛 그물에 포획된 생물은 허덕거린다. 하지만 나는 여름이 좋아! 여름이 오면 내 안에 사는 이마가 반듯한 착한 소년이 환호작약한다. 태양은 세상을 금빛으로 물들이고, 숲속 활엽수의 잎잎은 기름을 바른 듯 반짝인다. 저 먼 곳에 있는 푸른 바다는 더욱 파랗게 빛난다. 태양이 만물에 흩뿌리는 빛은 그것이 기쁨, 희망, 자애의 원천이라는 사실을 깨닫게 한다. 태양 아래서 토마토와 복숭아, 자두가 둥글게 익어 간다.

한낮 공중에서 타던 해가 떨어진다. 해 진 뒤 서쪽 하늘에 붉은 노을이 질 때, 지금 여기에 없는 누군가를 그리워하며 돌연 멜랑콜리로 물드는 기분을 사랑한다. 사방에 어둠이 내리면 후박나무와 단풍나무 잎이 수런거린다. 집 근처에 온 너구리가 슬그머니 어둠 속으로 움직이는 기척을 느낄 때, 나는 여름 저녁이 좋아지는 것이다. 땀을 씻고 갈아입은 면 셔츠의 까슬까슬한 감촉에서 내 안의 부정적인 기분은 옅어지고 좋은 삶에 대한 기대감이 차오른다. 손에 쥐지 못한 것에 대한 아쉬움 대신 내가 이미 갖고 있는 것이 일으키는 행복감을 떠올린다.

우리는 꿈꿀 때 꿈인 걸 모르듯이 사랑할 땐 사랑을 모른다. 사랑은 우리가 그것을 알아보기도 전에 왔다가 지나간다. 어쩌면 당신이 다시 돌아올지도 모른다. 당신이 돌아온다면 나는 실패에 대한 보상을 한꺼번에 받을 수도 있으리라. 해가 진 뒤 대숲에 깃드는 되새 떼는 시끄럽다. 밤의 어둠에 초원의 빛과 꽃 핀 영광을 삼켜 버리겠지만, 깊은 산속 옹달샘은 솟고, 달은 공중 높이 떠오르리라. 오, 아주 조그만 발가락을 가진 새여, 영원 속을 지나가는 이 전대미문의 아름다운 저녁을 네 작은 혀로 노래하라! 운명의 좋은 전조(前兆)로 선명해지는 새와 옹달샘과 달을 다 품은 이 여름 저녁을!

향기로운 여름 저녁, 어떤 찰나와 사물을 잊을 수가 없다.

그대는 일어나 큐피드의 활시위를 당겨 화살통에 있는 화살을 다 쏘아라! 화살이 떨어진 곳에서 그대의 사랑과 미래가 피어나리라. 사랑은 내일의 일이 아니라 이미 지나간 날들 속에 있다. 늦가을 시든 담쟁이 넝쿨은 새파랗게 다시 살아오며, 지난해 유월에 피었던 붉은 장미는 올해 새롭게 돌아온다. 지나간 사랑도 새롭게 돌아오리니. 내 삶을 달콤하게 만들었던 그것들! 오, 나의 과거이자 미래가 될 여러 일이여!

저물 무렵 어둠 속으로 사라지는 길고양이, 등고선, 수련이 피는 여름 새벽 못 위로 떨어지는 비, 바람에 마르는 빨래, 잘 세척해 가지런하게 쌓은 흰 접시들, 나선형의 계단, 자두의 맛, 솥에서 방금 꺼내 껍질을 벗겨 먹는 하지 감자, 쩍 하고 반구로 벌어지는 수박을 먹을 수 있으리라는 기대, 바닷가의 솔숲, 바람결에 실려 오는 오렌지 향, 트럼펫 소리, 항구에 정박했다가 이국으로 떠나는 여객선의 긴 뱃고동, 두툼한 민어회, 흐릿한 불빛 아래서 늦은 밤에 먹는 카레라이스, 숨통이 끊긴 채 죽어가는 염소, 텅 빈 운동장에서 자전거를 타는 소녀, 죽은 개, 수탉의 볏 같은 맨드라미, 오래 입은 옷의 솔기, 헤어진 여자의 뒷모습, 무죄의 추정, 봉쇄 수도원의 회랑을 오가는 수도사의 그림자, 모란과 작약의 둥근 꽃봉오리, 세상의 모든 버드나무, 낯선 장소에서 듣는 바흐의 파르티타 선율, 여행지에서 읽는 젊은

시인의 시집, 대성당의 종루에서 울려나와 저녁 하늘에 파문을
만들며 퍼져 나가는 종소리, 몽골 초원에 세운 게르에서의 일박.

　해마다 여름은 봉인된 채로 도착한다. 그것은 아름다운 무
늬가 있는 뱀과 잘 익은 자두와 복숭아, 그리고 별로 띠를 두르
는 은하수와 함께 온다. 나는 착한 소년처럼 보리수나무 그늘
아래서 이 봉인된 것을 조심스럽게 열어 본다. 나는 이 온화한
여름 저녁을 그대의 뺨과 입술에게 돌려주려고 한다. 사랑은
자주 길을 잃고, 그 사랑이 나아갈 길과 방향을 가리키는 별은
없다. 이미 소금장미가 되어 버린 애인이여, 내 사랑은 지나갔
고 혼자 남은 나는 오래 슬펐노라고 말하겠다. 이 여름 저녁, 누
군가 내 귓가에 행복에도 한계효용체감의 법칙이 적용된다고
속삭인다. 행복도 너무 흔해지면 그 체감은 덜해지는 법이다.
하지만 해마다 불행의 그물을 찢으며 돌아오는 여름의 행복은
줄어드는 법이 없다. 당신에게 왔던 그 금빛 여름이 나의 여름
을 질투해서 파업하는 일은 절대로 없을 테니까.

네 아침을 준비할 때 다른 이들을 생각하라

지난여름, 한반도를 덮친 혹서는 지독했다. 그것은 재앙이고 불행이라 부를 만한 더위였다. 어느 날 은행 지점장으로 일하다가 현직에서 물러난 친구가 그 여름의 땡볕을 뚫고 찾아왔다. 그는 나이보다 훨씬 더 건강해 보였다. 오랜만에 만난 탓에 우리는 각자의 근황을 화제로 삼았다. 그는 도서관을 다니며 공인중개사 자격증 시험을 준비하고 있다고 했다. "아직 일할 힘이 남아 있는데, 그냥 놀면서 지낼 수는 없잖은가?" 우리는 저녁 식사를 하고 이런저런 얘기를 나누다가 헤어졌다. 그 친구가 내게 물었다. "자네는 행복한가?" 나는 친구와 헤어져 돌아오며 스스로에게 거듭해서 물었다. "나는 정말 행복한가?"

지난여름 아내와 나는 베를린을 여행했다. 베를린 도심의

한복판인 '미테'에 숙소를 두고 보름 동안을 지냈다. 인천 국제
공항에서 비행기를 타고 열 시간 반을 날아와, 다시 한 번 비행
기를 갈아타야만 올 수 있는 그 먼 베를린에서 보낸 여름은 심
심했다. 그렇다고 베를린에서 보낸 날들이 권태로웠다고 말할
수는 없다. 베를린의 격류처럼 쏟아지는 여름 햇빛은 눈부셨고,
하늘에 뜬 흰 구름은 금방 세탁한 무명 홑이불처럼 하얗게 빛
났다. 울울창창한 녹색의 숲과 물을 뿜는 분수가 잘 어우러진
공원의 나무 그늘에는 연인들이 누워 있고, 아이들은 분수대
물을 맞으며 까르륵거리고 개들은 그 주변을 뛰어다녔다. 우리
는 좋은 날씨라는 행운을 기꺼운 마음으로 받아들이고, 심심함
으로 가득한 한가로움을 큰 횡재로 여겼다. 나는 베를린에 단
하나의 일거리만을 챙겨왔는데, 이는 잘한 일이었다. 여행 가방
에 넣은 책 몇 권은 일거리가 아니라 심심함에 대비한 소일거
리였다.

우리는 아침 산책에 나섰다가 유럽식 조식을 제공하는 노
변 카페를 찾아냈다. 빵과 치즈, 햄과 살라미, 삶은 달걀, 과일과
채소, 우유, 오렌지 주스, 오트밀, 뮤즐리 등으로 구성된 호텔 조
식과 비슷했다. 값이 싸서 좋았다. 호텔에선 2인 기준으로 30유
로인데 여기서는 10유로였다. 다만 커피를 따로 제공하지 않을
뿐이었다. 이 노변 카페는 배낭 여행자들로 붐볐다. 아내와 나

는 노변 카페에서 한가롭게 식사를 마친 뒤 커피를 마시며 각자 책과 원고를 들여다봤다. 어느 날 저녁은 화이트와인을 한병 사다가 아내와 함께 이국에서 보내는 여름의 멜랑콜리를 안주 삼아 홀짝홀짝 마시다가 취기에 젖은 채 잠이 들기도 했다. 숙소 창밖에 서 있는 나무의 무성한 잎과 가지가 바람에 흔들리며 솨아솨아 파도 소리를 냈다. 그 나무 사이 허공에 보름달인지 둥글고 노란 달이 떠 있었다.

그런데 왜 하필 베를린이었을까. 딱히 베를린이어야 할 이유는 없었다. 그곳이 매력적인 것은 우리가 사는 곳에서 아주 먼곳이라는 점이다. 먼 고장은 우리를 동경과 유혹으로 이끄는 아우라가 있다. 베를린 여행은 혹서에서 달아나기 위함이고, 휴식없이 이어지는 일과 업무의 과부하, 익숙한 것들의 과잉이 빚는 권태에서 벗어나려는 시도였다. 우리에게 필요한 것은 빵과 물 말고, 한 점의 안식, 구름과 침묵, 숲의 고요, 그리고 낯선 도시 속에서 얻는 새로운 경험과 자극이다. 우리가 베를린에서 구한 것은 한가로움이다. 한가로움은 비활동이고 일과 근심에서의 해방이다. 한가로움은 일에 매달리느라 잃어버린 느긋함과 게으를 수 있는 자유를 얻은 사람에게만 주어지는 선물이다. 그것이 가능성을 품은 느긋함이라면 우리는 느긋함 속에서 새로운 존재 형질로 빚어질 것이다. 그것은 꺼진 기쁨의 불꽃을 되살리는 일이고, '유토피아적 찰나'를 겪는 실존 사건이다.

서울대 심리학과 최인철 교수는 『굿 라이프』에서 이렇게 말한다. "사는(buy) 것이 달라지면 사는(live) 것도 달라진다." 그는 명품 구매보다 경험을 사는 게 훨씬 더 사람을 행복으로 이끈다고 말한다. 정말 경험을 사는 것이 집과 자동차와 옷을 사는 것보다 우리를 더 행복하게 만들까? 물론 우리가 물건을 살 때 행복감을 느끼는 것은 사실이지만 그 행복감은 오래 지속하지 않는다. 물질 소유가 늘어갈수록 행복감은 반감된다. 행복이란 뇌에서 합성되는 감정으로 일종의 진화적 산물이다. 행복은 존재를 침투하고 해체하는 비애와 고통에서 벗어나 내가 안전하고 안녕하다는 믿음이 지속하는 가운데 일어나는 "긍정적인 감정의 전율"이다. 우리가 행복감에 도취해 먹고 마시며 노래하고 춤출 때 심장은 기쁨으로 뛰고 혈액은 신체의 말단까지 힘차게 뻗어간다.

행복학을 펼치는 전도사들은 '더 행복해지려면 물건을 사지 말고 경험을 사라!'라고 말한다. 경험을 사는 대표적인 활동이 여행이다. 여행을 하면서 물건을 사기도 하지만 그것이 자산을 늘려 주는 경우는 없다. 여행 중에 사는 물건은 대체로 소소한 것들이다. 여행이란 지리적 편중성에서 벗어나 끊임없이 이동하며 자기 존재와 의식을 열고 낯선 사람과 이국의 풍광들을 빨아들이는 활동이다. 결과적으로 여행은 경험의 다양성 속에서 자기 존재를 확장하도록 이끈다. 유명한 작가들이 그토록 자주 여행에 나선 것은 그것이 발견의 계기를 주는 경험이고, 뜻밖에 창조적 생각이라는 선물을 주었기 때문이다.

베를린에 머무는 동안 우리가 한 일이라곤 서점과 갤러리를 들르고, 끼니때마다 음식을 찾아 베트남 쌀국수집이나 일본 라멘집이나 한식당을 기웃거리고, 더위를 피해 카페나 숙소에서 책을 읽으며 소일한 것이 전부다. 좀 더 짜릿한 자극을 찾아 베를린 동물원을 찾아가고, 주말 저녁엔 작은 카지노에 가서 푼돈을 투자해 룰렛 게임을 즐기고, 일요일에는 베를린 근교의 벼룩시장을 돌아보았다. 벼룩시장에는 선뜻 지갑을 열고 살 만한 물건은 눈에 띄지 않았다. 우리는 먼지가 날리는 벼룩시장을 돌아보고 시장 안 식당에서 구운 고등어와 생맥주를 주문해 점심 식사를 대신하고 터벅터벅 숙소까지 걸어서 돌아왔다. 어느 날은 베를린 분단의 기억을 간직한 장벽과 작센하우젠 수용소를 견학했다. 사람들은 미증유의 슬픔과 고통이 지나간 장소에 기념관[Berlin Wall Memorial]을 짓고, 그 장소의 기억을 망각하지 말자고 다짐했다. 이른바 '장소의 성화(聖化)'를 통해 면죄부를 베푸는 행위다. 그 장소는 인간의 끔찍한 죄악을 되풀이해서는 안 된다는 다짐을 되새기는 자리일 것이다.

행복은 무오류 속에서 겪는 충만의 경험이고, 충만한 한에서 진리임에 틀림없다. 행복의 실감이 손에 쉽게 쥐어지지 않는 것은 그것이 무한을 머금은 일인 탓이다. 무한은 유한 존재인 인간에게는 불가능으로 주어진다. 사람은 무한과 영원의 가장자리를 배회하다가 사라진다. 사람과 견줄 바는 아니지만 무한하고 영원할 것처럼 보이는 태양도 우주도 어느 순간 사라질 것에 속한다. 빅뱅으로 나타난 거대 우주가 '오메가의 순간'에 사라진다는 사실을 처음 알았을 때 나는 소름이 돋았다. 어쩌면 이 생이 허구일지도 모른다는 의심을 품었다. 생은 환(幻)에 지나지 않고, 우리는 무한을 향해 헛된 이마 찧기를 하며 불가능한 구애를 하고 있는지도 모른다. 결국 분명한 것은 사람이 죽음과 무(無)라는 무한의 안쪽으로 밀려들어 가는 존재라는 점이다. 죽음은 존재의 사라짐이고 망각이다. 무한이 시간의 부재라면 시간적 존재인 사람에게 영원한 불가능의 그 무엇이다. 지금 이 시각 살아 있는 우리는 영원과 무한이라는 경험 불가능성의 시간 속으로 덧없이 밀려가는 중이다.

세상은 낮과 밤으로 나뉘고, 숲은 고요하며, 바다는 출렁인다. 봄꽃은 매운 추위를 품은 겨울에서 나오고, 서리와 북풍은 가을의 창백한 달에서 나온다. 우리는 태어난 곳에서 먼 곳으로 떠나 살며, 이곳과 저곳, 숲과 바다, 여러 계절을 스쳐 지나간다. 산다는 것은 영원과 영원 사이에서 반짝 하고 일어나는 찰나의 누전이다. 그 찰나를 사는 우리는 한바탕 생이라는 춤을 춘다. 여름과 겨울, 남자와 여자, 빛과 그늘, 새와 두더지, 달과 태양…… 그렇게 상극으로 나뉘어 있다. 상극인 것들은 서로를 품고 밀어내며 균형과 조화를 이룬다. 생이라는 춤은 음양이 그렇듯 어긋나고 부딪치는 것이 하나로 어우러져 추는 윤무(輪舞)일 테다. 이 세계는 유한과 무한, 찰나와 영원, 음과 양, 밤과 낮, 인간과 신, 대지와 하늘같이 대립된 것이 어우러지는데, 우리는 이 어우러짐 속을 통과하는 여행자다.

우리는 불황, 소득의 양극화, 청년 실업, 소상공인과 자영업자의 한숨, 거짓과 기만, 피상적인 것에 덮인 사회에 퍼진 탐욕과 배금주의, 도덕적 불감증, 당파적 이득에만 매몰된 정치 행태, 환경 오염과 파괴되는 지구 생태계, 온갖 사고와 사건들…… 속에서 살아간다. 우리는 불행이라는 짐을 지고 사막을 가로지르는 낙타같이 밋밋한 일상의 세계를 건너간다. 이런 세계에서 나 혼자 행복하다는 것은 생경하고 추잡한 외설에 불과하다. 사람은 타인과의 관계성 속에서 사는 존재다. 내 마음의 평화와 안녕은 그 관계성에 영향을 받는다. 다들 불행에 짓눌리고 사는데 나 혼자 희희낙락할 수는 없다. 그것은 몰염치하고 부도덕한 일이다. 타인과 함께 행복하지 않다면 그것은 어느 일면 병든 구석이 있을지도 모른다. 행복이란 내 노력과 의지, 그리고 행운에 더해서 분명 누군가의 수고와 불행에 빚진 바가 있다.

네 아침을 준비할 때 다른 이들을 생각하라
비둘기의 모이를 잊지 마라.
네 전쟁을 수행할 때 다른 이들을 생각하라
행복을 추구하는 이들을 잊지 마라.
네 수도 요금을 낼 때 다른 이들을 생각하라
빗물 받아 먹고 사는 사람들을 잊지 마라.
네 집으로 돌아갈 때 다른 이들을 생각하라
수용소에서 지내는 사람들을 잊지 마라.
네 잠자리에 들어 별을 헤아릴 때 다른 이들을 생각하라
잠잘 곳이 없는 사람들을 잊지 마라.
네 자신을 은유적으로 표현할 때 다른 이들을 생각하라
말할 권리를 빼앗긴 사람들을 잊지 마라.
멀리 있는 다른 이들을 생각할 때 너 자신을 생각하라
말하라, "내가 어둠 속의 촛불이라면 좋으련만."

마흐무드 다르위시, 「다른 이들을 생각하라」

혼자만 불행을 회피하려고 전전긍긍하고, 혼자만 행복해지려고 아등바등 고투하는 것은 비루한 짓이다. 먼 곳에서 사는 이들의 고난과 고통을 품고 함께 아파해야 한다. 우리의 안락한 잠과 따뜻한 밥은 누군가 노동하고 수고한 대가다. 누군가 불행에 빠져 허덕인다면 우리는 그 책임의 일부를 나눠질 생각을 가져야 한다. 불의와 폭력에 눌리고 신음하는 사람들, 난민들과 이주 노동자들과 노숙자들이 겪는 고통과 불행에 대한 연민과 공감이 있어야만 한다. 마흐무드 다르위시라는 시인은 우리에게 "다른 이들을 생각하라"고 말한다. 우리가 아침밥을 먹을 때 퀭한 눈으로 굶주린 채 망연자실한 사람들, 우리가 아늑한 침대에 누워 잠을 청할 때 창공의 별을 보며 가야 할 방향을 가늠하는 여행자들과 집 없이 차가운 지하도 바닥에 골판지를 깔고 잠드는 사람들을 기억해야 한다. 저 혼자 잘 먹고 잘 사는 행복은 죄악일 뿐이다.

우리가 겪는 온갖 불행과 수고는 날마다 먹는 밥같이 일상다반사의 일이다. 우리는 이런 불행과 수고에서 오는 고통에 대해 무뎌졌을지도 모른다. 우리는 어린 시절보다 어른이 된 뒤 더 불행해졌다. 어렸을 때 우리는 작은 놀이나 성취에 기뻐하고 행복에 겨워했다. 하지만 어른이 되어서는 행복해지는 법을 잊었다. 왜 이런 일이 벌어졌을까? 그것은 나이가 들면서 행복에의 재능이 고갈되고, 행복보다 불행을 빚는 일을 더 많이 하기 때문이다. 행복이 '현실과 욕망 사이의 균형'이라고 말할 수 있다면, 우리는 더 자주 그 균형 잡기에 실패하기 때문이다.

요즘 성공한 사람이 한순간의 잘못된 선택으로 나락으로 떨어지며 이룬 것을 다 잃는 경우를 종종 본다. 물론 그 실패와 몰락은 개인의 잘못된 선택과 행위의 결과일 것이다. 또 찬찬히 따져 보면 그들이 자기중심적이고 제 성취와 성공에 자만했던 탓일 수도 있다. 그들이 더 사려 깊게 주변을 돌아보고 현실과 욕망 사이에서 균형을 잡을 수 있었다면, 그리하여 제 성공에 도취되어 독선과 오만에 빠지지만 않았더라면 그런 불행은 피할 수도 있었으리라. 사람은 타인과 더불어 사는 사회적 동물이고, 산다는 것은 끊임없이 타인과 연루되는 일이다. 따라서 타인과 맺는 좋은 관계의 바탕에서 자연스럽게 나온 행복이나 성공이 아니라면 그것은 한순간에 물거품처럼 사라질 수도 있다. 우리가 아침 식사를 할 때 어디선가 아침을 거른 채 굶주리는 사람이 있음을, 우리가 수도 요금을 낼 때 어디선가 빗물을 받아 먹고 사는 이가 있음을 기억해야 할 이유는 충분하다. 우리가 누리는 행복은 바로 그들에게 빚진 바가 있기 때문이다.

2장 행복의 형상을 그리다

근심 없이 잠들던 날들은 다 어디로 갔을까

사는 동안 누릴 수 있는 가장 좋은 것 중 하나가 숙면이다. 푹 자고 일어난 아침에 느끼는 상쾌함은 그 무엇과 바꿀 수 없을 만큼 가치가 있다. 돌이켜 보면 인생에서 가장 행복했던 것은 어린 시절이었는데, 그것은 잠과 연관이 있다. 아무 근심이나 걱정도 없고 존재에 성스러운 빛에 감싸인 어린 시절에는 쉽게 잠이 들었다. 꿀처럼 달콤한 잠은 자족적 평안이라는 선물이었다. 해가 뜨면 저절로 눈이 반짝 떠졌다. 아침에 일어날 때마다 왜 그토록 기분이 좋았을까? 수면 중 멜라토닌이란 물질이 분비되어 뇌를 적신 탓에 기분이 좋아진다는 사실을 안 것은 한참 뒤의 일이었다. 뜰 안 감나무 가지에 앉아 지저귀는 새소리 속에서 일어나던 시골의 여름 아침에 소년의 마음에 오롯하던 행복은 오직 멜라토닌이 주는 보상이었던 셈이다.

젊은 시절에는 잠자는 시간을 아까워하며 밤새워 무언가를 읽거나 썼다. 눈꺼풀에 내려앉는 잠을 쫓으면서 일을 했다. 잠이 유용한 시간을 잠식한다고 이해한 것은 무지몽매함이 빚은 사태였다. 자칫하면 삶을 망가뜨릴 수도 있는 판단이었다. 잠은 의식을 정지시키는 것이 아니라 의식을 빚기 위한 준비 작업을 하는 시간이다. 우리의 뇌는 자는 동안 기억을 저장하고 다지는 일을 한다. 잠이 학습 효과를 높이는 데 도움이 된다는 연구 결과가 아주 많다. 잠은 무용하게 헛되이 보내는 시간이 아닌 것이다. 수면 연구자들은 사람이 렘수면을 취하는 동안 반복 경험으로 습득한 절차 기억을 배우고 강화한다고 설명한다.

잠은 깨어 있는 의식의 반대, 즉 지각 능력의 감퇴와 의식의 몽매함에 빠져 보내는 시간이 아니다. 깨어남을 "잠의 무감각한 공허에 대립되는 본래성(authenticity)을 회복하는 것"으로, 각성을 "결단주의의 한 형태"로 받아들이는 것도 오해에 지나지 않는다.* 젊은 시절엔 잠을 자지 않는 파수꾼은 세계를 경계하고 주시하려는 자, 위험과 약탈자를 살피고 위험을 방비해 내는 성스러운 의무를 떠안은 자라고 한껏 의미를 부여했다. 하지만 이것이 젊음의 만용이 저지른 잘못된 판단이었다는 걸 뒤늦게 깨달았다. 잠을 자지 않으면 사람은 죽을 수도 있다. 잠은 우리 몸과 뇌가 휴식을 취하고 회복하는 데 꼭 필요한 생체 리듬의 주기에 속한다. 잠은 인생의 낭비가 아니라 과정이다.

숙면을 취하는 사람은 자주 불면에 빠지는 사람보다 훨씬 더 좋은 삶의 질을 누린다. 잠을 충분히 자고 일어난 사람의 뇌는 창의적 생각들로 넘치고, 눈동자는 생기로 가득 차 반짝인다. 잠잘 때 뇌가 각성 활동을 멈추고 휴식을 취하면서 원기를 회복하기 때문이다. 잠은 더 많이 일하라는 독촉과 압력에 맞서서 취하는 휴식에의 긍정이다. 그것은 뇌와 신체에 베푸는 단순한 휴식이 아니다. 그것은 "기다림의, 휴지의 반복"이고, "연기(延期)의 필요를, 그리고 무엇이든 연기된 것의 지연된 회복이나 재개를 단언"하는 것이다.* 잠잘 때 우리는 사회적 관계에서 주기적으로 벗어나 탈개인화 속에 자신을 방임한다. 잠은 사회 활동의 면제 속에서 활동을 멈추는 것이 아니라 휴식의 요구에 대한 능동적 응답이다. 잠은 불안과 동요를 가라앉히려는 생체의 리듬이고, 잠에 대한 신체의 생물학적 요구는 그 무엇으로 대체할 수 없을 만큼 중요하다.

불면은 비정상적 각성 상태로 밤을 새우는 일이다. 불면이 계속되면 자아는 메마르고 찢어질 듯 얇아진다. 잠이 부족한 가운데 깨어난 날은 비몽사몽 흐리멍덩한 의식으로 겨우 움직인다. 외부 자극에 대응하는 몸의 민첩성이 떨어지고 머릿속은 온갖 노이즈로 복잡하다. 이것은 불면이 초래하는 나쁜 결과다. 불면은 의식을 산만하게 만들고 기억력과 창의력을 떨어뜨린다. 한 철학자는 불면이 "경계(警戒)의 필요에, 즉 세계에 만연한 공포와 불의를 간과하지 않으려는 태도에 상응"하며, "타인의 고통에 대한 부주의를 피하려는 노력의 불안"이라고 정의한다. "우리를 압도해 오는 책임의 무한성에 대한 거의 견뎌 낼 수 없는 주의(注意)가 동반되는 것"이기 때문이다.*

에디슨은 한 세기 반 전에 40시간 빛을 낼 수 있는 백열전구를 발명했다. 그 후 인류의 평균 수면 시간이 최소한 한 시간 이상 줄었다. 20세기 이전의 인류는 평균 10시간을 잤는데, 인공조명이 나온 뒤로 하룻밤에 6시간 반을 자는 수면 패턴이 고정됐다. 잠자는 시간이 줄어든 만큼 일하는 시간과 사교 생활의 시간이 늘었다. 깨어 있는 시간이 늘면서 주체의 욕망이 작동하는 시간은 물론, 자기를 착취할 시간도 연장됐다. 잠을 줄이고 추방하면서 자본주의의 던적스러운 탐욕이 세계를 집어삼켰다. 그리하여 지구를 "중단 없는 일터, 또는 무한한 선택지와 과제와 선정물(選定物)과 딴짓거리가 있는, 늘 열려 있는 쇼핑몰"로, 불면 상태는 "생산하기, 소비하기, 폐기하기가 쉬지 않고 이뤄지는, 그리하여 삶의 소진과 자원의 고갈이 재촉되는 상태"*로 바꿔 놓았다. 이런 자본주의적 삶의 방식이 작동하는 세계의 한복판으로 밀려들어 온 주체에게, 잠은 더 오래 깨어 있으라고 명령하며 몸을 노동-기계로 식민화하려는 탐욕스러운 자본의 예속에 맞서는 위대한 해방 투쟁이 된 것이다.

우리는 근대 이전과 견줘 덜 자고 더 많이 일한다. 밤을 새우며 인터넷과 디지털 기기를 매개로 전 지구적 소비 시장에 관여한다. 세계를 정복한 자본주의는 잠이 심신을 마비시키는 무용하고 수동적인 것이라고 선전하고, 잠을 추문으로 낙인찍는다. 그럼에도 불구하고 평온한 잠을 즐기는 사람은 사실은 자본주의의 음흉한 계략에 맞서 자기의 생체 리듬을 지키고, 수면할 권리를 침식하는 자본주의에 비타협적으로 저항하는 것이다. 강제적인 잠 안 재우기는 자아에게 가하는 폭력이다. 잠은 정태적인 잉여가 아니라 생명의 불가결한 요구다. 어떤 이유에서든지 잠을 자지 않는 것은 자기 자신에 대한 악덕이다. 숙면이 주는 쾌적함과 즐거움을 배제하고 행복에 대해 말할 수는 없다. 잠을 덜 자라! 더 많이 일하라! 더 많이 일하면 더 큰 행복을 주겠노라! 이런 속삭임은 자본주의 시장이 내거는 기만적인 사기술이고, 우리를 죽음으로 내모는 악마적인 유혹일 뿐이다.

● 조너선 크레리, 『24/7 잠의 종말』, 김성호 옮김, 문학동네
■ 앞의 책
▲ 앞의 책
● 앞의 책

왜 책을 읽나요?

씨앗들은 모두 다 기다림의 천재다. 모든 식물의 씨앗은 단단한 껍데기에 감싸인 배아 상태로 싹을 틔울 기회를 엿보며 무한정 기다린다. 기다림에 처해진 씨앗의 운명은 가혹하다. 숲의 산책자들은 큰 나무들을 올려다보지만 제 발아래를 살펴보는 법은 드물다. 땅에 떨어진 그 많은 씨앗들을 보는 경우는 아주 드물다. 부엽토로 덮인 흙에 떨어진 씨앗들은 발아의 기회를 엿보지만 다 싹을 틔우는 것은 아니다. 씨앗들 중 절반 이상은 죽고 만다. 불운하게도 새의 먹잇감이 되는 씨앗도 있다. 씨앗들이 싹을 틔울 기회를 빼앗긴다 하더라도 그 비극의 흔적은 남지 않는다. 그러니까 숲은 어떤 씨앗에게 싹을 틔워 생명이 번성할 기회의 장소이지만 어떤 씨앗에게는 죽음의 자리인 셈이다.

우리 모두는 무언가를 기다린다. 기다리는 대상이 무엇인지도 모른 채 그것을 기다린다. 기다림이란 그 대상을 넘어서는 숭고한 행위라는 것. 기다림은 대상에 대한 불가능한 연모 속에서 자기를 소진시키는 일이다. 기다림은 언제나 대상을 추월한다. 그런 까닭에 그 대상이 끝내 도착하지 않더라도 기다림은 그 자체로 숭고해진다. 인생은 많은 기다림으로 이루어진다. 우리는 실현이 불가능한 것, 도저히 기다릴 수 없는 것을 기다린다. 그 많은 기다림이 실패로 끝나고, 우리는 기다리는 일이 무모하다는 걸 깨닫는다. 모든 기다림의 끝에서 우리는 죽음과 만난다. 당황스럽지만, 죽음은 모든 기다림에 종말을 선언한다.

"왜 책을 읽나요?" 그런 질문을 자주 받는다. 독서는 기억과 내면 감정을 일깨우는 사색으로 삶을 이끄는 활동이다. 독서할 때 우리는 침묵과 고독에 휩싸인다. 침묵이 머리 위에 드리우고, 고독은 우리를 씨앗의 껍데기같이 감싼다. 우리는 배아 상태에서 몽상에 빠져드는데, 그사이 책은 우리를 현실과 다른 세계로 데려간다. 독서는 "마법의 열쇠로 우리가 들어갈 수 없었던 우리 내면의 문을 열어 주는 독려자"와 같다.* 독서를 통해 내면의 공허를 채우고, 우리 안에서 그르렁거리는 인식욕을 충족시킨다. 우리는 책을 읽으면서 아둔한 짐승에서 예민한 감수성과 취향을 가진 존재로 발명된다. 독서는 자기도 모르는 자기 존재의 발명 행위인 것이다.

　공자는 『논어』에서 이렇게 말한다. "배우고 때때로 그것을 익히면 이 또한 기쁘지 않은가? 벗이 먼 곳에서 찾아오면 이 또한 즐겁지 않은가? 남이 나를 알아 주지 않아도 노여워하지 않으면 이 또한 군자답지 않은가?" 공자는 기원전 551년에 태어나 기원전 479년에 죽은 것으로 추정되는 사람으로 배우고 익히는 것을 아주 좋아했다. 배우고 익히는 것은 자기 수련 혹은 자기 수양의 도를 가리키는데, 요즘으로 말하자면 독서 행위일 테다. 공자의 기억력과 교양은 모두 책을 통해 얻었을 것이다. 독서란 배우고 익히며 자기 안의 무지를 깨고 앎의 기쁨으로 나아가는 일이다. 다시 공자는 말한다. "한 가지를 아는 자는 그것을 사랑하는 자보다 못하다. 그것을 사랑하는 자는 그것 때문에 기뻐하는 자보다 못하다." 독서는 우리로 하여금 자기를 성찰할 계기를 주고, 더 높은 이상을 품게 하며, 고매한 인격을 닦는 유력한 수단이 되어 준다. 무엇보다 독서는 기쁨을 구하는 일이다. 내 경험을 돌이켜 보면, 책 읽는 시간은 내 것이 아닌 기쁨을 훔치는 시간이고, 외로움에 처한 헐벗은 영혼에 기쁨을 수혈하는 일이었다.

　새벽의 고요 속, 무릎에 담요를 덮고 어젯밤 택배로 도착한 책을 읽는다. 책을 읽는 사람은 타인의 사유와 경험을 취함으로써, 자신의 좁은 사유와 유한한 경험의 영역을 확장한다. 펼쳐진 책은 의미의 바다고, 책은 우리를 무궁무진한 가능성의 세계로 이끈다. 독서 행위는 바다를 가로지르는 항해고, 미지의 가능성과 세계를 향해 모험에 나서는 일이다. 독서는 정신의 쇠락, 그리고 망각과 맞서며 궁극의 나를 찾고 나다움을 회복하려는 상상의 모험이다.

독서는 불가능한 것을 꿈꾸게 한다. 또한 불사의 삶에 대한 무의식을 자극한다. 아울러 독서는 나를 행복하게 만드는 일이다. 행복에의 열망은 이곳에 행복이 없다는 사실을 확인하는 데서 시작하는 법이다. 독서는 메마른 현실에서 행복으로 향하는 도피고, 눈사태처럼 쏟아지는 행복의 경험이다. 독서가 기쁨을 구하는 일이 아니라면 그토록 오랜 세월 그것에 파묻혀 지낼 수는 없었을 테다. 몽매함으로 방황하던 20대에도 내 곁에는 책이 있었고, 인생이 난파하여 수습할 수 없는 지경에 빠졌던 40대에도 곁에 책이 있었다. 인생의 수많은 파란과 곡절의 고비를 넘기면서 그 고통을 묵묵히 견뎌 낼 수 있었던 것도 몸을 웅크린 채 꾸역꾸역 읽었던 책 덕분이다.

우리는 왜 책을 읽는가? 책은 우리 안의 상상력을 자극하고,

우리를 타성의 감옥에서 수인(囚人)으로 사는 존재를 해방시킨다. 이 새벽 내가 책을 읽는 것은 '나'라는 감옥, 고독이라는 감옥, 불행이라는 감옥에서 벗어나기 위해서일 것이다. 더 궁극적으로는 진정한 '나'에게로 가는 길을 찾기 위해서, 타인의 것을 빼앗지 않고도 혼자 충분히 행복할 수 있다는 사실을 깨닫기 위해서다. 책을 읽는 사람은 나날이 젊어지고, 불멸 속으로 들어간다. 나는 책을 읽는다. 세상의 모든 책들을 다 읽어 치운 뒤 더 이상 책을 읽지 않기 위해서 책을 읽는다. 물론 그것은 바닷물을 다 삼키겠다고 말하는 것만큼이나 어리석은 욕망이다.

• 마르셀 프루스트, 『프루스트의 독서』, 백신희 옮김, 마음산책

더 느리게, 더 단순하게

밀레니엄 소동이 한바탕 지난 뒤 나는 시골로 내려왔다. 처음엔 막막하고 불안했다. 마치 인생의 낙오자가 된 듯 슬픔도 느꼈다. 시골로 삶의 터전을 옮긴 뒤 노자의 『도덕경』과 『장자』를 읽었다. 그게 이제까지 삶을 전면적으로 돌아보는 계기가 되었다. 노자와 장자를 머리맡에 놓고 탐독하는 가운데 불현듯 내가 잘못 살아왔다는 사실을 깨달았다. 그 각성은 우레같이 전두엽에 내리꽂혔다. 나는 남들과 똑같이 잘 먹고 잘 살고자 버둥거렸다. 시골에 내려오기 전까지 탐욕과 가속도에 실린 삶을 살았다. 그렇게 함부로 살아서는 안 되는 거였다.

고대 그리스의 철학자 디오게네스는 물받이에서 두 손으로 물을 받아 마시는 아이를 본 뒤 들고 있던 잔을 던졌다. 최소한의 소유로 단순한 방식의 삶을 꾸리겠다는 결단이었다. 느림과 비움에 바탕을 둔 단순한 삶은 모든 형태의 잉여와 낭비를 추문으로 만든다. 느리고 단순한 방식의 삶은 불행을 견디는 힘을 갖지만, 복잡한 삶은 불행에 취약하다. 내 경험에 비추어 말하자면, 느리게 걸으면 평화롭고 빠르게 가면 마음이 시끄럽다. 적게 소유할수록 삶은 단순해지고, 많이 가질수록 삶은 복잡해진다. 삶은 단순할수록 본질에 가까워지지만 단순함에서 멀어질수록 더 번잡해지고 세속화한다.

시골에서 열다섯 해가 넘게 살았다. 봄가을을 열다섯 번이나 번갈아 지내며 더 비우고 단순하게 살았다. 천만 인구가 사는 대도시 서울에서 오랫동안 치열하게 경쟁하며 살았던 터라, 몸에 익숙한 방식을 버리고 새로운 방식을 취하기가 쉽지는 않았다. 먼저 몸이 저항했다. 하지만 느림과 비움, 단순한 방식으로 삶을 바꾸는 것은 내면에서 비롯된 준엄한 명령이었다. 일에 집중하려면 더 단순해야만 했기 때문이다. 나의 일은 책을 읽고, 글을 쓰는 일.

시골에 살며 많은 것을 정리하고 끊었다. 술과 사교를 끊고, 소모성 관계를 정리했다. 그 대신에 마당과 텃밭에 나무를 심고, 연못을 파서 수련을 심었다. 수련꽃이 홀연히 피어나는 여름 아침, 거기서 기쁨을 구하며 외로움을 달랬다. 시골에 사니 아무도 불러 주지 않았다. 덕분에 바깥에서 시간을 헛되이 쓰는 일이 줄었다. 나는 가을의 좋은 날을 정해 벗들을 불러 작은 음악회를 열고 와인을 내놓았다. 벗들과 담소를 나누고 와인을 마시며 호수를 바라보며 가을의 정취를 누리곤 했다.

더 느리게 살고, 더 단순하게 살려고 마음을 단련했다. 먹고 자고 산책하고 명상하고, 그 밖의 시간에는 내가 좋아하는 일을 했다. 살림이 조촐하고 단순해지니, 책 읽고 글 쓰는 일에도 탄력이 붙었다. 더 많은 책을 읽고 더 많은 책을 쓸 수 있었다. 시골에서 마흔 권도 넘는 책을 썼다. 누군가는 나의 바뀐 모습에 놀랐다고 했다. 내 인격은 전보다 더 다정해지고, 생명은 활력으로 넘치며 약동했다. 누군가는 내게 가난에 찌든 모습이 없다고 했다. 그 모습이 내가 시골에서 비우고 버리며, 단순하게 살게 된 덕분에 얻은 선물이고 축복이었다.

시골에 사는 동안 느림과 비움이 가장 큰 화두였다. 그 앎을 곧 실천에 옮겼다. 나는 천천히 걷고, 천천히 사유하며, 기꺼이 경쟁에서 낙오자가 되는 길을 택했다. 갈등과 경쟁을 피하고, 손해를 보더라도 천천히 갔다. 마음에 들끓던 불행과 조바심이 사라졌다. 마음이 고요해지니 잠을 잘 자고 똥이 잘 나왔다. 아,

느린 게 빠른 것이구나, 적은 게 많은 것이구나! 홀연 깨달았다.

느림은 나무가 성장하는 속도이자 들숨과 날숨의 리듬이다. 이것은 상생과 평화를 위해 필요한 것이다. 느리게 사는 것은 생명이 감당하는 범주 안에서 남과 상생하고, 자연과 조화를 추구하며 살겠다는 결단과 의지가 없으면 불가능한 삶의 방식이다. 느림은 남보다 부자가 되겠다는 욕심을 내려놓아야 가능한 삶의 방식이다. 반면 세상의 온갖 빠름, 즉 과속과 가속도에 제 인생을 거는 것은 탐욕과 이기주의, 자본주의가 앞세우는 성과주의와 자연 생태계를 배려하지 않는 반자연주의를 따르는 길이다. 문명의 가속도에 편승하는 것은 더 많은 부와 사회적 기회를 남보다 빨리 거머쥐겠다는 욕망인 것이다. 그것은 과열 경쟁을 낳고, 자기 신체에 과부하를 일으킨다. 결과적으로 번아웃(burnout)과 불행으로 빠져드는 길이다.

부자가 돈으로 행복을 사려고 해도, 어디에도 돈으로 살 수 있는 행복은 없다. 많이 소유하면 잃는 것도 커진다. 그래서 부자들은 늘 자기 부를 잃을까 노심초사한다. 적게 가지면 그런 근심에서 해방된다. 적게 가지면 잃을 게 적기 때문이다. 현자에크하르트는 "많이 소유할수록 적게 지니게 된다."라고 말했다. 영혼의 풍족함을 구한다면 적게 가지려고 노력하라! 무소유를 추구한다면 자발적으로 가난에 들어야 한다. 적게 가짐으로써 소유가 만드는 불행에서 자유로워질 수가 있다. 고대 그리스 철학자 에피쿠로스는 가난을 커다란 재산이라고 했다. 그랬으니 무한한 재산은 무한한 가난이라고 말했을 테다.

느리게 살라! 단순하게 살라! 말은 쉽지만 실천은 어렵다. 욕망을 덜어내고, 사는 방식을 단순화할 때 지혜에 가깝게 갈 수 있다. 단순하게 사는 것은 불편할 수도 있지만 그게 불행은 아니다. 오히려 평온과 자족을 향해 나아가는 방식이다. 그랬으니 예로부터 성자들은 한결같이 모든 것에서 단순함을 사랑하라고 말했을 거다. 느림과 비움, 단순함을 따르는 삶은 숭고하고도 자족하는 삶의 방식이다. 그것은 땅과 그것에 밀착한 모든 식물들이 취하는 오래된 생존의 방식이다. 그것은 우리가 잃어버린 옛날의 방식, 인류가 배우고 따라야 할 오래된 지혜의 근간일지도 모른다. 나는 그게 지혜로운 방식이라고 믿기에 오늘도 주어진 길을 느리게 뚜벅뚜벅 걸어간다.

비우면 달라지는 것들

시골로 삶의 터전을 옮기고 보니, 동네에는 생필품을 파는 가게가 없었다. 뭔가를 사려면 시내까지 나가야만 했기에 일상생활이 불편했다. 부득이하게 소비를 줄일 수밖에 없었다. 물건을 덜 사서 쓰는 습관이 몸에 붙었다.

오늘날 삶을 지배하는 것은 성과주의, 실적, 유용성에 대한 탐욕이다. 부지런히 많이 벌고, 많이 소비하기를 장려하는 것은 자본주의가 시키는 짓이다. 더 많이 버는 것이 성공이라고 여기는 사회에서는 너나없이 돈벌이 대열에 나선다. 자본주의는 유혹적인 목소리로 속삭인다. 더 많이 일해라! 그래야 행복해진다! 살아 보니, 그게 아니었다. 더 많이 소유하려는 욕망이 나를 얽어맨 와중에 비워 보니, 필요한 물건보다 더 많이 갖고 사는 게 불행임을 깨달았다.

쓰지 않는 물건과 입지 않는 옷을 이웃과 나누었다. 더 많은 물질 소비를 향해 치닫는 마음의 스위치를 껐다. 유실수를 심고 소규모로 텃밭 농사를 지었다. 자급자족을 꿈꾸었다. 초보 농사꾼은 실패했지만 그 의욕은 갸륵했다. 철학자 에피쿠로스는 "충분한 것을 적다고 여기는 사람에게는 아무것도 충분하지 않다."라고 말한다. 물질 소비가 만드는 쾌락에 중독이 된 사람에게는 이성의 통제력이 미치지 않는다.

물건을 맘껏 소비하며 사는 방식이 꼭 행복한 것만은 아니다. 소비 행위의 끝에는 똥과 쓰레기가 넘친다. 그것을 처리하는 데 엄청난 비용이 든다. 미처 치우지 못한 똥과 쓰레기는 지구 생태계를 오염시킨다. 쓰레기 매립은 토양을 오염시키고, 미세 플라스틱은 바다 생태계에 큰 위험을 초래한다.

우리는 너무 많은 물건을 사서 쓰고 버리는 삶에 중독되어 있다. 자본주의 사회에서 욕망과 필요에 부응하는 물건을 사는 걸 미덕이라고 부추긴다. 소비자에게 항상 '더 많이 사라!'고 속삭인다. 정부와 기업들은 소비가 촉진되어야만 경제가 살아날 수 있다고 말한다. 소비는 경제 성장의 지표를 끌어

올리고 GDP를 높이는 수단이지만 그게 우리 삶을 더 낫게 만들지는 않는다. 대량 생산과 대량 소비가 세계를 움직인다. 소비 확장으로 경제 성장을 꾀하는 사회는 불가피하게 환경 파괴라는 비용을 발생시킨다. '미나마타 병'과 '체르노빌 참사'는 그 비용이 얼마나 막대한지를 보여 준다.

비움을 화두로 삼고 산 것은 자랑할 만하다. 비움은 욕망과 필요를 덜어내는 일이다. 열매를 솎아 줘야 남은 열매가 실해진다. 내 안의 욕심을 덜어야만 비울 수 있고, 비워야만 얻을 수 있다. 가득 차 있는 자는 그 무엇도 채울 수 없다. 돈 버는 일을 덜 하니 나 자신을 돌아보는 여유가 생겼다. 마음을 비우니, 더 많이 산책하고 사색하기에 시간이 충분했다. 비움이 내 삶 생활이고, 마음의 고요와 안녕을 위한 수행임을 안 것은 뒤늦게 온 깨달음이다.

비움은 쓸데없이 거추장스러워진 삶의 다이어트고, 나도 모르게 뚱뚱해진 욕망의 다운사이징이다. 먹고사는 일에 지나치게 매몰되지 말자. 항상 채우려고만 했지 비우는 일에는 게을렀다면 이제 패러다임을 바꾸자. 비우는 일에 부지런해지고 채우는 일에는 게을러지자. 인생이 달라질 것이다. 더 많이 비울수록 소유한 것들의 가치가 드러나고 삶의 만족감은 높아진다. 욕망의 부피를 줄이면, 세상은 분명 조금 더 살 만해진다. 내일은 오늘보다 조금 더 먼 곳까지 산책을 나갔다 돌아와야겠다.

소통, 타인을 환대하는 일

다들 '소통하라'고 말하지만 정작 소통에 대해 깊이 생각하는 사람은 드물다. 소통은 한마디로 남과 통하는 일이다. 남을 전제하는 행위다. 이때 남은 나와 다르고 낯선 존재다. 남은 우리가 빤히 아는 그런 존재가 아니다. 남은 나의 모름 속에서만 나타난다. 남은 나의 모름을 품고 있기에 경이와 신비를 가진 존재로 내 앞에 출현한다. 내 기분이나 감정은 앞에 나타난 타인의 말과 태도에 영향을 받는다. 우리 운명은 타자와 맺는 다양한 관계와 그 영향 속에서 만들어진다. 따져 보면 내 성공과 실패, 기쁨과 충만감은 대부분 남에게서 온다.

소통은 왜 필요할까? 산다는 것은 남과 연루되는 일이다. 사람은 남과 연루되어 사는 존재이기에 반드시 소통이 필요하다. 남이란 본디 나와 다른 존재다. 절대적 다름으로 내 앞에 나타나는 이가 바로 남이다. 대체적으로 우리 삶은 남과의 관계라는 토대 위에 세워진다. 그런 까닭에 혼자 고립되어서는 제대로 된 삶을 일굴 수가 없다. 우리는 남과 끊임없이 말을 섞고 마음을 이으며 소통해야만 하는 존재다. 타자의 절대적 다름을 인정하는 일이야말로 소통의 출발점이다.

소통하는 사람은 먼저 남을 공경한다. 남은 이미 내 안에 와 계신 손님이다. 손님은 나를 이끌고 깨우치며 바른 길로 나아가는 존재다. 모든 남은 나의 손님이다. 레비나스라는 철학자는 타자를 "나와 신과의 관계에서 필요 불가결한 형이상학적 진리가 나타나는 장소 그 자체"라고 말한다. 공자는 그런 사람을 가리켜 '군자'라고 명명했다. 이 '군자'는 오늘의 말로 옮기자면 '어른'이다. 미성숙한 인격을 가진 아이는 소통에 서투르다. 아이는 제 고집에 머물고 제 욕심만 챙긴다. 소통은 미숙한 아이의 일이 아니라 모든 일에 원숙한 어른의 일이다.

소통은 남과 더불어 관계를 맺으며 살아갈 때 불가피한 일이다. 또한 나만 잘 사는 것이 아니라 더불어 잘 살겠다는 마음의 일이다. 내게 와서 말을 건네고 나와 더불어 일을 도모하겠다는 남을 존중하는 태도, 나를 낮추고 상대의 뜻을 겸허하게 받는 자세를 가져야만 이룰 수 있는 일이다. 그러므로 소통은 착하고 옳고 아름다운 사람의 일이다. 나만 옳은 게 아니라 당신도 옳다. 옳음은 어느 한쪽의 독점물이 아니라 우리가 공유해야만 하는 가치다. 이런 마음의 바탕이 없다면 소통은 미약하거나 불가능할 것이다. 불통은 자기가 가치를 독점했다는 자만심에서 불거진 남을 밀어내는 행위다. 남의 신념, 주장, 태도는 옳지 않고 내 신념, 주장, 태도만 옳다는 독선은 소통에 장애물이 된다. 남을 진리의 존재로 받아들여 환대하지 않는다면 소통은 멀어진다. 따라서 소통이란 환대의 윤리학이 낳은 귀중한 열매다.

소통은 남과 밀고 당기는 전략이거나 나를 상대에게 받아들이도록 하는 기술이 아니다. 만약 소통이 기술이라면, 가장 큰 기술은 남을 섬기는 것이다. 섬김은 남의 말을 귀담아듣고, 나와 다른 의견을 존중하며, 생명의 가치를 나누고 누리는 일이다. 소통은 옛 현자가 말한 도(道)에 가깝다. 본디 도는 우리가 가야 할 길이다. 그렇기에 도는 진리, 만물에 작용하는 궁극의 이치와 원리다.

여행이라는 영예로운 월계관

여름의 마지막 해수욕 누가 제일 늦게 바다에서 나왔나

그 사람이 바다의 뚜껑을 닫지 않고 돌아가

그때부터 바다의 뚜껑 열린 채 그대로 있네

요시모토 바나나, 『바다의 뚜껑』(김난주 옮김, 민음사) 중 하라 마스미의 시

여름은 휴가를 얻은 많은 이들이 여행을 떠나는 계절이다. 살갗에 떨어지는 땡볕은 촛농처럼 뜨겁고, 고온다습한 날이 이어질 때 어디론가 떠나고 싶어 몸이 근질근질해진다. 무더위와 권태, 지겹게 반복되는 업무를 피해 저 멀리 떠나고 싶어지는 거다. 깨끗한 모래, 파란 바다를 상상하는 것만으로도 설렌다. 여행은 열락에의 약속, 자발적 유배, 세계의 낯섦과 기꺼이 마주치는 일이다. 외국의 여행지를 고르고, 비행기 티켓을 예매

하고, 비자를 발급받는 등 준비로 분주한 동안 기대감이 우리를 감싼다. 마침내 여행지로 출발하는 날이다. 우리는 짐을 꾸려 국제공항으로 씩씩하게 나간다. 공항과 기차역, 여객선이 출발하는 부두는 여름 휴가를 떠나려는 인파로 북적인다. 여기가 아닌 저기, 낯익은 장소가 아니라 먼 곳에 있는 다른 고장에 대한 동경과 열망은 왜 커지는 걸까?

여행이란 익숙한 곳을 떠나서 낯선 고장을 헤매는 것이다. 시인 랭보처럼 '바람 구두'를 신고 세계의 이곳저곳을 밟아 보기 위해 떠난다. 나는 여름마다 자주 먼 곳으로 떠났다. 지중해의 아테네나 이스탄불, 산토리니섬이나 크레타섬으로, 동유럽의 프라하나 부다페스트로, 북유럽의 헬싱키나 스톡홀름으로, 남반구의 시드니로 훌쩍 여름 여행을 떠났다. 프랑스의 소설가 기 드 모파상은 이렇게 말한다. "여행은 문과 같다. 우리는 이 문을 통해 현실에서 나와 꿈처럼 보이는 다른 현실, 우리가 아직 탐험하지 않은 다른 현실 속으로 파고들어 가는 것이다." •
낯선 환경에 놓일 때 육체와 감각은 새로워진다. 그러니까 삶의 진부함에 물들어 무뎌진 감각을 갱신하기 위해 여기가 아닌 저기를 찾아 여행을 떠나는 사람도 있을 것이다.

여행지에서 고립과 고독에 잠기는 일은 드물지 않다. 혼자 쓸쓸하게 빗소리에 귀를 기울일 때, 때는 11월 하순이고, 그곳이 프라하의 유대인 지역 한 외진 골목에 있는 작은 식당이라면 우리는 더욱 고독감에 빠져들 수 있을 것이다. 이국의 식당에서 혼자 식사를 하는데, 간간이 낯선 언어가 들려오고 몸은 감기 기운으로 으슬으슬 떨려 온다면, 그 고립과 고독은 심연으로 바뀔지도 모른다. 그 심연에 있을 때 우리는 오롯하게 자기 자신과 대면하며 내면을 들여다볼 수 있는 기회를 얻는다.

여행자는 자발적으로 이방인이 되는 사람이다. 이방인은 안에 있으면서 밖에 있는 자를 가리킨다. 여행자는 정주민과 달리 쉽게 눈에 띄는 주변인, 이쪽도 저쪽도 아닌 사이의 존재다. 이방인은 다른 현실 속에 틈입하여 낯선 눈으로 세계를 바라본다. 그렇기 때문에 정주민이 보지 못하는 세계의 균열과 위기의 징후를 더 날카롭게 포착한다. 탈현대에 와서 이방인은 노마드(Nomad)라는 새로운 이름을 얻는다.

여행은 밋밋한 삶에 씌우는 영예로운 월계관이다. 우리는 여행에 기대어 영장류가 흔히 겪는 나태와 습관이 가져온 질병인 무기력에서 벗어난다. 우리는 먹고사는 일에 매몰된 삶에서 벗어나 더 행복해지기 위해서, 자신에 대한 무지에서 해방되기 위해서, 사치스러운 고독을 누리기 위하여, 이국의 풍물 속에서 감각을 갱신하고 기분 전환의 기쁨을 누리기 위해서 여행을 떠난다. 떠나 봐야 인생이 소중하고 아름답다는 사실을 실감할 수 있다. 여행지에서 예기치 못한 사태와 마주치고, 곤란을 겪고 나서야 날마다 누린 일상의 안락감이 얼마나 가치 있는가를 비로소 깨닫게 될 것이다. 그렇지 않다면야 애써 돈과 시간을 써 가면서 떠날 필요는 없을 테니까.

• 기 드 모파상, 여기서는 장 피에르 나디르·도미니크 외드, 『여행정신』, 이소영 옮김, 책세상에서 재인용

침묵으로의 자발적 망명

온갖 소음이 번성하는 곳, 환락과 과잉이 뒤엉켜 아수라장이던 도시. 유혈이 낭자한 생존의 현장을 떠나 아무도 아는 이가 없는 고적한 시골에서 가난한 살림을 꾸릴 때, 고요한 침묵이 내 안의 번잡함과 시끄러움을 다독였다. 눈 내린 아침 마당과 초목이 온통 흰 눈을 뒤집어쓴 채 적요를 견딜 때, 그 고요의 단단함에 반향하는 내 안의 침묵은 얼마나 깊던가! 나는 봉쇄 수도원의 나이 든 수사(修士)같이 말문을 닫고 오직 바깥 소리를 향해 귀를 열었다. 그때 내 몸을 드나드는 날숨과 들숨, 심장 박동과 혈액 순환은 가지런하고 고요했다. 간혹 바람 한 줄기에 나무에 쌓인 눈이 푸슬푸슬 날렸다. 작은 텃새들이 나뭇가지 위에 날아와 지저귀는 소리는 넓은 호수에 떨어지는 빗방울처럼 점점이 침묵의 심연으로 떨어졌다. 그뿐, 사위는 다시 고요했다. 침묵은 정신적 태도의 산물이다. 그것이 사색하는 삶의 기반이 된다는 사실을 뒤늦게 깨달았다. 나는 시골 생활의 저변에 들끓는 침묵에 길들여지면서 그것으로 기꺼이 개종했다.

나는 침묵이 서린 공간을 좋아한다. 침묵이 서린 공간은 청각을 더 예민하게 만든다. 침묵은 내면의 성스러운 감각을 깨운다. 처음엔 그게 아주 낯설었다. 마흔 해 넘게 삶을 의탁한 약육강식의 생존 현장에서 침묵은 불안의 다른 이름이었던 탓이다. 그것이 나와 다른 방식으로 삶을 좇는 자의 종교였기 때문에 나는 침묵과 데면데면했다. 어느 봄날 모란과 작약이 햇빛이 들끓는 고요 속에서 봉오리를 터뜨리는 찰나를 지켜보며, 이것이 우주의 파동이 일어나고, 우주적 침묵이 파열하는 찰나라는 생각이 스쳐갔다. 침묵은 내 안의 성난 동물을 잠재우고 나를 알 수 없는 피안(彼岸)의 세계로 이끌었다.

나는 본디 침묵의 친인척이었다. 어느 순간 그것에서 멀어졌다. 시골에서 책을 꾸역꾸역 읽는 동안 책이 침묵으로 덩어리진 말의 무덤이고, 책을 읽는 건 그 침묵을 저작하는 행위라는 사실이 새삼스러웠다. 독서란 침묵의 기반 위에서 이루어지는 경청 행위다. 그것은 책이 베푸는 침묵의 향연으로 몸을 밀어 넣어 섞고 스미며 상호 침투하는 과정이다. 독서는 내면의 불안과 혼돈의 소용돌이를 잠재우려고 할 때 그 유용성이 빛난다. 독서란 침묵의 밀도를 온몸으로 받아들이며 그것을 더없는 행복으로 바꾸는 행위다.

침묵은 자연 상태에 항상 있는 것이지만 그것을 일깨우는 것은 소리다. 침묵은 자연의 것이고, 소음은 도시의 현상이다. 소음은 침묵을 공격하고 그것을 부서뜨린다. 소음은 침묵의 살해자다. 차라리 소음은 침묵이 부스러진 것, 침묵의 잔해물이다. 자연에서 침묵은 스스로를 평정하고 스스로 태어난다. 자연 상태에서 깨어난 침묵이 젖을 물려 기르는 것은 소리들이다. 침묵은 소리들을 제가 가진 가장 좋은 것들로 부양한다. 소리들은 침묵에서 멀리 나갔다가 다시 침묵으로 돌아간다. 침묵과 소리는 혈연관계다. 소리가 침묵과 대조를 이룰 때 침묵의 명예와 위엄은 더욱 돋보인다. 침묵은 소리와 소리 사이에 머무는 신성한 파동이다. 세상에 떠도는 모든 소리는 침묵 속에 들어갔다 나옴으로써 비로소 정화될 수가 있다.

도서관, 수도원, 빈 들, 사막은 침묵으로 깊어지는 공간이다. 침묵은 부재하는 존재를 더 또렷하게 드러내면서 공간을 더 넓게, 더 높게 만든다. 침묵은 식물 세계 전반에 나타나는 일반적인 현상이다. 식물이 네 발 달린 동물처럼 으르렁거리거나 울부짖는 일이 없다. 침묵은 식물들의 종교다. 식물은 침묵 속에서 자신의 내면을 키우고 교양을 고양한다. 식물의 씨앗은 그 자체로 작은 침묵의 개체고, 하늘을 향해 수직으로 뻗는 향일성(向日性)의 나무들 침묵의 본성을 견지하며 자태를 뽐낸다. 식물의 세계에 널리 퍼져 있는 침묵은 비활동성 속에 숨은 느림이고, 숙고의 계기적 찰나를 만드는 고요를 확장한다. 나무와 나무들 사이에 오롯한 침묵은 비언어적 의사소통의 장이다.

하지만 침묵이 늘 식물만의 전유물은 아니다. 인간이나 동물도 침묵에 기댄다. 인간의 침묵과 동물의 침묵에는 미묘하게 차이가 있다. 동물에게 침묵은 노력하지 않고도 얻는 휴식의 계기다. 동물은 본능적으로 자연의 침묵에 자신을 동화시킨다. 반면 사람에게 침묵은 애써 노력해야만 얻을 수 있는 것이다. 어느 순간 동물은 침묵의 덩어리처럼 보인다. 소의 커다랗고 맑은 눈동자는 침묵의 심연이다. 침묵 속에서 휴식을 즐기는 동물을 보면 동물이 인간보다 열등한 형제라는 고정관념은 허상임을 깨닫게 한다. 동물에게 침묵은 타고난 본성이다. 사람은 침묵의 도움으로 시끄러움에서 도피하고, 침묵에게서 수행과 구원의 계기를 찾는다. 그런 까닭에 침묵은 좋은 시나 영성을 배양하는 계기적 순간을 만든다.

깊은 침묵 속에 있을 때 우리는 인간이 자기 자신을 바라보는 우주라는 사실을 깨닫는다. 몇 해 전 강원도의 고찰에서 하룻밤을 머물렀다. 한밤중 하늘에는 별이 쏟아질 듯 총총하고, 그 아래 전나무 숲은 어둠에 잠겼다. 늦은 시각 숙소에서 나와 대웅전을 돌아보고 어둠에 잠긴 오솔길로 걸어갔는데, 그때 사위를 짓누르는 침묵의 웅장함에 압도되었다. 내 마음에 돌연한 침묵이 단단하게 응결하는 걸 느낄 수 있었다. 그 찰나 마음은 찢긴 깃발처럼 펄럭이지 않고 균형과 질서를 내면화했다. 고요에 대한 각성 속에서 나는 오랫동안 나를 짓누르던 혼란과 광기에서 벗어나 내면의 침묵과 만났다.

우리가 사는 곳은 온갖 소리로 어우러진 세계고, 침묵은 희귀한 것 중 하나다. 침묵은 단지 소리가 부재하는 현상이 아니다. 침묵은 덩어리진 말을 깨트리고 부숴서 모음과 자음, 반모음과 유기음으로 조각조각 흩어 놓는다. 말은 침묵이라는 해체 과정을 통해 형체를 잃고 아득한 무로 돌아간다. 침묵은 신성 불가침의 영역, 말과 인격이 배양되는 계기적 찰나, 언어의 도약이 이루어지는 장소다. 침묵을 따르는 자의 내면이 고요해지고, 침묵의 깊은 곳에서 흘러나오는 말이 저 피안의 세계를 엿보게 하는 것은 그 때문이다. 침묵은 이 세계의 모든 약자들에게 피난처를 제공한다. 아울러 내 교양은 오직 침묵이라는 교양의 토대 위에서만 가능하다. 내가 그토록 자주 침묵으로의 자발적 망명자가 되기를 열망한 것은 오직 침묵 속에서만 새로운 삶, 곧 신생이 가능함을 깨달았기 때문이다.

가난한 청년을 비춘 빛의 음악

러셀 셔먼의 『피아노 이야기』를 읽다가 청각이 불안과 두려움의 기원이라고 지적하는 데서 흠칫 놀랐다. 우리 청각은 낯선 소리에 예민하게 반응한다. 선사시대 인류는 자신에게 다가오는 적의 기척을 알아채기 위해 모든 소리에 귀를 기울였다. 맹수가 먼 데서 울부짖는 소리, 으르렁거리는 소리, 파충류가 스르륵 기어가며 내는 소리들……. 불안은 청각의 선천적인 특성이다. 니체가 말했듯이 "귀는 두려움의 기관"이었다. 청각을 통해 오는 불안과 두려움을 가라앉히기 위해 음악의 위안이 반드시 필요했다.

J. S. 바흐의 「무반주 첼로 모음곡」을 들을 때 나는 기분이 좋아진다. 특히 바람이 불거나 비가 뿌리는 늦가을 오후에 듣

는 바흐의 음악은 나를 쓸쓸함에서 벗어나게 하고 가슴 벅찬 충만감으로 이끈다. 나는 고전 음악을 들으며 무상(無償)의 기쁨에 취하곤 했다. 왜 그토록 음악에 빠졌는지 숙고하지는 않았다. 음악이 저마다 다른 색깔과 향기를 품은 소리의 기하학적 구조를 바탕으로 한다는 것 말고는 아는 게 없었다. 바람과 돌을 굳이 해석하지 않듯이 소리와 리듬이 소용돌이치며 강약의 변화로 이끌어 내는 음악의 심오함도 애써 해석하지 않았다. 현실이 누추하고 내 존재가 비루할 때마다 나는 음악으로의 도피를 꿈꾸었다. 음악을 듣는 건 시궁창 속에 발을 딛고 눈은 창공의 별을 바라보고 있는 것이나 마찬가지다. 음악은 늘 '영원한 현재성'으로 우리 내면을 깨우고, 우리를 행복으로 이끈다. 내 마음의 교양은 훌륭한 음악에 빚진 바가 크다. 몇 해 전 산문집에 「음악」이라는 조출한 산문을 하나 썼다.

들어 보니, 여기에 천국이 있었다. 괴테는 "건축은 얼어붙은 음악"이라고 했다. 바꾸어 음악은 흐르는 건축이다. 음악은 마음이 복잡해서 숨고 싶을 때 숨어 있기 좋은 섬이다. 악기에서 울려 나오는 소리들은 한결같이 침묵의 세례를 받은 것들이다. 음악은 내 속귀의 달팽이관 속에 소리가 아니라 침묵으로 차오른다.

이십대 초반, 나는 나를 핍박하는 세속의 누추함과 지루함을 견디다 못해 마침내 음악이라는 섬으로 망명을 했다. 다행히 망명 신청이 받아들여졌다. 나는 날마다 음악으로 머리를 감고, 음악으로 샤워를 하고, 음악을 먹고 마셨다. 바흐를 듣고, 베토벤을 듣고, 차이콥스키를 듣고, 파가니니를 듣고, 모차르트를 듣고, 브람스를 들었다. 날마다 음악은 내 안의 나쁜 것들을 정화했다. 내 성급함, 허위의식, 과장된 절망, 맹목성, 허장성세 들이 뒹구는 내면의 사막에 비를 뿌리고, 죽은 혼을 살려 일으켰다.

어느 날 나는 음악의 수맥(水脈) 속에서 피아노의 트릴을 듣게 되고, 바이올린의 피치카토를 듣게 되었다. 척박한 토양에서 음악이란 나무들이 자라났다. 올리브나무, 사이프러스, 뱅골보리수, 바오밥나무……. 내 영혼은 무수히 작은 새가 되어 이들 나무들 위를 자유로이 활강하며 날아다녔다. 나무들이 더 자라자 나는 이들에게서 영혼이 쉴 수 있는 푸른 그늘을 얻게 되었다. 음악은 지주(地主)가 될 수 있었던 내 운명을 '뇌주(腦主)'로 이끌었다.

장석주, 『도마뱀은 꼬리에 덧칠할 물감을 어디에서 구할까』(서랍의날씨) 중에서

고전 음악을 작정하고 듣기 시작한 것은 열일곱 살 무렵이

다. 원시 도마뱀같이 음악에 대해 무지몽매했던 그 무렵 먼저 귀에 들어온 곡은 주페의「경기병 서곡」이나 로시니의「윌리엄 텔 서곡」, 무소르그스키의「전람회의 그림」, 비발디의「사계」같은 표제음악이었다. 이어서 파가니니의「바이올린 협주곡 1번」, 차이콥스키의「피아노 협주곡」과「바이올린 협주곡」선율의 아름다움에 금세 매혹되었다. 바흐의 파르티타나 베토벤의「열정」,「폭풍」같은 곡을 들을 때엔 귀가 아니라 심장으로 직격(直擊)했다. 인생의 변곡점에 처해 있던 열일곱 살 소년은 고등학교를 중퇴하고 '르네상스'나 '필하모니' '전원' 같은 음악 감상실 둥지를 떠돌았다. 오직 책과 음악에 기대어 절망을 견뎌 냈던 것이다.

서울 명륜동의 가난한 다세대 주택에서 살던 스무 살 청년이던 나는 어느 날 한밤중 어둠을 뚫고 오는 한 줄기 빛 같은 청명한 곡을 들었다. 누군가 라디오를 틀어 놓은 듯했다. 라디오에서 흘러나오던 곡명도 알지 못하는 그 음악이 어찌나 슬프고 아름다웠던지, 나는 혼자 듣다가 눈물을 쏟았다. 나중에 알고 보니 비탈리의「샤콘느 G단조」라는 곡이었다. 막스 브루흐의「콜 니드라이」를 처음 들었을 때도 그와 비슷했다. 음악이 도덕학이나 고결한 영혼의 교과서일 수는 없으나 최소한 불안과 고통을 경감시키는 효과가 있고, 음악의 아름다움에 넋을 잃을 때 그 경험이 "영광과 완벽과 만족을 향한 의지를 강화하는 경향"*이 있다는 정도는 깨닫게 됐다.

한동안은 카세트테이프를 사서 카 오디오로 음악을 들었다. 출판사를 경영하던 30대 중반이 되어서야 쿼드 앰프와 탄노이 스피커로 조합된 오디오 기기를 마련해 음악을 들었다. 새로 마련한 오디오 기기로 음악을 듣는데, 귀가 황홀해질 정도로 소리가 달랐다. 다른 음악 애호가들이 그렇듯이 LP판으로 나온 것을 듣다가 나중에는 CD로 들었다. 내 음악 경청의 역사는 자못 파란만장하다. 어쨌거나 그럭저럭 50년 동안 고전 음악을 들었다. 지금도 여전히 음악이 내면에 일으키는 기쁨의 일렁임을, 그 황홀경의 도취를 좋아한다. 나를 행복하게 만드는 것은 바다, 어머니, 저녁…… 그리고 음악이다. 어떤 경우에도 내 행복 목록에서 음악의 황홀경에 빠져드는 순간을 빠트릴 수는 없다.

---

* 러셀 셔먼, 『피아노 이야기』,
김용주 옮김, 이레

운동화 끈을 단단히 매고 걷는다

연일 푸르고 공활한 가을 하늘을 머리에 이고 걷는 일은 즐겁다. 텃밭 농사꾼은 길바닥에 수확한 들깨를 말리고, 고구마를 거둔 밭은 배추를 기르기 위해 갈아엎었다. 여름 내내 울울창창하던 활엽수의 잎잎은 단풍이 곱게 들고, 어쩌자고 상수리나무에서 떨어진 도토리는 숲길을 걷는 나의 머리통을 딱 소리를 내며 맞춘다. 여름과 가을 사이 빛의 편차가 뚜렷해질 때 여름 내 녹색 짐승같이 기세등등하던 나무들은 갑자기 순해진다. 여름 땡볕은 광기를 품은 듯 맹렬하고 사나웠으나 대지에 퍼지는 가을 햇빛은 고요하고 자애롭다. 나는 바람의 서늘함을 깊게 들이마시며, '아, 가을이구나!' 한다. 울안 대추 열매에 붉은빛이 드는 이 무렵이 한 해 중 가장 쾌적하다.

안성에 살던 때 계절의 느낌이 물씬 나는 이런 시를 써서 내놓았다. 어느 해 가을이었나 보다. "태풍 나비가 지나간 뒤 쪽빛 하늘,/그 아래/그악스럽던 푸새것들에도 누른빛이 든다./콩밭 머리에 서면,/여문 봉숭아씨앗 터진 듯 뿔뿔이 흩어지는/새떼를 문득 황토 뭉개진 듯 붉은 하늘에서 놓친다./대추 열매에는 붉은빛 돋았다.//푸른기 도는 울안 저녁빛 속에서/늙은 지구가 진절머리를 치며 몸비늘을 떨군다./쇠죽가마에 식은 찻물 괴듯/맑은 가을비 한 뼘 깊이로 투명한데,/그 위에 뜬 붉고 노란 가랑잎들……//내 몸 뉘일 위도(緯度)에 완연한 가을이구나!/가을은 저 몸의 안쪽으로/안착하나 보다.//오래 불 켜지 않고 앉아서/앞산 쳐다보다가/달의 조도(照度)를 조금 올리고/풀벌레의 볼륨을 한껏 높인다.//복사뼈 위 살가죽이 자꾸 마른다."(졸시, 「가을 법어(法語)」) 이런 가을에는 나이 듦의 실감이 속수무책으로 깊어진다. 나는 복사뼈 위 살가죽이 마르는 것에서 내가 더는 젊지 않다는 사실을 자각한다.

순모 양말을 신고 운동화 끈을 단단히 맨 뒤 집 바깥으로 나선다. 제대로 걸으려면 야생의 숲을 찾는 게 좋다. 집 근처에서 멀지 않은 파주의 심학산 산길을 오른다. 바람을 방목하는 숲길에서 나는 가을날 천지에 가득한 청명한 기운을 느낀다. 누리에 비친 환한 가을볕 아래 너른 배 밭이 펼쳐진다. 배 밭은 이미 수확이 끝난 뒤라 관리자가 없다. 배 밭을 끼고 큰 갈참나무들이 빽빽한 숲속의 산길로 들어설 때 대지를 밟고 서서 고개를 들어 먼 곳을 바라본다. 구절초 따위가 핀 가파른 산길을 올라갈 때는 들숨과 날숨을 내쉬는 속도가 빨라진다. 숲속 활엽수들은 바람을 맞으며 가지를 살랑거리고, 노랗고 붉게 단풍 든 잎은 우수수 떨어진다. 나무들 사이를 꿰뚫고 가을 오후의 햇살이 직선으로 뻗어와 길을 비춘다. 심학산 중턱에서 나는 걸음을 멈추고 가파른 숨결을 고르며 먼 풍경을 조망한다. 조락과 수확이 이루어진 들은 유순한 그늘을 드리운 채 적막에 잠겨 무심하다. 더 멀리 서해로 흘러 나가는 한강 하류가 눈에 들어온다. 한줄기 바람이 이마에 돋은 땀을 씻어 낸다. 산봉우리를 향해 꿋꿋하게 걷는 다리의 관절은 고통스럽다. 하지만 그 고통과 수고에는 가느다란 기쁨과 평안이 숨어 있다.

걷기는 신체를 이곳에서 저곳으로 옮기는 행위가 아니다. 걷기는 몸을 제자리에 되돌려 주는 일이다. 우리가 걸을 때 몸이 살아난다. 몸의 부피와 그 실감을 살려 내는 걷기를 멈추고 뒤돌아서서 걸어온 길을 돌아보라. 내가 지나온 숲길은 햇빛과 그늘이 교차하며 얼룩무늬를 만들고 있다. 다람쥐 한 마리 기척도 없는 그 길은 고요하다. 길이 곧 인생이라는 은유는 범속하다. 누구에게나 삶이란 자기를 향해 가는 길이다. 나는 목적지가 있어 길을 나선 게 아니다. 나는 바로 나를 향해 걸었다. 아니, 여름철 구름 속에 숨어서 번쩍이는 번개같이 어디를 향하는지도 모른 채 걸었다. 나는 나를 넘어서서, 권태에 빠진 나 자신과 작별하고 더 먼 곳으로 가고 싶었는지도 모른다.

대체로 철학자와 시인 들은 걷기를 좋아한다. 고대 그리스의 철학자 소크라테스는 물론이거니와 칸트도, 헨리 데이비드 소로도, 랭보도 걷기를 좋아했다. 니체 역시 걷기를 사랑한 사람이었다. 니체는 호숫가와 바닷가를 끼고 펼쳐진 길을 걷고, 고산과 능선을 찾아 걸었다. 그는 탁 트인 전망이 나타나는 고산지대를 좋아했다. 이 철학자에게 걷기는 상승하는 것, 몸과 기분이 다 함께 춤추듯이 위로 올라가는 것을 뜻했다.

걷는 자는 기필코 집 바깥으로 나서야 한다. 걷기란 바람을 맞고 햇빛을 쬐며 광합성을 하는 일이니까. 그는 울퉁불퉁한 지형을 건너고 야산과 언덕을 가로지를 때 꽉 막힌 내면의 변화를 감지하고 돌연 기분이 좋아진다. 걷는 자는 제 앞에 펼쳐진 풍경과 마주한다. 풍경은 굽이치며 흐르는 물길과 높고 낮은 구릉 따위의 지형만으로 이루어지지 않는다. 풍경은 땅의 높고 낮음을 포함해서 차라리 태양과 바람, 빛과 공기로 이루어진다. 풍경은 멀고 가까운 공간의 중첩이다. 걷는 자는 풍경

속으로 덧없이 들어선 틈입자고, 빛과 공기가 빚은 풍경을 전신 감각을 써서 흡입하는 자일 테다. 걷는 자는 풍경을 관조하면서 동시에 그것을 들이마신다. 걷는 자는 늘 탁 풍경의 말없는 관조 속에서 제 몸과 풍경을 뒤섞는다.

걷기는 고되지만 보상이 따른다. 걷는 동안 눌리고 접힌 뱃살과 눌린 내장 기관이 펴지고, 의기소침해 있던 근육과 관절들은 활력을 되찾는다. 돌연 육체의 유연성 속에서 우리 기분은 전환하며 상승한다. 프레데리크 그로는 이렇게 쓴다. "걷는 육체는 마치 활처럼 펴진다. 햇빛을 받은 꽃처럼 넓은 공간을 향해 열리는 것이다. 상체는 노출되고, 두 다리는 펴지며, 두 팔은 들어 올려진다."* 활처럼 펴지는 육체라니! 이게 걷는 자의 육체다.

걷는 자는 제 머릿속에 침투한 불안과 공허를 떨치고, 제 삶을 덮친 비열함과 악덕과 탐욕에서 벗어난다. 몸의 필요와 날숨과 들숨에, 몸의 헐떡거림에 집중할 때 육체를 새롭게 빚으며 우리 존재는 신생을 향해 나아간다. 우리가 즐거움으로 충만해서 걷고 있을 때 홀연 지각(知覺)이 열리는 순간이 닥친다. 세계와 나에 대한 수수께끼가 풀리는 이 순간은 깨달음의 찰나다. 풍경 속을 걷는 자는 풍경을 밀고 앞으로 나아간다. 우리는 풍경과 함께 움직이며 풍경이 품은 빛과 소리에 공명한다. 풍경 속으로 걸어 들어가 그것과 하나가 된다. 우리가 풍경 속에서 자기를 잃고 사라짐으로써 사실은 풍경 그 자체를 그러쥐고 자기화하는 것이다. 그렇게 풍경을 걷는 자에게는 어제의 나, 과거의 나와 결별하고 전혀 다른 내면 형질을 갖고 태어나는 신생이 약속된다. 더 활기차고 즐거운 나로 다시 태어나고 싶은가? 그렇다면 이 가을에 바깥으로 나가서 힘차게 걸어 보자.

* 프레데리크 그로, 『걷기, 두 발로 사유하는 철학』, 이재형 옮김, 책세상

소박한 일에서 즐거움 찾기

어느덧 창밖 나무들에는 단풍이 한창이다. 상강 지나자 기온이
뚝 떨어졌다. 벌써 물은 차갑고, 공기는 서늘하다. 설악산 대청
봉에 첫눈이 내렸다는 소식도 들려온다. 단풍이 한창인데, 첫눈
이라니! 성급하기도 하지. 이제 돌이킬 수 없는 늦가을이다. 여
름은 빨리 오고, 너무 늦게 떠난다. 반면 가을은 너무 늦게 오고,
너무 빨리 떠난다.

오후에는 교하 들을 가로질러 파주 출판단지까지 한 시간을
걸었다. 들에는 바람이 제멋대로 뛰어다니고, 아직 수확하지 않
은 벼가 가을볕 아래 고개를 숙이고 있다. 봄날 초록 융단 같던
들은 이제 노란 카펫이 깔린 듯했다. 수확이 끝난 뒤에 저 들은
텅 빈 채 눈과 얼음의 계절을 견딜 것이다. 나는 이 가을의 햇빛

과 느긋함을 좀 더 누리고 싶다. 하지만 잿빛 겨울이 점령군처럼 들이닥칠 생각을 하니 마음이 벌써 스산해진다.

직장을 은퇴하고 새 사업을 구상하는 후배를 만났다. 그의 새로운 사업 구상에 대한 얘기를 경청했다. 잘될 거야. 이제까지 잘 살아왔잖아. 이 경제 침체의 시기에 새 사업을 한다는 게 어쩐지 불안했지만 그의 새 출발을 격려해 주었다. 그는 돈을 벌기 위해서가 아니라 행복해지기 위해서 더 늦기 전에 자기 사업을 해 보겠다고, 만약 시도마저 해 보지 않는다면 후회가 남을 것 같다고 담담하게 말했다.

후회하지 않기 위해 자기 사업을 해 보겠다는 후배가 돌아 간 뒤 잠시 '무엇이 행복일까?'라는 생각에 잠겼다. 가을의 해 는 빨리 진다. 석양이 오는가 싶더니 곧 어둠이다. 교하 들 건너 편 어둠의 밀도가 높아지며 거리에 도열한 수은등 불빛들이 환 하게 떠오른다. 나는 창가에 서서 그것을 바라보았다. 나는 지 금 행복한가, 아니면 불행한가? 지금 이 순간 내가 서 있는 삶 의 자리에서 행복하지 않다면 다른 어디에서도 행복을 찾을 가 능성은 없다. 모든 행복은 항상 지금 여기에서 내적 충만과 고 요를 품고 일어나는 사태이기 때문이다.

오랜만에 팥죽을 먹고, 라흐마니노프 피아노 협주곡을 집
중하며 들었다. 그 작은 갈망이 충족되자 마음 안쪽이 평안으
로 물든다. 머리칼이 희끗희끗해지도록 오래 살았건만 나는 양
을 길러 본 적이 없다. 양들은 쨍 소리가 나도록 하늘이 차가운
겨우내 무엇을 먹고 지내는가. 양을 기르는 자의 희로애락을
모른 채 인생을 안다고 말할 수는 없다. 나는 고원을 오른 적도
없고, 낙타를 타고 사막을 건넌 적도 없다. 그저 젊은 날 책과 음
악을 벗 삼아 방황하고, 사업을 하다가 그만두고, 책을 몇 권 썼
을 뿐이다. 결혼을 하고, 아이도 낳아 길렀다. 하지만 늙는다는
건 서글픈 일이다. 나이가 들며 무릎 관절은 닳아 삐걱거리고,
피부에는 잔주름과 점이 늘었다. 내 안에서 탕약처럼 끓던 갈
망은 덧없이 사그라졌다.

젊은 날엔 많은 것들을 갈망하고 그것을 거머쥐면 행복해
질 거라고 믿었지만, 무엇을 더 많이 갖는다고 삶이 풍성해지
지는 않았다. 외려 무엇을 포기함으로써 삶은 풍성해진다. 욕심
을 덜어내고 어리석음을 피하며, 소박한 일에서 즐거움을 찾아
누리는 것. 그때 느끼는 내면의 고요와 평화, 그것이 행복이다!
나이가 들어 더 잘 알게 된 체념과 달관이 새삼 고맙다. 그로 인
해 덧셈만 하며 살아온 인생에서 뺄셈을 하는 지혜를 갖게 되
었으니 말이다.

3장 손안의 행복을 몽상하다

집밥과 어머니

수렵과 채집의 시대가 끝난 뒤 농경 사회가 열렸다. 사람들은 땅을 일궈 곡식의 씨앗을 뿌렸다. 그렇게 곡물 재배의 역사와 함께 빵과 밥의 역사는 시작되었다. 신석기 시대에 아나톨리(지금의 터키 지역)에서 호밀과 귀리 재배가 시작됐다. 호밀과 귀리의 씨앗을 뿌리고 수확을 거두는 농경법은 청동기와 철기 시대를 거치는 동안 유럽 전역으로 퍼져 나갔다. 인류는 빵과 밥으로 몸을 연명하는 역사를 열며 문명의 번성을 이루어 왔다.

서양은 빵을 먹고, 동양은 밥을 먹었다. 나는 동아시아 지역에서 태어났다. 밥은 내 운명이다. 밥을 먹을 기대로 입안에 침이 괴고 콧노래를 흥얼거린다. 갓 지은 밥은 몸에 생기를 준다. 나는 밥을 먹고 그 밥심에 기대어 오늘날까지 살아왔다. 밥과 몸은 하나다. 내가 먹은 밥이 곧 나다. 밥은 허기진 위를 채워 포만감을 주고, 침울한 기분을 유쾌하게 만든다. 밥은 상심한 마음에 기쁨의 불꽃을 일으키고 몸에 이롭게 작용한다. 그런 까닭에 밥은 신경 쇠약이나 외로움을 앓는 이를 일으켜 세우는 보약이다.

'집밥'은 예전에는 없던 말이다. 굳이 이런 조어가 널리 통용되는 것은 그만큼 집 밖에서 먹는 밥이 많다는 증거다. 집밥은 어머니의 밥이다. 그것은 자극적이지 않고 순하다. 내 어머니는 한반도 내륙에서 가난한 농부의 맏딸로 태어나 평범하게 성장했다. 어머니의 유순함은 땅을 갈아엎어 씨를 뿌려 수확한 것을 먹고 살아온 데서 비롯되었을 것이다. 어머니는 농경 사회의 유습 속에서 삶의 부피를 키워 온 터라 식성도 시골 토박이의 범주를 넘지 않는다. 한반도 정주민으로 삶을 꾸려 온 어머니의 맏이로 태어났다. 어머니가 해 주신 밥으로 살과 뼈를 빚은 식성도 어머니를 닮을 수밖에 없다. 한반도 정주민이 먹는 토박이 음식에 끌리는 것도 내가 피할 수 없는 운명이다.

잿빛 하늘에서 쌀가루 같은 첫눈이 푸슬푸슬 내리는 초겨울, 어머니가 끓여 밥상에 올린 청국장을 정말 좋아했다. 김장 끝나고 싸라기눈이 창호지문에 타닥타닥 들이치는 초겨울 저녁, 햅쌀로 갓 지은 밥을 삼키고 청국장을 한 숟가락 뜰 때, 입 안에서 식도로 넘어가는 청국장은 부드럽고 깊고 달콤하다. 내가 삼킨 것은 땅과 더불어 땅이 내는 것에 기대어 살아온 농경민의 눈물겨운 역사다. 청국장을 목구멍으로 넘길 때 나는 타인을 향해 턱없이 너그러워진다. 급전을 융통한 뒤 사라진 고등학교 동창을 우연히 만나도, 나는 '괜찮아, 이 친구야, 힘내, 힘내라고!'라며 그의 어깨를 툭툭 두드려 줄 것이다.

잊을 수 없는 집밥의 기억은 스무 살 언저리에 있다. 그야말로 맹렬하게 가난하던 시절, 식욕은 푸르렀지만 자주 끼니를 거르던 시절이다. 호주머니에는 돈 한 푼 없었다. 나는 아직 세상살이의 쓴맛도, 사업 실패도, 사랑이 주는 쓰라림도 겪지 못한 청년이었다. 불가능한 것을 갈망하고, 세상에 존재하는 나쁜 관행에 반항하던 청년이었다. 내 눈에 봄날의 꽃은 유난히 화사했고, 젊은 여자들의 웃음소리는 귀에 심벌즈처럼 울렸다. 나는 그런 아름다운 것들로 이루어진 세상과 견줘 처지를 비관하고 내 누추함에 몸서리치며 자학했다. 낯선 세상에 섞여 들지 못한 채 쭈볏거리며 내내 겉돌았다.

어느 겨울날 오후, 오직 문학을 향해 직진하는 청년은 서울 청계천의 헌책방 수십 여 군데를 돌았다. 꼭 찾고 싶은 책, 찾아야만 하는 책이 있었다. 해거름이 되자 눈이 녹아 질척이던 길은 기온이 영하로 떨어지며 빙판이 되었다. 나는 추위에 떨며 헌책방 서가를 매의 눈으로 살핀 뒤 몸이 지친 채 집으로 돌아왔다. 점심을 거른 터라 배가 출출했다. 그 저녁, 어머니가 끓인 얼갈이배추 된장국을 목구멍으로 넘기는 순간, 그 된장국의 온기가 핏속으로 흘러들며 몸이 따뜻해졌을 때, 울컥, 하고 아늑한 슬픔이 밀려왔다.

얼갈이배추 된장국은 조개나 해물, 육고기를 넣지 않고, 된장을 풀어 간을 해서 슴슴했다. 이 슴슴함은 인공 조미료 없이 오직 재료들의 원형질, 즉 흙과 식물과 빗방울이 한데 섞이고 어우러진 맛이다. 따뜻한 국물이 위장으로 흘러들어가자 나는 세상과 오랫동안 불화하고 있다는 사실조차 잊어버렸다. 밥과 국물이 속을 덥혔다. 아아, 세상은 그럭저럭 살 만하구나! 알 수 없는 안도감이 밀려와 그 누구라도 용서하고 싶던 그날 밤 나는 혼곤한 잠에 빠졌다.

음식은 누구와 함께 먹느냐에 따라서 그 맛이 달라진다. 음식에 내밀한 감정이 겹쳐지는 까닭이다. 어떤 밥은 목이 메고, 어떤 밥은 박찬 회한의 슬픔과 함께 삼켜진다. 도무지 잊을 수 없을 만큼 기쁜 밥도 있고, 마음이 팬 듯 아프고 슬픈 밥도 있다.

애인과 서울 근교 어느 산자락 식당에서 먹은 산채 정식, 저 남도 벌교 식당에서 먹은 꼬막 정식, 초봄 목포의 어느 식당에서 벗들과 먹은 삭힌 홍어와 홍어앳국, 해남의 여관에서 하룻밤 묵은 뒤 이튿날 받은 한상 푸짐한 한식, 통영을 찾아갔다가 한 시장의 식당에서 먹은 도다리 쑥국과 민어회…… 내 입맛을 돋운 음식을 열거하자면 끝도 없다. 나는 내가 먹은 다양한 음식과 더불어 나이를 먹었다.

나는 감정과 감각의 맥동이 뛰어 질풍노도로 내닫던 청년 시절에서 한참 멀어졌다. 젊은 날은 격류로 흘러갔다. 내 정수리께 머리카락은 희끗해졌다. 그동안 사랑에 실패하고, 누군가에게 배신도 당하고, 번창하던 사업도 무너졌다. 그런 쐐기풀같이 따가운 세월을 시난고난으로 건너오며 환멸과 치욕을 예사로 알 만큼 나는 늙었다. 어느 해 겨울 저녁, 얼갈이배추 된장국을 끓이시던 어머니는 이 세상에 없다. 어머니의 죽음과 더불어 내 집밥의 황금시대는 끝났다. 좋은 시절은 늘 가고 다시 돌아오지 않는다. 어머니의 집밥을 얻어 먹을 수 없게 된 것은 내 인생이 덧없고 쓸쓸해진 가장 큰 이유다.

겨울과 세상에서 가장 외로운 사람

종일 겨울비가 추적추적 내린다. 낙엽은 속절없이 젖는다. 사방이 회색빛으로 어두워지고 음울한 비가 세상을 적실 때 기분이 울적해진다. 한 해가 끝난다는 회한과 허탈함도 그 울적함에 무게를 더했으리라. 너무 옳은 말들과 너무 많은 주장들 속에서 내 작은 소망들은 마치 눅눅한 성냥개비처럼 발화되지 않았다. 살면서 흘려보낸 덧없는 세월 속에서 나는 작은 보람과 성취를 바랐으나 그 가망은 난망해졌다. 그보다는 실패가 더 잦았고, 은행 융자를 갚느라 한 해 동안 머리가 더 세고 등이 더 휘었을 뿐이다.

날이 추워지자 실내에서도 하얀 입김이 나온다. 눈과 추위의 계절이 닥쳤음을 실감한다. 한해살이풀은 씨앗을 떨어뜨리고, 잎과 줄기는 칙칙한 빛깔로 시들고 바스라진다. 너구리와 오소리 같은 야생 동물의 활동성도 줄어든다. 겨울이 닥친 것이다. 천지간에 음(陰)의 기운이 퍼져 나가는 가운데 조류와 파충류, 네 발 달린 동물들은 먹잇감 구하기가 어려워져 큰 시련을 맞는다. 곰이나 뱀은 아예 먹이 활동을 그치고 동면에 든다. 곰들은 겨울잠을 자면서 체내 에너지 소모를 최소화하며 혹독한 시련의 계절을 버텨 내는 지혜를 도대체 어디에서 얻은 것일까?

겨울의 밤하늘에는 은하수가 흐르고, 별자리와 행성은 제 궤도를 돌며 반짝인다. 철학자 칸트는 별들이 한 치의 오차도 없이 궤도를 돈다는 사실에서 우주가 얼마나 숭고한가를 가슴에 새겼다. 별이 영롱하게 반짝이는 이유는 우주 공간이 암흑 물질로 차 있기 때문이다. 이 어둠은 태초부터 존재했다. 거대한 어둠이 어머니가 되어 은하와 별을 배태(胚胎)하고 그것을 출산했다. 어둠은 무릇 만 생명의 시작이자 기원이다. 우리 선조는 어둠이 내리면 동굴 속에서 몸을 웅크리고 잠을 잤다. 낮을 지배하는 맹수가 어슬렁거리지 않았기에 밤은 낮보다 안전했다. 뜻밖에도 밤은 생명의 안전을 지켜 주는 피난처였던 셈이다.

어머니와 아버지는 동이 틀 무렵 먼저 일어나 어린 자식을 보살피고 집안일을 도맡는다. 이 세상이 온전하도록 지탱하는 것은 말만 많은 정치가가 아니라 어머니와 아버지다. 겨울 새벽에 아궁이에 불을 피우고, 낙엽과 눈을 치우며, 가축을 돌보는 이들, 아침 일찍 은행과 관공서에서 업무를 시작하는 이들, 우편물을 배달하고 이삿짐을 나르며 화재 현장에 달려가 불을 끄는 사람들. 이들이 하루를 열고 일과를 시작해야 세상의 일들은 정상적으로 돌아간다.

일요일에도 아버지는 일찍 일어나
엄푸른 추위 속에서 옷을 입고
한 주 내내 모진 날씨에 일하느라 쑤시고
갈라진 손으로 불을 피웠다.
아무도 고맙다고 말하지 않는데도.

잠이 깬 나는 몸속까지 스몄던 추위가
타닥타닥 쪼개지며 녹는 소리를 듣곤 했다.
방들이 따뜻해지면 아버지가 나를 불렀고
나는 그 집에 잠복한 분노를 경계하며
느릿느릿 일어나 옷을 입고
아버지에게 냉담한 말을 던지곤 했다.

추위를 몰아내고

내 외출용 구두까지 윤나게 닦아 놓은 아버지한테.

내가 무엇을 알았던가, 내가 무엇을 알았던가

사랑의 엄숙하고 외로운 직무에 대해.

로버트 헤이든, 「그 겨울의 일요일들」

로버트 헤이든은 「그 겨울의 일요일들」에서 가족 안에서 사
랑의 엄숙하고 외로운 직무를 다하는 사람을 '아버지'라고 명
명한다. 아버지는 겨울 새벽 모진 추위 속에서 가장 먼저 일어
나 집안일을 도맡아 한다. 황태가 칼바람 속에서 얼다 녹기를
되풀이하는 강원도 덕장에서 일하는 것도, 아궁이에 불을 지펴
식은 구들장을 달구는 일도 아버지의 몫이다. 아버지는 소에게
먹일 여물을 마련하고, 찬 재만 남은 아궁이에 불길을 지폈다.
이렇듯 세상의 아버지들은 삶이 부과하는 수고를 묵묵하게 감
당한다. 철없는 자식들은 그 "사랑의 엄숙하고 외로운 직무"에
대해 다 알지 못한다. 그저 세상이 저절로 돌아가는 줄만 안다.

내 아버지는 몇 해 전 겨울에 돌아가셨다. 나는 아버지와 불
화했다. 사춘기 때 아버지에게 반항한 것은 아버지에게 여러
가지를 기대했으나 그 기대가 충족되지 못했던 탓이다. 나는

한없이 무력한 아버지에게 불효하는 자식이었다. 직장에서 밀려난 뒤 집에서 빈둥거리기만 하는 아버지에게 실망했었다. 아버지는 가족을 부양할 책임과 의무를 짊어지는 존재다. 소년이 나이를 먹는다고 저절로 아버지가 되지는 않는다. 넉넉한 인격과 통찰력, 자식을 낳고 기르는 데 드는 수고를 떠안을 만한 능력과 부지런함을 갖춰야만 아버지가 될 수가 있다.

바쁜 사람들도
굳센 사람들도
바람과 같던 사람들도
집에 돌아오면 아버지가 된다.

어린 것들을 위하여
난로에 불을 피우고
그네에 작은 못을 박는 아버지가 된다.

저녁 바람에 문을 닫고
낙엽을 줍는 아버지가 된다.

세상이 시끄러우면
줄에 앉은 참새의 마음으로

아버지는 어린 것들의 앞날을 생각한다.
어린 것들은 아버지의 나라다 — 아버지의 동포다.

아버지 눈에는 눈물이 보이지 않으나
아버지가 마시는 술에는 항상
보이지 않는 눈물이 절반이다.
아버지는 가장 외로운 사람이다.
아버지는 비록 영웅이 될 수도 있지만…

폭탄을 만드는 사람도
감옥을 지키던 사람도
술 가게의 문을 닫는 사람도

집에 돌아오면 아버지가 된다.
아버지의 때는 항상 씻김을 받는다.
어린 것들이 간직한 그 깨끗한 피로…

김현승, 「아버지의 마음」

남성 중심의 부계 친족제 사회에서 집안 우두머리는 당연히 아버지의 몫이었다. 아버지는 가족 구성원의 존경을 받는 숭고한 존재여야만 했다. 자식들은 아버지의 말을 따르고 순종

하는 게 도리를 다하는 것이었다. 신화나 종교에서 최고신은 아버지로 의인화된다. 아버지는 초자연적인 힘을 지닌 무한 능력자다. 절대 권력과 권위의 표상이던 아버지는 신화 속에서 태양, 불, 번개, 화살, 창, 칼, 쟁기, 삽 같은 것들에 견줘진다. 그러나 요즘 아버지는 권위도 없고 존재감마저 미미해졌다. 시인은 아버지가 세상에서 가장 외로운 사람이라고 말한다. 세상이 혼탁할 때 자식의 안위를 먼저 걱정하는 아버지는 크고 작은 자식 걱정에 늘 노심초사하지만 정작 자신을 돌보는 일에는 서툰 존재다.

젊은 시절, 나는 아버지의 외로움을 헤아리지 못했다. 아버지는 내 영웅이 아니었다. 아버지의 슬픔과 외로움은 물론이거니와 그 절망과 두려움에 대해 아는 게 없었다. 그랬으니 아버지에게 불효하고 엇나가기만 했다. "아버지 눈에는 눈물이 보이지 않으나 아버지가 마시는 술에는 항상 보이지 않는 눈물이 절반이다." 왜 아니겠는가! 어느덧 나는 아버지만큼 나이가 들었다. 그렇다고 내가 큰 지혜를 얻은 것 같지는 않다. 그저 뒤늦게나마 아버지의 처지를 짐작하고, 아버지에게 저지른 막심한 불효를 괴로워하며 가느다란 연민을 품게 되었을 뿐이다.

창문보다 더 너그러운 것이 어디 있는가?

강원 산간 지역에는 첫눈이 오고 첫 얼음 소식이 전해졌다. 중부 이남에는 아직 가을볕의 달콤한 온기가 남아 지면을 덥히고 있다. 산기슭에 구절초가 꽃을 피운 채 바람에 살랑이는 날 오후, 집을 나서서 주택과 텃밭이 섞여 있는 곳을 거쳐 숲속 산책길로 나아간다. 교하도서관 뒤편 길을 따라 중앙 공원까지 이어지는 오솔길은 가랑잎으로 덮였다. 걸음을 옮길 때 발밑에서 바스락거리는 낙엽 밟는 소리가 났다.

오솔길의 노랫소리를 들으려고 더 자주 산책에 나선다. 일조량이 줄 때 가을의 끝이 다가왔음을 예감한다. 가을의 마지막 며칠은 죽음을 앞둔 백조의 노랫소리만큼이나 찬란하게 아름답다. 여름내 자란 파초가 서 있는 마당이 있는 집에서는 멍

멍이가 졸고 낮닭은 공연히 목청을 높여 울어 댄다. 가을의 공기에서는 잘 익은 밤 굽는 냄새가 난다. 나는 그 계절의 청명한 하늘과 유순한 빛, 그리고 해질녘 사방을 살그머니 밟으며 오는 고요와 평안함을 좋아한다. 내가 이토록 가을을 좋아하는 까닭은 늙고 있기 때문인지도 모른다. 헤르만 헤세는 우리에게 이렇게 속삭인다. "늙어가면서 사람들은 봄을 점점 더 두려워하는 반면 가을을 더 좋아한다."라고.

어려서 숲속에서 새 둥지를 찾아 여기저기를 들쑤시며 뛰놀던 시절에는 봄의 속삭임을 다 알아들었다. 햇빛이 축복처럼 쏟아질 때 나는 새순이 돋는 나무와 막 피어난 꽃들의 온갖 속삭임에 귀를 기울인다. 분홍빛 꽃을 만개한 채 서 있는 늙은 살구나무는 내게 살아라, 살아라 하고 속삭인다. 오늘 이 순간 막 붉은 꽃잎을 여는 작약꽃은 내게 꽃 피워라, 꽃 피워라 하고 속삭인다. 여름 아침 연못에 청초하게 피어난 연꽃은 내게 새로운 사랑을 꿈꿔라, 꿈꿔라 하고 속삭인다. 자고 일어난 아침마다 가슴 깊은 곳에서 희망과 새로운 충동이 새로운 싹처럼 돋는다. 젊었을 때는 모험과 쾌락을 좇느라 바빴다. 맛있는 음식을 찾아 먼 곳을 일부러 찾아가고, 어여쁜 여자와 강화도를 다녀오는 일이나 삶이 축제인 듯 밤새워 먹고 마시며 흥청대는 일을 마다하지 않았다.

나는 종종 사랑에 빠졌다. 젊은 시절엔 사랑이 두렵지 않았다. 사랑에 빠져 젊음을 흥청망청 낭비하는 게 기뻤고, 그게 행복이라고 믿었다. 젊은 날의 벗들은 다 뿔뿔이 흩어졌다. 이제 사랑의 모험도, 새로운 사업의 도모도 다 그만두고, 햇빛 아래에서 나른한 몸으로 독서에 열중하거나 음악에 심취하는 걸 더 좋아한다. 나는 더는 성공도 명예도 갈망하지 않는다. 그 갈망이 얼마나 덧없이 사라지는가를 잘 알기 때문이다. 이제 나는 나이 든 자의 지혜로 죽어가는 것들을 감싸는 연민과 덕, 할 일과 하지 말아야 할 일을 아는 분별, 그리고 조용한 체념과 달관을 구할 뿐이다.

나날의 일상과 낯익은 공간은 우리를 너그럽게 포용한다. 그 일상이 지루하다고 고개를 절래절래 흔들며 권태에 몸서리를 쳤지만, 따지고 보면 그 변함없이 단단한 토대 위에 서 있는 평온한 일상은 최소한의 행복을 위한 필요조건이다. 우연히 한 시집을 뒤적이다가 발견한 시를 읽으며 사색에 잠긴 적이 있다. 바로 이 시다.

그것은 일종의 사랑이다. 그렇지 않은가?
찻잔이 차를 담고 있는 일
의자가 튼튼하고 견고하게 서 있는 일

바닥이 신발 바닥을
혹은 발가락들을 받아들이는 일
발바닥이 자신이 어디에 있어야 하는지 아는 일

나는 평범한 사물들의 인내심에 대해 생각한다.
옷들이 공손하게 옷장 안에서 기다리는 일
비누가 접시 위에서 조용히 말라가는 일
수건이 등의 피부에서 물기를 빨아들이는 일
계단의 사랑스러운 반복
그리고 창문보다 너그러운 것이 어디 있는가?

팻 슈나이더, 「평범한 사물들의 인내심」

　지난여름 베를린 여행을 다녀와 현관문을 열었을 때 낯익
은 빛과 공기에 곧 안도감을 느꼈다. 집 안 물건들은 우리가
떠날 때 놓아둔 그 자리에 있었다. 책들은 누구의 손도 타지
않은 채 서가의 제자리를 지키고 있었다. 옷들은 옷장에서 우
리 손길을 공손하게 기다리고, 욕실에 둔 비누는 제자리에서
말라간다. 마침 창으로 쏟아져 들어온 햇빛이 거실 바닥을 노
란 황금빛으로 물들이고 있었다. 고요한 광경과 마주쳐서 울
컥 솟아나는 반가움에 당황했다. 우리의 안녕과 행복이 찻잔
이 차를 담고 있고, 의자가 견고하게 서 있는 일처럼 평범한

사물의 인내심에 의해 떠받쳐지고 있다는 깨달음은 놀랍지 않은가? 수건은 젖은 등의 물기를 빨아들이고, 계단은 사랑스러운 반복 운동을 한다. 우리가 날마다 누리는 안녕은 이렇듯 제자리를 말없이 지키고 있는 저 사물들의 인내심에서 비롯된 것이다.

호주의 시인 에린 헨슨은 "가장 환한 미소를 짓는 사람이 눈물 젖은 베개를 가지고 있다"라고 썼다. 늘 웃고 있는 것은 삶이 늘 화사하기 때문일 것이라는 예단은 틀렸다. 가장 불행한 조건에 처한 사람이 환한 미소를 짓는다. 행복은 조건의 문제가 아니라 그 찰나를 포착하고 향유하는 능력의 문제이기 때문이다. 삶에서 불행에 눌린 사람도 찰나의 행복은 느낄 수가 있다. 똑같은 현실 조건에 처하더라도 행복한 사람은 행복을 발명하고, 불행한 사람은 불행을 양조(釀造)해 낸다. 행복과 불행은 각자의 덕목이고, 자기가 품고 있는 성분의 일부에서 비롯한다. 여름이 덥다고 투덜거리지 말고 복숭아나 자두를 깨물어 먹으며 그 달콤함이 주는 행복을 만끽하라. 진정한 행복은 얼마나 자주 그것을 느끼는가에 달려 있다. 많이 가졌다고 행복한 게 아니라 더 자주 미소 짓는 사람이 행복하다. 삶에 행복을 누리는 사람은 일상의 작은 기쁨, 즉 공기, 빛, 시간조차도 행복의 성분으로 감사하며 받아들인다.

나는 살면서 단 한 번도 천사를 만난 적이 없다. 그러니 어느 날 눈떠 보니 방에 천사가 서 있었다, 라는 문장을 쓸 수가 없다. 나는 농사를 지어본 적이 없다. 시골에서 자랐지만 아무도 내게 언제 씨를 파종하는지를 가르친 적이 없다. 나는 큰 병에 걸려 병원에 오랫동안 누워 있던 적이 없다. 견디기 힘든 재난으로 대뇌의 회백질이 쪼그라드는 불안과 절망에 시달린 적도 없다. 전쟁으로 집과 고향을 떠나 난민 수용소에서 불안한 나날을 보낸 적도 없다. 그럼에도 나는 '수많은 삶을 겪었다'라고 말할 수 있다.

나는 사람을 만나고, 책을 꾸역꾸역 읽었다. 젊은 시절 한때 보드카나 위스키를 마신 적은 있지만, 오토바이로 폭주하다가 사고를 내거나 마리화나나 해시시, 코카인을 흡입한 적은 없다. 나는 도서관에서 철학 책을 읽거나 음악에서 위안을 구했다. 지금은 보드카나 위스키도 마시지 않는다. 가끔 영화를 보거나 고전 음악을 들으러 음악 감상실을 찾아간다. 날이 흐린 가을날에는 베토벤 피아노 소나타를 종일 들어도 행복해질 것만 같다.

가족의 생계 때문에 종일 뛰어다니며 일했다. 더 행복해지려고 돈을 벌었다. 하지만 목마름을 해결하는 데 바다가 필요하지 않듯이 행복에는 큰돈이 필요하지 않다는 사실을 너무 늦게 깨달았다. 갈증 날 때는 한 잔의 물이면 충분하다. 행복도 아주 작은 것들로 충분하다. 행복에 필요한 것은 건강한 신체, 한 줌의 지혜, 보온력이 좋은 양말이면 충분하다. 행복을 위해서 지금 이 순간의 삶에 충실한 것보다 더 중요한 것은 없다. 샤워를 할 때는 콧노래를 부르자. 혼자 끼적인 시를 친구에게 읽어 주자. 강물은 쉬지 않고 흐르고, 해는 아침마다 떠오른다는 사실을 잊지 말자. 내일의 일을 오늘 하려고 서두르지 말자. 곧 겨울이 온다. 머지않아 닥칠 서리와 한파, 북풍과 결빙의 날을 벌써 두려워할 필요는 없다. 폭설과 한파가 닥친다면 그때 가서 대처하자. 오늘 새벽에 나는 한 권의 책을 끝냈다. 마지막 문장을 다 쓰고 마침표를 찍었다. 오늘 점심때에는 동네 국숫집에 가서 잔치국수를 먹고, 늦은 오후에는 숲길을 한가롭게 걸으려고 한다.

절반만 사랑하는 사람을 사랑하지 말라

나이를 먹으며 주름과 점이 늘고, 기력은 쇠해 가는 것은 어쩔 수 없는 일이다. 순결한 꿈과 동경은 새 몸에 실어야 마땅하건만 몸은 나날이 늙어간다. 눈과 얼음의 날들이 닥칠 때 저 먼 데서는 아무 소식도 없다. 텔레비전에서 방영하는 〈동물의 왕국〉을 볼 때 가졌던 신기함과 놀라움도 끓는 물에 데친 채소처럼 시들해졌다. 하지만 지금 이 순간 하늘에 떠오른 태양의 빛을 받는다는 건 축복이다. 보아라, 저 금빛 햇빛과 청신한 공기, 잎진 나무들 사이를 포르릉거리며 나는 새들, 숲속 길은 내가 가진 불운을 다 보상하고도 남는다.

겨울 숲속 길에서 지난 한 해를 돌아본다. 깜냥으로는 열심히 살았지만 쓸쓸한 마음에 문장을 쓰고 마침표를 찍지 못한 듯 아쉬움이 남는 것은 웬일일까? 내 부주의로 깨진 약속, 피상적이고 단편적인 생각들, 아무 생각 없이 입 밖으로 내뱉은 허언들, 짐짓 잘난 척 했으나 실은 나약하고 옹졸한 태도들……. 이런 허물들은 얼마나 많은가! 나는 버드나무처럼 꿋꿋하고 온전하게 살지 못했다. 절반의 삶만 살았던 듯 미진했다. 불행은 늘 알 수 없는 얼굴을 하고 등 뒤에서 서성거렸다. 지나온 삶의 과오를 떠올릴 때마다 등덜미에 오소소 소름이 돋는다. 오, 내 지각없는 행동으로 상처받은 사람들에게 용서를 구하자. 오랫동안 소식 없던 이들에게는 따뜻한 안부를 전하자.

겨울밤은 사철 가운데 가장 깊고 길다. 겨울밤이 어두운 탓에 하늘의 별들은 가장 빛난다. 나는 겨울 새벽에 깨어나 차가운 바람에 씻기며 빛나는 별을 바라보곤 한다. 또 다른 사람들도 겨울 새벽에 깨어나 별을 올려다보고 있으리라. 몽골 드넓은 초지에서 낮에는 양을 돌보고 밤에는 게르에서 잠을 자는 소년을, 양쯔강 너머 한촌에서 낮닭의 울음소리를 들으며 수를 놓는 데 정신이 팔린 소수 민족의 한 소녀를, 제주도 남쪽 표선 해안가의 작은 마을로 시집온 베트남 여성이 낳은 여자 아기를 떠올린다. 궤도가 다른 행성처럼 우리가 아무 상관관계가 없는 삶을 사는 동안 금생에서 서로를 만날 가능성은 그다지 높지 않다. 우리는 각자의 길을 걸어서 마침내 죽음이라는 한 목적

지에 닿겠지만 별을 우러러보고 어느 날 찾아온 사랑에 설렌다
는 점에서는 닮았다.

일조량이 줄어드는 나날이 이어지니, 마음이 서글픈 가운
데 불안 한 조각이 불청객처럼 끼어든다. 밤이 오면 비강으로
밀려드는 냉각된 밤공기는 식초가 닿은 듯 따갑다. 처마 아래
로 거미가 내려오는 겨울 해질녘 나는 마치 낯선 곳에 불시착
한 사람처럼 둘 데 모르는 마음을 항아리처럼 들고서 서성거렸
다. 세상의 길들이 어둠 속으로 침전하고 나는 왈칵 사는 게 아
득해졌다. 밤이 가장 길다는 동지 이후 이 모든 사태가 재난처
럼 한꺼번에 닥쳤다.

나는 논밭 농사를 짓는 장삼이사가 모여 사는 동네에서 태
어나 그곳에서 유년기를 보냈다. 나는 늘 이 우연을 기꺼워했
다. 우주를 운행하는 별 아래서 시골의 가난은 밋밋했지만 그
무엇에도 견줄 만한 표준이 없었으므로 그다지 불행하지 않았
다. 하지만 도시에 와 관습의 노예로 전락하며 내 존재감은 빛
을 잃었다. 새벽녘 상주(喪主)와 같이 인생의 슬픔과 덧없음을
배우고 말았던 거다. 그것에서 해방될 요량으로 책을 찾아 읽
고 가장 먼 곳에서 오는 진리를 찾아 헤맸다. 삶에 예기치 않은
실패들이 끼어들었을 때 나는 망설이지 않고 시골로 내려갔다.

나는 왜 실패했을까? 나는 중도에 그만둔 일과 가다가 만 길을 떠올렸다. 나는 늘 '절반의 가능성'을 묻어 둔 채 '절반의 인생'만을 살았던 것은 아닐까? 시인 칼릴 지브란은 「절반의 생」에서 이렇게 노래한다. "절반만 사랑하는 사람을 사랑하지 말라./절반만 친구인 사람과 벗하지 말라./절반의 재능만 담긴 작품에 탐닉하지 말라./절반의 인생을 살지 말고/절반의 해답을 선택하지 말고/절반의 진리에 머물지 말라./절반의 꿈을 꾸지 말고/절반의 희망에 환상을 갖지 말라." 일을 할 때는 가진 것 모두를 쏟아 부을 기세로 일에 전념하고, 글을 쓸 때는 뼛속까지 내려가서 쓸 각오를 해야만 한다. 무엇을 하건 적당히 끝내는 것은 '절반'에만 매달리는 것이다. '절반의 인생'만으로 온전한 삶은 손에 잡히지 않는다.

마흔 줄에 시골로 내려감으로써 나는 무위자연(無爲自然)의 삶을 실천할 수 있는 호기를 맞았다. 시골에 내려온 뒤 한동안 새벽 명상을 하고, 야생 짐승 새끼같이 산길을 찾아다녔다. 봄에는 땅거죽을 비집고 움트는 새싹에 감탄하고, 앵두나무 잔가지마다 다닥다닥 맺힌 꽃망울의 어여쁨에서 기쁨을 찾았다. 종일 일없이 집 아래 저수지의 물이나 바라보며 빈둥거렸으나 욕심 사나운 이들의 성공에 흔들리지 않았다. 『노자』와 『장자』를 곁에 끼고 읽으며 자발적 유배자임을 명예로 여겼다. 무위자연 철학은 온전한 삶을 기리는 찬가라는 점에서 심오하다. 인위가 있는 것에 무엇을 더하고 꾸미는 짓이라면, 무위는 무엇을 하지 않음으로써 자연에 더 가까워지는 일이다. 노장은 무엇을 함이라는 합목적성에서 벗어나 있는 그대로 살라고 말한다. 마흔 넘어 『장자』를 읽으면서 '심재(心齋)'에 눈을 떴다.

심재는 마음을 굶겨 궁극의 가난함에 이르는 것이다. 마음을 비워야만 비로소 볼 수 있고, 깨달을 수 있는 것이 있다. 나는 밥이든 무엇이든 적게 먹었다. 어느 날 밥을 뜨다 말고 문득 숟가락을 보았다. 숟가락으로 뜬 밥을 입안에 밀어 넣고 안이 오목하게 팬 숟가락을 하염없이 바라보았다. 그 오목한 것에 뜨거운 밥이 한입에 들어갈 만큼 담기는 것인데, 그때만큼 숟가락을 오래 바라본 적이 없다. 간혹 숟가락으로 푼 국과 밥을 입에 밀어 넣으며 목구멍이 뜨거워질 때가 있다. 구운 가자미와 함께 입안으로 밥을 떠먹으며 '아, 내가 밥을 먹고 있구나!' 하는 실감 속에서 거룩함도 비천함도 없는 이 생이 갸륵해졌다.

하루 두 끼의 밥을 먹고, 무언가를 조금씩 쓰며 살았다. 나는 시골에서 분주하지 않고 한가로웠다. 아침에는 곶감을 먹고 우유 반 컵을 마셨다. 배고플 때면 국수 한 움큼을 삶아 들기름에 볶은 김치와 함께 천천히 먹거나, 쌀을 냄비에 안쳐 불에 올려 밥을 짓고 텃밭에 뜯은 채소를 데쳐 된장에 무쳐 먹었다. 배 고프지 않으면 굳이 먹지 않았다. 코코뱅이나 부야베스, 혹은 바게트와 같은 빵, 감기 걸렸을 때 마시는 뱅쇼가 그립지는 않 았다. 6월이면 뽕나무 가지마다 오디가 검게 익었다. 오디는 혀 끝에서 달큰한 맛이 난다. 여름 한낮에는 그늘에서 낮잠을 잤 다. 낮잠 뒤 차가운 보리차를 마시면 기분이 좋아졌다. 여름 더 위에 지칠 때는 차게 해 둔 수박을 먹었다. 그 미각의 즐거움에 기대어 찌는 듯한 더위나 권태도 견딜 만했다.

　그 고요한 시절 나는 앵두나무와 감나무 몇 그루, 영산홍과 모란과 작약을 심고 기르며 평화로웠다. 가진 것에 자족하는 나날의 삶은 무위의 알을 품고 기다리는 일이 중요하다. 무위 란 목적론적인 삶의 강박에서 벗어나는 일이다. 자기의 항구성 을 지키며 아무 속박 없이 무위도식하는 일이다. 무위의 삶은 무엇보다도 강박이 없는 자유로운 삶이다. 무위도식이 생산 없 음으로 규정될 때 그것은 본질에서 벗어난 잉여다. 잉여는 그 가치가 잘 드러나지 않고 명석하게 소명되지도 않는다. 무위는 영예로운 잉여다. 무위는 아무것도 하지 않음이 아니라 하지 않음에 몰입하는 활동이다. 무위는 활동하는 무(無), 즉 사회적 효용성이나 이윤에 종속되지 않는 '하지 않음'을 능동적으로 추구하는 일이다.

사람은 마음을 비울 때 초연해진다. 재물이든 명예든 무엇인가를 손에 쥐려고 할 때 마음은 시끄러워진다. 마음이 품은 온갖 갈애(渴愛)와 집착에서 벗어나 초연해져야만 자기 욕망을 통제하는 일이 쉬워진다. 젊은 시절 나는 하고 싶은 것도 많고 갖고 싶은 것도 많았다. 마음에는 갈망이 들끓었다. 더 많이 이루고 더 많이 거머쥐고자 하니 마음에서 조급증이 일었다. 그게 얼마나 어리석은지를 깨닫지 못한 채 다들 그렇게 사는 줄만 알았다.

　많이 가져야만 행복해진다는 믿음은 그릇된 것이다. 덜 가질수록 괴로움도 준다. 나는 갈망과 집착을 덜어내고 덜 벌고 덜 쓰며 살았다. 자산을 늘리고 더하는 일에 초연해졌다. 그랬더니 감각의 착란도 줄고, 타인을 향한 원망과 분노도 줄었다. 숱한 시행착오를 겪으며 텃밭 농사를 짓고, 마당 가장자리에는 나무와 꽃을 심었다. 아침마다 먹는 사과 한 알에서 행복을 찾고, 여름밤 내 거처에 홀연히 찾아온 반딧불이의 군무(群舞) 공연을 관람하며 무상의 기쁨을 만끽했다. 마음에 욕심이 가득했다면 그런 행복이나 기쁨을 누리지 못했을 테다.

　시골에 살며 땅에서 솟는 물을 마시고 땅이 기르는 채소를 먹고 살았다. 보람을 삼을 만한 큰 성취는 없었으나 내가 심고

기른 나무에 새가 날아와 울고, 밤에는 아늑한 잠을 잤으니 그
럭저럭 살 만했다. 나는 눈먼 자들의 시장에서 거울을 파는 장
사꾼이었을까. 오, 그 어리석음에 취해 사는 바람에 나는 불안
과 신경과민에 시달렸던 것이다! 다시는 그 어리석은 때로 돌
아가지 않으리라. 덜 가졌다고 실망하지 말 것. 이마에 뿔이 없
다고 낙담하지 말 것. 빛보다는 그늘 쪽에 서 있는 사람에게 더
관심을 줄 것. 사랑을 하려거든 동백꽃처럼 할 것. 아이를 낳았
거든 삼나무처럼 키울 것. 걸을 때는 산처럼 걸을 것. 늘 생에 감
사하고 노래하는 별처럼 살 것. 하지만 혼자 노래하지 말고 함
께 노래할 것.

목표를 갖고 산다는 것

새로 뜬 크고 둥근 해가 대지 위에 황금빛을 고루 비출 때 우리는 저마다의 속도로, 저마다의 이야기를 품은 채 새해 첫날을 맞는다. "황새는 날아서/말은 뛰어서/거북이는 걸어서/달팽이는 기어서/굼벵이는 굴렀는데/한날한시 새해 첫날에 도착했다//바위는 앉은 채로 도착해 있었다"(반칠환, 「새해 첫 기적」) 황새, 말, 거북, 달팽이, 굼벵이, 바위가 날고, 뛰고, 걷고, 기고, 굴러서 한날한시에 도착해 새해를 맞는다. 오는 방법은 제각각 달라도 똑같은 시각에 새해를 맞는 것은 기적이다.

아파서 병상에 누운 이도, 평생을 일에 매여 산 이도, 술과 담배를 끊지 못해 괴로워하는 이도, 실향의 괴로움을 안고 객지를 떠도는 이도, 단식 중이거나 삼보일배를 하는 이도, 묵언 수행자도, 강물 앞에서 흐느끼는 실연자도 다 평등하게 한날한 시에 새해를 맞는다. 새해를 맞을 때마다 우리는 청신한 꿈과 목표를 마음으로 그려 본다. 새해는 지나간 시절을 과거로 덮고 새로 시작하기에 맞춤한 때다.

사람은 동물이나 식물, 바위나 균류와는 근본적으로 다른 존재다. 우리는 생각하고, 무언가를 동경하며 꿈꾼다. 직업이나 환경, 삶의 방식이 다르더라도 꿈꾼 것을 실현하기 위해 목표를 세운다. 인생의 목표를 세우고 그것을 향해 나아가는 가운데 가장 합리적인 행동 방식의 규칙이 세워진다. 반면 목표가 없는 것은 실천의 규칙과 규범을 만들 필요가 없다는 뜻이다. 그런 사람은 나날을 되는 대로 살아가기 쉽다. 아무 꿈도 없이 그저 무리에 휩쓸려 자기 줏대 없이 부화뇌동하는 태도는 어리석다. 그런 어리석은 태도는 자아실현을 방해하고, 불안과 우연으로 가득 찬 세상에서 인생을 낭비하게 만든다.

새해 첫날, 인생의 결연한 꿈과 목표를 세우는 것은 그것이 무엇이든 간에 자아 성장의 동기가 될 테다. 꿈과 목표가 기적을 창조한다. 새해가 되어도 아무런 꿈과 목표가 없는 인생이란 서글픈 일이다. 우리가 품은 꿈과 목표는 지금보다 한 걸음 더 단단한 인격을 갖춘 존재로 설 수 있도록 하는 성장 동력이다. 목표는 노력과 의지의 동기이자 도약의 시작점이다. 목표에 열정을 집중한 사람과 그렇지 못한 사람의 인생은 나중에 큰 차이가 생긴다. 당신이 똑똑하다면 큰 목표보다는 실현 가능한 목표를 세울 것이다. 거창한 목표는 자주 좌절에 빠뜨리고, 자학과 자책에 빠질 위험이 크다.

그리스의 철학자 에픽테토스는 이렇게 말한다. "네가 바라는 대로 일이 일어나기를 추구하지 마라. 일이 있는 그대로 일어나기를 바라라. 그러면 모든 것이 평온해질 것이다." 목표는 실현 가능성이 높고, 현실성이 있어야만 한다. 타인의 요구와 기대보다는 자신만의 작고 확실한 목표를 이루는 가운데 삶은 더 향상되는 법이다. 삶을 긍정하고 목표를 세워 앞으로 나아가라. 잊지 말아야 할 것은 목표가 거창하고 허황되지 않고 자기가 통제할 수 없는 의지의 범주에 있어야만 한다는 점이다.

가장 훌륭한 시, 가장 아름다운 노래, 최고의 날들, 불멸의 춤…… 따위가 인생의 목표가 될 수 있다. 인생에서 최고의 날은 아직 살지 않은 날이다. 우리는 그날을 향해 나아간다. 가장 넓은 바다는 아직 항해되지 않았다. 우리는 그 바다를 향해 출항 신호를 울리며 나아간다. 인생의 목표는 행복과 관계가 있지만 단지 돈 버는 것을 인생의 목표로 삼는 것은 어리석다. 행복과 불행을 결정하는 것은 돈이 아니다. 생명의 장(場)인 자연, 나날의 날씨, 건강, 오후의 빈둥거림, 다정한 미소와 친절, 미각의 즐거움…… 따위 일상에서 얻는 소소한 기쁨이 우리를 행복으로 이끈다. 살아 보니, 인생이 항상 인과적인 것은 아니다. 과거의 상처에 얽매이지 말자. 과거에 대한 강박보다 현재를 아름다운 순간을 바꾸려고 노력하는 게 더 좋다. 실패에 예민하게 굴지 말고 우울과 짜증에서 벗어나라.

나는 '슬로 라이프', 즉 더 느리고 단순한 삶을 꿈꾼다. 가속화하는 문명의 속도 속에서 불안과 무기력에 내팽개쳐진 사람들 가운데 느리고 단순하게 사는 것도 삶의 빛나는 목표가 될 수 있다. 인생의 목표는 폭풍이 이는 바다에서 우리가 나아가는 방향을 가리키는 나침반이다. 목표에 도달할 때 당연히 성취감과 함께 삶의 만족감은 더 커진다. 오늘에 이루어지는 삶을 긍정하라. 삶은 항상 지금에 일어나는 일들로 빚어진다. 지금 이 순간 마음에 끌리는 일을 선택하고 집중하라. 목표는 잘 눈에 띄지 않는 작은 발전을 차곡차곡 쌓아 지속하는 성장을 만든다. 그렇기 때문에 숭고한 목표와 소명을 가진 이들이 인생의 주도권을 쥐고 성공할 가능성이 높아진다.

원하는 것을 다 할 수 없다면

새해에 지인들에게서 연하장 대신 SNS로 덕담 인사를 받았다. 이는 예전과 달라진 풍습이다. 덕담 중에는 '새해 복 많이 받으세요'라거나 '새해에 원하시는 모든 일을 이루시길 기원합니다'라는 내용이 많았다. 새해에 덕담을 나누는 것은 아름다운 풍속이다. 우리는 왜 새해를 맞으며 덕담을 나누는가? 누군가 내게 건넨 새해 덕담은 원하는 것을 이루면서 더 행복해지라는 축원이다. 덕담에 마음이 훈훈해지고 감사함을 느끼면서 내가 원하는 것이 무엇인가를 돌아보았다. 이루고자 하는 것, 갖고자 하는 것, 되고자 하는 것, 이 모든 일은 인간 내면에 일렁이는 갈망, 소망, 욕망과 관련이 있다. 무엇을 갖고 싶거나 누군가를 사랑하는 것은 다 욕망과 욕구에 포섭되는 일이다. 우리는 더 좋은 직장과 집과 자동차를 원하고, 멋진 옷과 가구와 첨단 가전제품을 원한다. 돈을 버는 이유도 그것을 소유하기 위해서다. 대부분의 사람들이 부와 명예를 갈망하고, 또한 갈망하는 것을 얻기 위해 애쓴다.

　사람은 욕망하는 존재다. 인간의 역사와 욕망의 역사는 그 시작점이 동일하다. 욕망 자체는 나쁜 게 아니다. 욕망이 시키는 대로 먹고 싶은 음식을 먹고, 갖고 싶은 물건을 갖고, 하고 싶은 일을 하는 게 무슨 잘못인가! 우리는 날마다 욕망과 욕구에 부응하는 활동을 하며 살아간다. 어느 면에서 욕망은 삶을 향상시키는 원동력이다. 욕망은 자아를 확장하고 삶의 부피를 키우는 계기를 만들며, 성공을 향해 나아가도록 자신을 채찍질한다. 욕망은 창조와 파괴 양면으로 작용하는 힘이다. 욕망은 우리를 더 나은 사람으로 만들거나, 혹은 더 나쁜 사람으로 전락시킨다. 예의범절은 욕망의 직접성을 감추고 에돌아가는 전략이고, 법과 규범은 타인의 이익과 권리를 침해하는 욕망을 강제하는 사회적 합의다.

　자기 필요에 의해 빚어지거나 자연발생적인 것으로 알려진 욕망이, 사실은 타인의 욕망을 베낀 것이라는 르네 지라르의 모방 욕망 이론은 우리를 아연실색하게 만든다. 그 모방 이론을 임상 심리 분석에 원용한 프랑스의 정신의학자 장-미셸 우구를리앙의 『욕망의 탄생』을 새해 들어 읽었다. 그는 "우리는 타인 속으로 녹아들어 그의 자리를 차지하고, 그의 존재와 그 빛나는 아우라와 그의 멋진 자율성의 비밀을 내 것으로 만들고 싶어 한다."라고 말한다. 내 욕망은 항상 타인의 욕망을 베낀 것이다! 장-미셸 우구를리앙은 그 연장선에서 "타인들이 관통해 지나가면서 우리는 끊임없이 변화하고 주조된다."라고 말한다.

우리는 자기보다 앞선 처지에 있는 사람의 욕망을 모방한다. 타인의 말과 생각과 스타일을 닮으려는 것은 타인의 매력 자본을 선망하는 까닭이다. 우리는 명성, 미모, 덕성 따위를 선망하고, 그의 매력에 감탄하면서 욕망한다. 이 현상은 자연스러운 일이다. 이렇듯 우리의 욕망은 타인에 의해 중개된 욕망을 받아들인 결과물이다. 하지만 우리는 자기 욕망의 타자성을 인정하지 않으며, 우리 안에서 작동하는 욕망의 기원이 타인이라는 점도 망각한다.

내가 원하는 것을
할 수 없다면
내가 해야 할 일은
내가 원하지 않는 일을
하지 않는 것.

그 둘이 같지는 않지만
그것이 내가 할 수 있는
최선의 일.

내가 원하는 것을
가질 수 없다면
내가 해야 할 일은
이미 갖고 있는 것을
원하는 일.
그리고 아직 원할 것이
더 남아 있다는 사실에
만족하는 일.

내가 가야만 하는 곳에
갈 수 없을 때
비록 나란히 가거나
옆으로 간다 할지라도
그저 표지판이 가리키는 곳을
따라갈 뿐.

내가 진정으로 느끼는 것을

표현할 수 없을 때
내가 표현할 수 있는 것을 느끼려고
나는 노력한다.
그 둘이 같지 않다는 것을
나는 안다.
그러나 그것이 왜 인간만이
수많은 동물 중에서 유일하게
우는 법을 배우는가의 이유이다.

니키 지오바니, 「선택」

욕망은 인간 본질의 일면이지만 그것에 집착할 때 병리적 현상이 나타난다. 분명한 것은 우리가 원하는 모든 것을 다 가질 수 없고, 하고 싶은 일을 다 해 볼 수 없다는 점이다. 그럴 때 우리는 어떤 자세를 취할 것인가? 미국의 시인 니키 지오바니에 따르면, 원하는 것을 할 수 없다면 원하지 않는 일을 하지 않는 일이다. 내가 원하는 것을 가질 수 없다면 내가 이미 갖고 있는 것을 원하면 된다. 그리고 아직 원할 것이 남아 있다는 사실에 만족을 느끼려고 노력한다. 그렇게 해서 가질 수 없는 것을 욕망하는 일의 괴로움에서 벗어날 수 있다.

욕망은 타인을 자극하고 끌어당기는 메커니즘 속에서 움직인다. 욕망에는 미묘한 자성(磁性)이 있다. 한 개별자의 욕망은 이러한 자성으로 다른 욕망을 끌어당기며 사회적 관계망을 타고 널리 퍼져 나간다. 문제는 욕망이 거듭 좌절되고 실패할 때 생긴다. 욕망의 실현이 꺾일 때 어떤 사람은 살인이나 폭력 같은 극단적인 수단을 통해서 그것을 이루고자 한다. 욕망이 사라지지 않고 제 안에서 이상 증식하면 망동(妄動)으로 분출하면서 기어코 파괴성을 드러내고야 만다. 욕망에 쥐여 살지 말고 그 고삐를 쥐고 부려라. 그렇지 않으면 욕망이 당신의 고삐를 쥐고 당신을 부릴 테니!

우리의 지속성과 정체성을 이루는 자아 역시 욕망의 산물이다. 욕망은 자아를 빚고 수많은 타인과의 관계 속에서 삶을 빚는다. 사람은 태어나면서 타인과의 관계 속에 내던져져서 자기 실존을 꾸린다. 타인과의 관계라는 것은 말하자면 욕망의 관계다. 사람은 욕망의 관계 속에서 또 다른 욕망의 존재로 길러진다는 뜻이다. 저마다의 삶은 욕망이 만든 무늬 그 이상도 이하도 아니다.

2,500년 전 부처는 명상과 수행 끝에 깨달음을 얻고 존재와 사물의 덧없음[제행무상(諸行無常)]과 더불어 인생은 고(苦)라고 갈파했다. 태어나는 것, 늙는 것, 병드는 것이 다 '고'라고 했

다. 싫어하는 사람과 만나는 것, 사랑하는 사람과 만나지 못하는 것, 원하는 것을 갖지 못함도 '고'다. 우리는 겪는 태어남, 병듦, 죽음이 다 '고'에 닿아 있다. 고통의 뿌리는 갈애, 즉 마음에서 끓어오르는 욕망에 닿아 있다. 부처는 그 고통과 번뇌를 소멸시키고 욕망의 아수라에서 벗어나는 길을 일러 주었는데, 그것이 바로 해탈이다. 불교 수행의 최종 목적은 해탈이다.

젊은 시절엔 무분별한 욕망을 품고 약동하는 삶을 살았다. 나이 들면 욕망의 불꽃은 잦아든다. 나이 들어 경험치가 쌓이는 가운데 '완숙 경험(mastery experience)'을 통해 지혜를 얻는다. 나이가 들어서도 욕망을 절제하지 못하면 삶은 누추해진다. 새해에는 욕망을 덜어내려 노력해 보자고 마음먹는다. 욕망을 버리고 비우자. 과일나무도 열매를 솎아 줘야 남은 열매가 실해지는 법이다. 비움은 더 많은 가능성의 영역을 연다. 비워야만 채울 수 있다는 건 아주 단순한 진리다. 비움은 마음의 고요와 안녕을 얻기 위한 작은 해탈이다.

친구여, 눈과 얼음의 계절을 견디자

늦가을 과수원 주인과 양봉업자가 떠난 뒤, 구름이 끼고 스산한 날이 이어지다가 첫눈이 내렸다. 첫눈은 꽤 푸짐했다. 눈에 파묻힌 풍경 속에서 마가목과 산수유의 빨간 열매들이 홍보석인 듯 빛났다. 눈과 얼음의 계절이 돌아오면 도라지꽃과 구절초는 시들고, 상수리나무의 열매는 땅에 떨어진다. 시들고 바스라지고 떨어지는 것들은 산 자의 기억 속에서 저 밑바닥으로 침전한다. 곧 강물이 얼고, 조류의 이동이 눈에 띄게 준다. 겨울이 다가오면 일조량이 준 탓인지 기분도 가라앉는다. 겨울밤은 깊어서 나는 메마른 정신을 위해 시집을 찾아 읽는다. 날마다 무엇인가를 잃어버리는 이 헐거운 세월에 시를 쓰는 사람들이 있다니! 그게 기적이 아니면 무엇이란 말인가.

날마다 무엇인가를 잃어버리라. 문 열쇠를 잃은 후의
당혹감, 무의미하게 허비한 시간들을 받아들이라.
상실의 기술을 익히기는 어렵지 않다.
그리고 더 많이, 더 빨리 잃는 연습을 하라.
장소들, 이름들, 여행하려 했던 곳들을
그것들을 잃는다고 재앙이 오지는 않는다.

엘리자베스 비숍, 「한 가지 기술」

　내가 잃어버린 것은 무엇이고, 아직 남은 것은 무엇인가. 나는 상실의 기술을 충분히 익히지 못했다. 그런 탓에 나는 무엇인가를 잃어버릴 때마다 아프다. 나는 어머니와 어린 시절의 친구를, 그리고 고향을 잃었다. 그동안 내가 거쳐 온 숱한 장소들, 이름들, 여행의 도착지를 잃었다. 하지만 모든 것을 다 잃은 것은 아니다. 내게는 왼손과 오른손, 연필과 공책, 자와 가위, 약간의 곡물과 소금과 후춧가루가 있다. 내가 사는 동네에는 감리교회, 도서관, 세탁소, 작은 책방, 작은 음식점 들도 불황 속에서 분투하고 있다. 시집을 읽으면서 세상이 살 만하다는 낙관적인 기대를 거두지 않은 것은 그런 까닭에서다.

　북풍이 부는 겨울밤, 잠 못 들 때 가만히 노래를 불러 주던 어머니 얼굴에는 주름이 가득하다. 눈동자가 머루처럼 검은 아이는 훌쩍 자라나 밤늦도록 돌아오지 않는다. 마침내 머리맡에서 자장가를 불러 주던 이들이 떠난 뒤에 우리는 예전보다 쉽게 불행에 빠진다. 시간이 없다고, 사는 게 팍팍하다고 말하는 이들이 늘어난다. 그렇건만 우리를 더 잘 살게 해주겠다고 큰소리를 치고, 지구온난화와 기후 변화를 염려하며 걱정과 미세 먼지가 없는 세상을 주겠다고 약속하는 정치인은 늘어난다. 나는 좋은 세상을 만들겠다는 정치인의 약속을 믿지 않는다. 당연한 것들이 더 이상 당연하지 않은 세상이 오고 있다는 조짐이 더 많이 나타난다. 집총 거부자를 위한 대체 복무제가 생긴 것은 다행이지만 말의 성찬은 갈수록 더 화려해진다.

친구여, 우리는 어디선가 다시 만날 거야. 동네 빵집들이 다 문을 닫지 않는다면, 소나무들이 건재하고, 회유성 어류와 북극해까지 나아가는 귀신고래가 멸종되지 않는다면 아직은 희망이 남아 있어. 울지 마, 일요일은 돌아오고, 저녁 때 먹을 하얀 두부가 남아 있지 않느냐. 내년 여름엔 어쩌면 우리는 지중해의 섬으로 여행을 떠날 수도 있을 거야. 우리를 행복으로 이끄는 몽상과 강철로 된 폐, 달콤한 고독, 식빵 한 봉지, 마누카 꿀 몇 스푼, 어린 조카들의 웃음소리에 기대어 다가오는 눈과 얼음의 계절을 꿋꿋하게 견디자.

행복은 파랑이다

하천은 꽝꽝 얼고, 북풍은 거세진다. 파랗게 펼쳐진 겨울 하늘은 쨍한 냉기를 품었다. 비강 점막에 와닿는 싸늘한 공기는 식초인 듯 따갑다. 발을 동동 구르다가 파주의 겨울 한가운데 들어섰음을 깨닫는다. 겪어 보니, 파주의 추위는 맵다. 한해살이 풀은 시들고 말라서 바람 속에서 바스락거리고, 들판에 선 나무들은 잎을 떨구고 헐벗은 채 서 있다. 오후 무렵 나는 파주 출판단지 안 버스 정류장에서 서울행 버스를 기다렸다. 기다리는 것은 항상 늦게 도착한다. 기다리는 자의 내면에 쌓이는 고독과 권태가 그렇게 지체되고 지연되는 느낌을 만든다.

자영업자들은 깊은 불황에 시름 덜 날이 없고, 청년들은 취업 절벽 앞에서 망연자실했다. 작은 권력이라도 쥔 자들의 '갑질'은 그치지 않는다. 거짓과 위선의 말이 난무하는 아수라 속에서 누구에게나 삶을 견디는 일은 가혹하다. 그럼에도 우리가 살아남은 건 다행한 일이다. 새해 첫날의 꿈과 계획은 여지없이 어그러졌다. 돌이켜 보면, 이룬 것이 없이 한 해를 허둥지둥하며 흘려보냈구나! 하지만 서로 처진 어깨를 두드리며, 수고했어, 라고 따뜻한 말을 해 주면 좋겠다. 독일 시인 베르톨트 브레히트의 시 한 구절이 떠오른다. "마당의 구부러진 나무는/땅의 토질이 나쁘다는 것을 말해 준다. 그러나/지나가는 사람들은 으레/나무가 못생겼다 욕하기 마련이다."(「서정시를 쓰기 힘든 시대」) 토질이 나쁜 것은 나무로서는 어쩔 수 없는 일이다. 그런 땅에 뿌리를 박고 서 있는 제 불운을 원망할 수밖에 없다. 우리는 가끔 자신의 현실에서 도피한다. 지금보다 나은 환경에서 태어났더라면 삶이 달랐을 것이라고 믿고 싶은 거다. 하지만 카리브해에 산다고 다 행복한 것만은 아니다.

삶은 계획대로 이루어지지 않는다. 삶에는 예상치 못한 날씨와 우연의 일들은 난기류와 같이 끼어든다. 지난여름, 독일 여행 중에 공항 검색대를 통과하는데 시간이 지체되어서 비행기를 놓칠 뻔했다. 그런데도 공항 노동자들은 느긋했다. 내가 항공권을 내보이며 탑승 시각이 촉박함을 호소해도 그들은 꼼짝도 하지 않았다. 다만 기다리라는 말만 반복했다. 이렇듯 내

힘과 의지로 통제할 수 없는 일들이 현실에서 생각보다 자주 일어난다. 그럴 때는 속수무책이 될 수밖에 없다. 한 해를 마감하는 이맘때 한 줄기 공허함을 느끼는 건 어쩔 수 없다. 사는 게 거친 세월을 무두질하며 나아가는 일임을 자각하지만, 뭐, 특별할 것도 없는 생각이다.

젊은 날엔 사막 어딘가에 푸른 수맥이 있다고 믿었지만 스스로 누군가에게 사막 속 푸른 수맥이 되겠다는 갸륵한 발심 (發心)은 생겨나지 않았다. 나의 시대는 어두웠다. 거리에는 실업자가 들끓고, 나는 취약한 삶을 품은 채 학살자와 같은 하늘 아래에서 잠들었다. 꿈과 이상은 고귀했으나 그것을 펼쳐 낼 힘은 없었다. 나는 노트에 아무도 읽지 않는 시를 적는 청년이었다. 그런 메마른 시절에 시라도 몇 줄 끼적이지 않는다면 사는 일의 팍팍함을 견디지 못했을지도 모른다. 가난은 늘 마음이 누추한 데 나앉은 듯 시린 일이고, 좌절은 밥 먹듯이 삼켰다. 꿈은 어둠 속에서 더 잘 꾸는 법이다. 나는 등뼈가 휘도록 일하며 노심초사와 전전긍긍 사이에서 진자 운동을 했건만 그 땀과 노고는 아무런 소득이 없었다. 그게 백일몽인 것은 저 혼자 행복하겠다고 안달복달하는 것이 얼마나 어리석은 태도인가를 깨달은 뒤였다.

리베카 솔닛의 『길 잃기 안내서』에서 본 한 구절이 마음 한 쪽을 물들였다. "예전부터 나는 눈에 보이는 것의 가장 먼 가장 자리에 있는 푸름에 마음이 움직였다. 지평선의 색, 먼 산맥의 색, 무엇이 되었든 멀리 있는 것의 색인 푸름에, 그렇게 먼 곳의 그 색은 감정의 색이고, 고독의 색이자 욕망의 색이고, 이곳에 서 바라본 저곳의 색이고, 내가 있지 않은 장소의 색이다. 그리 고 내가 영원히 갈 수 없는 곳의 색이다."* 이 구절이 내 마음 한 가운데를 두드려 맑은 소리가 울려 나오게 했다. 나는 그 맑은 소리에 이끌려 불현듯 어린 시절로 달려간다. 내가 어린 시절 을 보낸 논산과 강경 사이에 펼쳐진 한반도 중부의 평지 마을 은 끝 간 데 없이 너른 들을 낀 농촌이었다. 먼 곳에서 연이어진 산은 마을과 낮은 구릉, 논밭을 병풍처럼 감쌌는데, 멀리 물러 앉은 산들은 푸른 덩어리로 보였다.

저 산들은 얼마나 멀리 있는 걸까. 어린 나로서는 도무지 가 늠할 수 없는 먼 거리에 또 다른 세상이 펼쳐져 있었다. 그때 나 는 세상이 가까운 곳과 도저히 도달할 수 없는 먼 곳으로 이루 어졌음을 이해했다. 10대 때는 혼자 지리부도를 펼쳐 보며 먼 곳, 내가 가 보지 못한 상상의 장소, 그 이국의 아름다운 지명을 외우는 게 취미였다. 교토, 오사카, 홍콩, 방콕, 이스탄불, 아테 네, 피렌체, 리스본, 베를린, 뮌헨, 함부르크, 코펜하겐, 헬싱키,

오슬로, 스톡홀름, 암스테르담, 리우데자네이루, 샌프란시스
코……. 내가 어렸던 1960년대의 기억에서 푸름은 먼 곳, 낯설
고 광막한 먼 곳, 그 동경과 욕망의 장소를 물들인다. 그 푸름을
볼 때마다 언젠가 저 먼 곳을 가 볼 수 있으리라는 기대에 설렜
는데, 그것은 내 인생 최초로 맛본 동경이고 그리움이었다.

아마도 그때부터였을 테다. 몽환적인 푸름에 감싸인 먼 곳
을 동경하고, 먼 곳에 일어나는 일을 꿈꾼 것은. 푸름은 대기 속
에서 산란하는 빛이 만든 허상일 테지만 나는 자주 푸름에 매
혹되었다. 하지만 열 살 때 시골을 떠나 도시로 나온 뒤 오랫동
안 그 푸름을 잊고 살았다. "세상은 가장자리에서, 그리고 깊은
곳에서 푸르다. 이 푸름은 사라진 빛이다." ▪라고 말한 그 푸름,
사는 게 늘 팍팍해서 내가 멈춘 곳에서 가장 먼 쪽을 물들이던
그 푸름, 사라지는 빛에 잠긴 아름다운 세상을, 나는 잊고 살았
다. 마흔이 넘어 시골로 내려와서 나는 다시 그 푸름과 만난다.
가을 저녁 이내가 밀려들 무렵 나를 둘러싼 산과 물은 온통 푸
른색에 잠긴다. 먼 곳의 푸름이 가까이 다가와 세상을 감싸는
것이다. 그런 저녁, 나는 푸른 이내의 세상에 감탄하며 감사하
곤 했다.

행복을 표상하는 색깔은 아마도 가장 먼 영역을 물들이는

파랑일 테다. 파랑은 우리가 도달할 수 없는 가장 먼 곳의 색깔이다. 당신, 행복을 찾지 마세요. 행복은 무한, 불가능성, 손에 쥐어지지 않는 무(無)의 또 다른 이름이니까요. 온통 푸름으로 물든 청산과 푸른 물, 파랑새는 항상 멀리 있다. 나는 행복이 어디에 있는지를 알려 주는 지도도 없고, 행복이 있는 곳을 가리키는 나침반도 없다는 것을 안다. 만약 어딘가에 행복이 있다면 스스로의 감각에 의지해 찾아야만 한다. 삶이 답답하고 행복의 날이 아득히 멀리 있는 듯해도 지금 살아 있고 심장이 뛴다면, 아직 우리에겐 가능성이 있다. 오늘의 실패를 이겨내고 불행을 견딘다면 더 나은 날이 올 것이다. 지금 여기의 아름다운 순간들, 그 작은 행복에 집중하자. 내 가까이에 있던 푸름, 그 사라지는 빛에 감싸인 채 멀어진 장소들, 그곳을 찾아서 묵묵히 걸음을 옮겨야만 하리라.

* 리베카 솔닛, 『길 잃기 안내서』, 김명남 옮김, 반비
* 앞의 책

겨울의 끝자락에서

겨울 끝자락이다. 공기는 차지만 대지에 퍼지는 봄기운을 막을
수는 없다. 낮이 길어지고, 저녁은 더디 온다. 응달진 자리에 쌓
인 눈이 녹고, 버드나무 잎눈과 목련나무 꽃눈이 도톰해진다.
버드나무는 곧 연초록 잎을 내고, 목련나무는 하얀 꽃망울을
터뜨릴 것이다. 비비추의 새싹이 땅거죽을 창끝처럼 뾰족하게
밀고 올라오는 걸 바라본다. 어느덧 도타워진 햇볕 아래 나와
반쯤 눈을 감은 채 해바라기를 할 때, 눈꺼풀 아래서 햇빛이 오
색으로 어룽거릴 때, 마음에 고요한 기쁨이 일어난다. 몸은 평
화롭다. 시골에 머무를 때 나는 자주 이런 무위의 안녕에 취하
곤 했다.

시골의 호젓한 삶은 도시의 거칠게 집단적인 교섭과 교환

의 장에서 떨어져 나왔다는 증거다. 도시는 과잉된 활동, 과도한 축적과 낭비 속에서 자기를 착취하는 사람들이 사는 곳이다. 내가 인구 천만이 북적거리는 대도시를 등지고 한적한 시골로 이사했을 때, 나는 목적 지향적인 삶에서 자발적으로 망명의 길을 선택한 셈이다. 봄날 약수터나 삼림욕장이나 다니는 자에게 바쁨은 없었다. 오직 하나, 한가로움에 바쁠 뿐이었다. 그 느긋함 속에서 밤과 낮의 교차, 달이 차고 기우는 것, 계절의 변화 따위를 온몸으로 실감한다. 온몸으로 봄을 맞고, 온몸으로 여름을 맞는 것, 그게 무위의 삶이다.

무위는 욕망을 고착시키거나 하고자 함을 멈추는 게 아니다. 빈둥거리는 것은 소극적인 무위일 뿐이다. 무위는 동요하는 욕망과 자기 구속에서 벗어나 한가함에 처하는 일이다. 무위에 드는 자는 무위의 욕망만을 갖고 나머지는 다 내려놓아야 한다. 삶이라는 광대놀음을 아주 끝낼 수는 없기에 최소한의 욕망을 취하고 나머지는 내려놓는 것이다. 내려놓음과 관련하여 한 선사의 일화가 떠오른다.

선방에서 용맹정진 수행에 몰두하던 젊은 스님이 한 소식을 들은 얼굴로 뛰쳐나와서 선사에게 말했다. "스님, 저는 다 내려놓았습니다."

선사는 이렇게 말한다. "오, 그거 아주 잘했구나! 그런데 나머지도 마저 내려놓아라!"

"스님, 다 내려놓았다니까요!"

"그래, 다 내려놓았다는 마음마저 내려놓아라! 그걸 내려놓기 전에는 다 내려놓은 게 아니다."

선사의 말을 듣고 젊은 스님은 아차! 하고 실수를 깨닫고 허둥지둥 선방으로 돌아갔다.

어린 시절의 삶, 어머니와 아버지, 낮과 밤, 그리고 나고 자란 고장의 자연 환경, 이 모든 기억을 바탕으로 삶이 직조된다면, 우리 인생에 방향성을 만드는 것은 무엇을 하고자 함, 꿈과 갈망, 선택과 행동 따위일 테다. 우리가 처한 사회 문화적 환경과 꿈과 갈망은 길항하면서 우리를 무엇으로 만든다. 우리는 일신의 안녕과 행복을 좇지만 누구나 다 그것을 손에 쥐지는 못한다. 아주 소수만이 지복의 삶, 안녕과 행복의 한 조각을 손에 쥐고 맛볼 따름이다. 대부분의 사람들은 불행과 권태의 늪에서 허덕이며 살다가 죽는다.

시골에서 사계절의 변화를 또렷하게 분별하며 사는 동안 윤리적 감각이 선명해졌다. 딱히 할 일은 없고 그저 설렁설렁 책이나 읽고 위빠사나(Vipassana) 수행 흉내를 내는 생활은 고적했다. 심심하면 들길을 걷고 닷새마다 열리는 장날에 맞춰 시장에 나가 쏘다녔다. 몸과 마음이 집밥과 채소, 간혹 적포도주와 벌꿀 몇 스푼을 떠먹는 시골 생활에 적응해 가는 동안 나는 자기 착취에서 벗어나 깊은 내면성에 조금씩 다가간다고 느꼈다. 무위는 소모적 피로를 낳지 않는다. 한 위대한 영혼이 노래했듯이 "하늘에 빛나는 별, 마음속에 확고히 있는 도덕률"이 내면의 지침으로 자리할 때 나는 영(零)의 존재, 지각 있는 존재, 더러는 숭고한 생각도 품으면서 아무것도 아님에서 벗어났다.

시골 생활에서 피로는 수치스러운 일이다. 그것은 도시인의 몫인 것이다. 피로란 무엇일까? 피로는 매우 일반적인 현상이다. 피로는 무언가를 해야만 한다는 의지와 다짐에 과부하가 생기는 징표다. 한마디로 불행과 함께 겪는 존재의 경화(硬化) 현상이다. 피로에 빠진 신체는 딱딱해지는 경직을 겪는다. 주말 소파에 널브러진 사람은 이미 피로의 누적 속에 자신을 먹힌 자다. 몸을 꼼짝도 하지 않는다는 건 경미한 형태의 죽음에 든 것을 의미한다. 그것은 자기와 현재에 대한 늦어짐의 증거다. 피로한 자는 자기 자신에게로 돌아가지 못한다. 피로한 자는 늘 자기 바깥에서 겉돈다. 그는 존재를 밀고 전진하거나 도약하지 못한다. 그 멈춤과 정지 상태에서 불가피하게 수고와 노동에 연루되는 자는 자기 자신에게 유죄 선고를 내리는 것이다.

수고에서 피로가 생기는 게 아니라 피로에서 수고가 발생한다. 피로가 수고를 낳고, 그 수고는 다시 피로 속으로 들어간다. 수고는 그것을 더는 할 수 없음, 그 불가능성에 대한 수락이다. 그런 까닭에 수고는 마비, 널브러짐, 무기력함에 투항하는 것이다. 피로로 널브러진 자의 신체로 수고가 덮친다. 피로는 자기 존재 바깥으로 미끄러짐이다. 피로는 자기 소외의 원인이다. 피로한 자는 피로 속에서 미끄러지고 표류하느라 자기에게로 돌아가지 못한다. 자기에게로 돌아가지 못하는 자는 끝내 자기를, 자기 존재의 기원을 알 수가 없다. 피로는 죽어감이 아니라 죽음 그 자체다.

시골에 와서 나는 수고와 노동에서 놓여났다. 나는 메마른 노동의 의무 속에 속박되기를 그쳤다. 오직 하고 싶은 일을 자발적으로만 수행했다. 날마다 풍경이 이끄는 대로 걷고, 멀리서 들려오는 새소리와 나무의 우듬지를 스치며 부는 바람 소리에 귀를 기울였다. 산책에서 돌아오면 읽고 쓰는 것 외에 더 많은 시간을 빈둥거리며 게으름을 부렸다. 내게는 강박적 죄책감도, 피로하다는 느낌도 없었다. 피로는 자폐적인 시간, 유폐 속에 자신을 가두는 일이다. 더 이상 피로가 나를 포섭하는 게 불가능해졌다. 어느 겨울 아침이다. 일어나 보니, 간밤에 폭설이 내렸나 보다. 뜰과 초목, 저 너머의 숲이 온통 백색 천지로 변한 광경에 눈길을 빼앗긴 채 오래 서 있었다. 나는 피로의 감옥, 타성의 족쇄에서 벗어나 자유로운 존재로 저 아름다움을 온전히 향유할 수 있었다. 내 피폐한 영혼의 명랑성이 살아나 환호작약했다.

나는 해마다 나무 시장에서 사온 복숭아나무, 배나무, 대추나무를 집 안팎에 심고, 연못을 파고 부들과 부레옥잠과 노랑어리연꽃을 키웠다. 유용성이라곤 손톱만큼도 없는 쓸데없는 짓을 열심히 했다. 내 안의 어린 동물이 깨어났다. 내 감각은 예민해지고 영혼과 세계는 더 이상 불화하지 않았다. 시골에 사는 동안 아파서 누워 본 적이 거의 없다. 잘 먹고, 잘 웃고, 잘 잤다. 나는 수고와 노동의 세계 반대쪽에서 무릉도원을 찾았다. 그곳이 바로 무위의 즐거움을 누릴 수 있는 시골이었다.

봄이 오면 나는 다시 살아 봐야겠다

입춘이 돌아왔다. 혼자 입속으로 '입춘'하고 발음해 본다. 그럴리가 없지만 온몸에 온기가 도는 듯하다. 입춘에는 태양의 황경이 315도에 맞춰진다. 양(陽)의 기운이 퍼지고 추위는 누그러지는 계절에 입춘첩을 써서 대문에 붙였다. 지난겨울, 파주의 살을 에는 듯한 추위에 화들짝 놀랐다. 폭설은 또 얼마나 잦았던가! 종일 눈보라가 몰아치고, 적설(積雪)의 고요 속에서 날이저물었다. 파주의 밤은 저 먼 북방 고장의 밤인 듯 그윽한 겨울정취를 맛보게 했다. 올겨울은 비도 눈도 없이 건조했다. 시베리아 대륙 고기압이 북서풍을 타고 한반도로 유입되면서 강추위가 이어졌다.

어제는 교하에 있는 집에서 출판단지까지 걸었다. 입춘이

지났지만 콧속으로 밀려드는 공기는 따갑고, 외투 깃으로 파고드는 바람 끝은 맵다. 들길에서 자동차 바퀴에 으깨진 작은 새의 주검을 보았다. 새의 작은 몸통에서 흘러나온 검붉은 피가 바닥에 말라붙었다. 한때는 공중에서 포롱포롱 날갯짓하며 힘차게 날던 새에게서 죽음이 악덕 채권자같이 덮여 새의 비상한 솟구침과 활강을 회수해 갔을 테다. 사람이건 짐승이건 생명 개체에게 죽음은 피할 수 없는 사태다. 생명은 무한 속에서 누리는 유한이다. 우리는 살아 있는 동안만 웃고, 떠들고, 노래하고, 타인을 환대하고, 사랑한다. 살아서 누리는 행복은 죽음과 함께 덧없이 끝난다. 죽음은 우리에게서 생동하는 감각을 빼앗고, 영원한 부동성에 가둔다. 누구나 죽음의 쓰디쓴 잔은 홀로 마셔야 한다. 들길에서 만난 작은 새의 주검으로 인해 마음의 여린 부분이 쑤셨지만 지금 이 순간 나의 살아 있음에 안도한다. 생에 감사해! 내게 남은 생의 빛나는 날들을, 저 멀리 반짝이는 햇빛을 보고, 마른 갈대가 서걱대는 소리와 헐벗은 대지가 내쉬는 한숨 소리를 보고 들을 수 있음을, 살아서 이 빛과 공기를 생생하게 느끼며 걷고 있음을.

갈참나무, 산딸나무, 단풍나무, 전나무, 소나무 따위가 어우러진 겨울 숲은 스산하고, 들은 잿빛 불모의 땅처럼 누워 있다. 이 황량한 대지에 봄비가 몇 차례 다녀가고 꽃눈들이 마구 터질 때, 개구리와 맹꽁이가 울리는 생명의 교향악으로 얼마나 시끄러울 것인가! 그러나 지금 들은 마른 풀과 잎 진 나무들만 바람에 서걱거릴 뿐 적막하다. 겨울 일몰은 빠르게 와서 한순간에 들판을 장악한다. 어둠과 추위는 몸과 마음을 시리게 한다. 겨우내 기분이 침울함에 빠진 것은 일조량이 준 여파인지도 모른다. 한파는 두개골을 위축시켜 상상력마저 가로막는다. 우리가 겨우내 몸을 웅크린 채 칩거하는 동안 숲속 식물들은 한파 속에서도 잎눈을 틔우고 꽃망울을 터뜨릴 시기를 엿본다.

봄을 달콤함에 견주자면 겨울은 악랄한 심술로 가득한 계절이다. 겨울마다 내면으로 침잠해서 계절성 우울증을 앓는다. 심각한 상태는 아니다. 겨울에 자주 여름날의 석양을 상상한다. 그러면 겨울에 찾아오는 계절성 우울증도 견딜 만하다. 나는 외부로 열린 문을 닫아걸고 고독 속에 유폐된다. 밤의 별채와도 같은 고독. 나는 겨우내 색채 없는 내면을 응시하며 보낸다. 겨울이 지나면 꽤 많은 초고(草稿)가 쌓인다. 고독의 전리품. 이 초고를 붙잡고 고친다. 책의 몸통은 고독이다. 글쓰기의 성분은 육체다. 육체를 동반하지 않는 글쓰기는 불가능하다. 모든 책은 고독의 피와 고독의 살로 이루어진다. 그 책을 읽는 우리의 행위는 그 고독의 피를 들이켜고 살을 먹는 것이나 마찬가지다.

설 연휴 동안 햇빛이 잘 드는 창가 안락의자에 앉아 무릎에 담요를 덮고 알렉산드라 해리스의 『예술가들이 사랑한 날씨』란 꽤 두툼한 책을 읽었다. 영국의 변덕스러운 날씨는 악명이 높다. 그래서 영국인은 날씨에 강박적으로 집착하고, 여러 문학 작품에서 날씨가 중요한 요소로 작용했을 것이다. 영국 버밍엄 대학교 영문과 교수인 저자는 셰익스피어에서 브론테 자매와 버지니아 울프를 거쳐 이언 매큐언에 이르기까지 수세기 동안의 문학 작품과 문헌 들을 샅샅이 뒤져 계절과 날씨가 영국인의 감정생활에, 그리고 영국의 문화와 역사를 형성하는 데 어떤 영향을 끼쳤는지를 살펴본다.

날씨와 기후는 우리의 기분과 심미적 감각을 자극한다. 볼 수도 없고 잡을 수도 없는 바람은 어떤가? 여름철의 비와 뇌우는 어떤가? 바람은 음산한 신음 소리를 내며 들판을 재빨리 통과하며 하늘의 구름을 이리저리 몰아간다. 바람은 비를 몰아오고, 더러는 폭풍으로 돌변한다. 비가 감정을 내향적인 데로 이끈다. 북풍은 전나무나 삼나무를 한쪽으로 휘게 만들면서 우리를 두려움과 불안으로 몰아넣는다. 사람은 누구나 한 생을 사는 동안 여러 날씨와 계절을 겪는다. 폭우, 추위와 더위, 태풍, 홍수와 가뭄, 천둥과 번개, 안개, 서리와 얼음, 눈과 우박, 북풍과 폭설…… 이렇듯 다양한 날씨들은 우리 인생의 날들을 촘촘하게 직조한다. 궂은 날씨는 순탄하지 못한 인생을, 서리와 눈 덮인 소나무는 인생이 감당하는 시련의 은유로 적당하다. 날씨 와 인생은 서로 교직(交織)된다. 날씨가 인생의 상수(常數)는 아 닐지언정 작은 변수이기는 할 테다. 우리가 살아서 겪는 다양 한 날씨는 우리 감각을 자극하고 밋밋한 상상력에 활기를 불어 넣는 요소다. 날씨 변화는 우리의 감정과 생각에 영향을 끼친 다. 당연히 날씨의 변화는 감정을 주무르고 우리를 새롭게 빚 어내는 바가 있다.

무슨 목적으로, 사월이여 너는 다시 돌아오는가?
아름다움만으로는 족하지 않다.
너는 더 이상, 끈끈하게 열리는 붉은색의
작은 잎사귀들로 내 마음을 가라앉힐 수 없다.
크로커스의 뾰족한 끝을 지켜보는
나의 목덜미에 닿은 햇살이 뜨겁다.
흙냄새가 좋다.
죽음이 전혀 없는 것처럼 보인다.
하지만 그게 무슨 의미가 있으랴?
사람의 뇌는 땅속에서만
구더기에 먹히는 것이 아니다.
인생은 그 자체가

무(無),

빈 술잔, 주단 깔리지 않는 층계.

해마다, 이 언덕 아래로,

사월이 재잘거리며, 꽃 뿌리며

백치처럼 오는 것만으로는 충분치 않다.

빈센트 밀레이, 「봄」

입춘을 기점으로 차츰 날은 풀린다. 춘분 무렵 훈풍으로 봄 기운이 땅에 퍼지며 꽃들이 다투어 피어난다. 음산한 북풍과 죽음을 무찌르고 봄은 온다. 생물의 활동량이 부쩍 늘어난다. 태양이 천지간에 양의 기운을 북돋우고, 만물에게 생동감을 불어넣는다. 곧 목덜미에 닿는 햇살이 따갑고, 촉촉한 습기를 머금은 흙냄새는 싱그러울 테다. 태양은 우리 살과 피를 데우며 잠재해 있는 생명력을 고양시킨다. 그런 까닭에 봄마다 우리 메마른 가슴에 사랑이 샘솟고, 희망이 용틀임한다. 빗방울이 땅에 스미고, 땅에서 새순이 올라오고, 온갖 새가 재잘거릴 때 봄은 사방에 꽃을 뿌리며 우리 곁으로 돌아온다. 그러나 봄이 백치처럼 꽃을 뿌리며 오는 것만으로는 충분치 않다. 겨울을 이긴 장미는 어떻게 피어나던가? 자두나무는 어떻게 열매를 맺던가? 오, 겨울을 이겨낸 우리는 저마다 꽃망울을 터뜨리고 열매를 맺을 준비를 해야 한다. 봄이 오면 나는 다시 살아 봐야겠다고 다짐한다.

4장 행복의 기술을 바라다

내가 행복했던 곳으로 가 주세요

교하의 벚나무마다 벚꽃이 활짝 폈다! 봄을 선포하는 축포와
같이 만개한 벚꽃이 내뿜는 광도(光度)로 마음마저 환해진다.
연애도 나들이에도 좋은 이 봄날, 흰 꽃잎 분분한 벚나무 아래
를 지날 때 '여기가 무릉도원이구나!' 하는 것이다. 돌연 콧노래
가 나온다. 그제는 헤이리의 '카메라타'에서 고전 음악을 듣고,
어제는 파주 출판단지의 카페에서 책을 읽었다. 로또 복권에
당첨하는 행운은 없었지만 운석이 하필이면 내 머리 위로 떨어
지는 재난도 없었으니, 이 일상의 평온함은 얼마나 다행인가!
인생은 불가사의해서 언제 최악의 사태가 덮칠지 모른다. 하지
만 이렇듯 화창하고 향기 넘치는 봄날에는 대체로 불운과 재난
이 닥칠 확률은 현저하게 낮아진다.

행복을 두고 이러쿵저러쿵 다양한 말이 바글거린다. 가끔 '나는 행복한가?'라고 스스로 묻는다. 행복이 지복과 안녕, 욕구 충족, 기쁨이 일렁이는 마음과 관련이 있음은 알지만 딱히 꼬집어 말하기 힘든 까닭이다. 사람들은 불행하지도, 행복하지도 않은 상태에서 살아간다. 나는 나이를 먹고 신체가 노쇠해지며 삶의 약동과 행복의 부피가 줄어드는 걸 실감한다. 물론 삶이 송두리째 깨지거나 무너진 것은 아니고, 그저 한 모서리가 일그러졌을 뿐이다. 삶의 모서리가 깨지는 것은 진부한 것의 반복, 새로울 것 없는 메마른 책임과 의무 때문이다. 우리는 책임과 의무의 속박에서 벗어나 더 자주 감정과 의식을 쇄신하고 더 많은 즐거움을 주는 일과 활동을 능동적으로 찾아야 한다.

행복한 이들은 늘 고요하고 여유가 있다. 그들의 마음은 감사와 경외감으로 가득 차 있다. 반면 불행한 이들은 근엄하고 냉소적이다. 그들의 마음은 복잡하고, 까칠하며, 불만과 짜증으로 가득 차 있다. 행복한 이들은 행복의 강박증에 눌리지 않고, 그저 어리석음과 유행을 좇지 않으려고 노력한다. 그들은 자기 인생에 무엇을 더하는 대신 덜어내려고 애쓴다. "좋은 삶은 대단한 행복을 추구하는 데 있지 않고, 멍청함이나 어리석음, 유행 따르기를 피함으로써 이루어진다. 무언가를 더 많이 하는 것이 삶을 풍성하게 만드는 것이 아니라, '하지 않는 것, 절제하

는 것'이 삶을 풍성하게 만든다."* 그들은 내재적 가치를 추구
한다. 내재적 가치란 돈을 많이 버는 게 아니라 우정과 사랑, 충
만한 자아, 영혼의 성장, 가족에게 느끼는 친밀함, 자기가 속한
집단에서의 좋은 관계와 밀접한 그 무엇이다.

우리는 행복을 손에 넣으려고 애쓰지만 그 시도는 실패한
다. 정치가는 우리가 사는 세상을 지상 낙원으로 바꾸겠다고,
사람들이 갈망하는 행복을 주겠다고 공약을 내건다. 가당치도
않은 일이다. 정치가 행복을 목적으로 삼는 순간 지옥으로 가
는 지름길이 열린다고 말한 것은 칼 포퍼라는 철학자다. 그는
『열린사회와 그 적들』에서 "지상 낙원을 세우려는 시도는 언제
나 지옥으로 안내한다."라고 썼다. 정치가들은 상품, 소비, 부가
행복의 척도인 걸로 오도하면서 국내 총생산의 수치를 행복의
지표로 제시하지만 국내 총생산의 수치가 국내 총행복의 측정
치로 환원되는 일은 없다.

정치가들은 행복을 단 하나의 실체, 단 하나의 형상으로 잘
못 인식한다. 행복은 개별자가 감당하는 실존 조건들, 즉 건강,
직업, 환경, 소득, 교육 등 복합적인 것으로 이루어진 토대 위에
서 수백 만 개의 형상으로 존재한다. 최대 다수가 최대의 행복을
누리는 '멋진 신세계'는 한갓 헛된 신기루에 지나지 않는다. 정

치가 행복을 빚어낸 시대는 없었다. 그나마 '좋은 정치'는 단지 우리를 최악의 불행을 피해 차선의 불행으로 인도한다. '나쁜 정치'는 대규모의 불행을 만들어 온 세계에 퍼뜨렸다. 행복은 재물을 쌓고 꽉 움켜쥐는 일이 아니다. 행복은 나누고 베푸는 덕성과 이타성을 실행하는 데서 오는 즐거움에 있다. 행복한 자는 기쁨이 넘쳐서 행복한 게 아니라 행복해서 기쁨이 넘치는 것이다.

박지웅 시인의 「택시」라는 작품이 있다. "내가/행복했던 곳으로 가 주세요." 사실 행복으로 가는 길은 없다. 그러니 행복의 길을 제시하겠다는 말은 사기다. 행복은 찰나의 경험 속에서 번쩍이며 나타났다가 사라진다. 행복은 유한한 삶에서 겪는 무한의 새로운 경험이다. 행복은 기쁨이고 발견이며 향유다. 그것은 정서적 충만으로 겪는 긍정의 순환이고, 깨지지 않는 지복에의 굳건한 믿음이다. 행복은 대상을 향유하는 것이다. 찰나에서 영원을 보고, 그 불가능의 가능성을 엿보는 일이다. 그런 맥락에서 "행복은 언제나 불가능한 것의 향유"다.[■] 한 철학자의 말을 빌리면 "완전한 행복은 무한에 대한 유한한 향유"[▲]인 것이다. 무한은 유한성이라는 시간에 갇힌 인간에게는 실현되지 않은, 혹은 실현될 수 없는 불가능한 것으로 애초에 형태도 실체도 없다. 무한은 인간의 경험 저편에 신기루처럼 떠 있다. 행복이 무한에 대한 유한한 향유라는 점에서 그것은 만지거나 손아귀에 쥘 수가 없다. 행복해지기란 더디고 어려운 일이지만, 불행해지는 데는 단 몇 초도 걸리지 않는다. 행복의 속도는 말이 끄는 마차의 속도처럼 더디고, 불행의 속도는 빛과 같은 광속이다. 택시를 타고 가려던 '행복했던 곳'이란 백일몽이다. 그런 곳은 실재하지 않는다. 그럼에도 나는 저 현실 너머 어딘가에 그런 장소가 있다고 믿고 싶어진다.

나도 막막하고 힘들 때 "내가 행복했던 곳으로 가 주세요."라고 말하고 싶었다. 그곳은 '무한'이란 이름의 장소가 아니었을까? 무한이란 가늠할 수 없는 추상의 개념이다. 그것은 이데아, 분할할 수 없는 전체, 진리가 작동하는 방식이다. 우리는 무한에서 와서 무한으로 돌아간다. 30대 초반 무렵 나는 수행자도 아닌데 가출을 했다. 아내와의 불화로 집을 나와 별거 2년차. 출판사 사무실은 여의도에, 집은 개포동에 있었다. 그 당시 개포동 시영아파트는 연탄으로 난방을 하는 서민의 거주지였다. 나는 겨우내 난방을 하지 않은 채 견뎠다. 아파트에는 밤늦게 돌아와 잠만 잤다. 술에 취해 밤늦게 택시를 타고 귀가하는 일이 잦았다. 어느 날인가는 만취해서 택시를 탔다. '개포동'이라 지명이 떠오르지 않았다. 그렇다고 기사에게 "내가 행복했던 곳으로 가 주세요."라고 말했을 리는 없다. 그날 밤, 나는 어떻게 개포동까지 무사히 왔을까.

많은 이들이 과거를 행복이 가득했던 것으로 윤색한다. '옛날엔 참 좋았어!' 과연 '행복한 과거'란 사실일까? 행복한 과거란 역경과 불행의 직접성이 마모되면서 생기는 달콤한 망각에 불과하다. 그것은 윤색된 기억, 즉 '거짓기억 증후군(false memory)'의 결과물이다. 30대 중반, 개포동에서 혼자 살던 시절, 나는 행복하지 못했다. 진실을 말하자면 30대 내내 나는 외롭고 불행했다. 출판사는 번창했지만 행복하지 않았다. 나는 돈이 사람을 행복하게 만들지 않는다는 말에 동의한다.

나는 왜 불행했을까? 누리는 모든 것이 내 것이 아닌 듯해서 불행했다. 입에 넣는 밥이 부끄럽고, 햇빛 아래 걷는 게 부끄러워서, 나는 불행했다. 한창 성장하는 아이들과 떨어져 지내는 일이 견딜 수 없을 만큼 슬프고 불행했다. 아내와의 사이에 팬 불신의 골은 깊고, 그로 인해 내상(內傷)은 깊었다. 나는 불행의 밥을 먹고, 불행의 잠을 잤다. 그러다 오랜만에 아이들을 볼 수 있었다. 사내 아이 둘은 초등학교에 다니고, 딸은 세 살이었다. 그 아이들과 동네 목욕탕을 갔다. 목욕탕에서 아이들을 씻기고 등과 팔다리에 비누칠을 해 줄 때 행복했다. 목욕탕을 나와 아이들과 고깃집으로 갔다. 두 아들은 서먹서먹한 채 눈치를 보고, 어린 딸은 곁에 찰싹 달라붙어 떨어질 줄 몰랐다. 내 사랑을 더 갈구하던 아이들은 성장해서 제 살 길을 찾아 뿔뿔이 흩어져 떠났다.

행복해지려면 얼마나 많은 시간과 불행을 견뎌야 할까? 그 대답은 내게 없다. 나는 남은 봄은 몇 번인가를 마음으로 헤아리다가 그만둔다. 곧 벚꽃이 지고 왔던 봄은 떠날 것이다. 봄이 지나면 여름이 다가온다. 우리는 여름의 눈부신 햇빛 아래서 눈을 가늘게 뜨고 녹음 우거진 숲과 반점처럼 땅에 드리운 그늘을 바라볼 것이다. 외출에서 돌아와 땀 젖은 몸을 씻은 뒤 잘 익은 복숭아를 깨물 때, 달콤한 복숭아 즙이 입가를 적신 채 흘러내린다. 우리는 여름 과일의 풍미와 향기를 듬뿍 맛보며 행복감에 취할 것이다. 하지만 봄날의 화사한 꽃들, 여름의 빛과 영광은 얼마나 빨리 사라지는가? 그러니 지금 이 순간 만난 행복을 꽉 잡으시라. 매화, 산수유, 벚꽃이 벌이는 꽃 잔치와 사방에 넘치는 여름의 눈부신 빛, 살려는 의욕으로 충만한 이 찰나에 누리지 못한 행복은 어디에서도 찾을 수가 없을 테니.

• 롤프 도벨리, 『불행 피하기 기술』, 유영미 옮김, 인플루엔셜
▪ 알랭 바디우, 『행복의 형이상학』, 박성훈 옮김, 민음사
▲ 앞의 책

4장 행복의 기술을 바라다   **197**

불행한 만찬 앞에서 괴로워만 말고

황사와 미세 먼지가 몰려오고, 꽃샘추위가 훼방을 놓았어도 매화나무 가지에서 매화가 피었다. 파주 출판단지 안 검은 매화나무 검은 가지에 하얀 꽃을 발견하고 탄성을 터뜨렸다. '반갑구나, 매화야!' 매화나무 가지 어디에 저토록 흰빛이 숨어 있다가 나오는 것일까? 귀때기가 떨어져 나갈 듯 추웠던 지난겨울이 떠오른다. 두터운 외투로 몸을 꽁꽁 감싸고 추위에 떨며 걸었다. 새벽에 깨어나면 불안에 감싸여 유령처럼 서성거렸다. 먼 고장에서 오는 누군가를 기다리듯 봄을 기다렸다. 봄빛은 도처에서 화사하고, 뺨을 스치는 바람은 부드럽다. 사방에서 폭죽처럼 터지며 쏟아지는 일조량이 내 기분을 기쁨으로 데운다. 자, 봄의 한가운데를 걸어 보자. 움츠렸던 어깨를 활짝 펴고 씩씩하게 발걸음을 내딛으며 걷기에 좋은 계절이 아닌가!

봄이 오면 더 자주 집을 나와 걷는다. 산책의 시간과 노동의 시간은 결이 다르다. 노동의 시간이 생산성과 효율성에 얽매인 채 몸을 경련하듯이 쓰는 목표지향적 시간이라면, 산책의 시간은 자기 자신에게 어디 매인 데 없는 고요한 평화를 베푸는 시간이다. 일에 매달리는 작업장에서는 계절의 흐름을 알지 못하고, 계절의 고유한 빛과 소리가 어우러져 만드는 찬란한 세계를 자각하지 못한다. 존재가 자기 안에서 머무르는 느긋함 속에서만 우리는 계절의 변화와 울림을 알아차린다. 산책하는 시간에서만 우리는 노동의 매임에서 풀려나 자유를 누린다. 산책의 시간은 느리게 흘러간다. 그 느림에 몸을 맡긴 채 머뭇거림과 수줍음 속에서 우리의 사색을 계절의 변화에 맞추는 것이다.

걷기의 동력은 움직임, 요동, 변화의 충동에서 나온다. 걷는 동안 심장 박동이 올라가고 혈액 순환은 빨라진다. 걷기는 하체 근육을 튼튼하게 만든다. 앞을 향해 내딛는 걸음이 영혼 안에 깊이 잠든 새들을 깨운다. 걷는 동안 무겁고 어수선한 내 머릿속에서 깨어난 새들이 공중으로 솟구친다. 기분은 좋아진다. 걷기는 사유라는 특권을 되살리고, 몸의 직관을 자극하며, 잠든 상상력을 일깨운다. 우리는 걸으면서 사물, 습관, 생각, 도덕, 믿음 따위를 꺼내서 새로 빚는다. 걷기는 세계와 맞서는 인간의 약동이며 도약이다. 새는 공중을 날고, 물고기는 물에서 헤엄치며, 나는 땅 위를 걷는다.

니체는 이렇게 쓴다. "야외에서 몸이 자유롭게 움직이는 가운데 구상되지 않은 어떤 생각도 믿지 마라. 또한 근육이 춤추는 가운데 구상되지 않은 어떤 생각도 믿지 마라."(『이 사람을 보라』) 니체는 서재에서 낡은 서책을 뒤적이며 쓴 글을 믿지 않았다. 니체의 철학은 사방이 꽉 막힌 서재나 도서관에서 화석처럼 꼼짝도 하지 않고 틀어박혀 수백 권의 책에서 찾아낸 인용문들을 포식해서 억지로 지어낸 게 아니다. "오, 한 인간이 어떻게 그 사상에 도달했는가를, 그가 잉크병을 앞에 두고 뱃살을 접은 채, 종이 위로 머리를 구부리고 앉아서 그 사상에 도달했는지의 여부를 우리는 얼마나 빨리 알아채는가! 오, 우리는 얼마나 빨리 이런 책을 읽어 치우는가! 내기를 해도 좋다. 눌린 창자가 스스로를 폭로하며, 또한 서재의 공기와 천장, 좁은 서재가 스스로를 폭로한다."(『즐거운 학문』) 니체는 좁은 서재의 탁한 공기 속에서 뱃살이 접힌 채 눌린 창자의 고통을 견디며 머리를 종이 위에 박은 채 남의 책을 허겁지겁 탐식하며 써낸 '가짜 사상'을 기막히게도 알아냈다. 그 고갈되고 빈곤해진 머릿속에서 짜낸 지식은 남의 것을 복제한 것이다. 그것은 죽은 철학이고, 박제된 지식에 지나지 않는다.

니체는 이렇게 쓴다. "나의 발꿈치는 일어서고, 나의 발가락들은 네 의중을 헤아리기 위해 귀를 기울였지. 춤추는 자는 귀를 발가락에 달고 있는 법이니!"(『차라투스트라는 이렇게 말했다』) 삶을 긍정하는 자의 걸음걸이는 가볍고 춤추는 듯하다. 발바닥은 땅에 입 맞추고, 발가락들은 땅에서 나오는 심연의 소리를 들으려고 귀를 쫑긋 세운다. 니체의 철학은 하늘과 바다를 바라보며, 험한 바위와 빙하에 맞서며 걸을 때 떠오른 사유를 바탕으로 빚어졌다. 니체가 사랑한 것은 항상 생동하는 철학이었다. 니체는 오직 몸을 움직이며 얻은 발랄하게 생동하는 지각(知覺)들, 몸과 피로 이루어진 사유만이 진짜라고 말했다. 니체는 자주 파노라마처럼 펼쳐지는 전망이 좋은 고산 지대와 언덕, 경관이 수려한 바닷가나 호숫가를 찾아 걸었다. 스위스 질스마리아의 호수들, 돌로미티산맥, 지중해 절벽들, 이탈리아의 토리노나 제노바, 프랑스의 니스와 망통 같은 도시를 하염없이 걷고, 걷는 동안 떠오른 생각을 노트에 적었다. 니체의 가장 핵심적인 '영겁 회귀의 철학'도 산책에서 얻은 결실이다.

언제까지 금지된 것을 기다려야 한단 말인가.
가엾은 무릎을 펼 우리의 안식처는
어디란 말인가. 우리를 지탱하는 십자기둥은
언제나 노 젓는 것을 멈춘단 말인가.

이제껏 겪어온 고통에게 언제까지
의문 부호를 찍어야 하는 건지…
우리는 너무도 많이
식탁에 앉아 쓰라림을 삼켰다. 배가 고파
한밤중에 잠 못 이루고 우는 어린애처럼…

영원한 아침나절, 우리 모두 아침을 거르지 않고
서로를 마주볼 수 있게 되는 건 언제쯤일까.
이 눈물의 계곡으로 데려와 달라고 한 적이 없는데,
언제까지 여기 있어야 하는 건가.
팔꿈치를 괴고
눈물에 젖어, 머리 숙인 패자가 되어 하염없이
묻는다. 이 만찬은 언제야 끝나려는가?

술 취한 사람 하나가, 우리를 비웃더니, 다가왔다가
멀어진다. 쓰디쓴 인간의 본성이 만든
무덤을 왔다가 가는 검은 숟가락처럼…
그 시커먼 존재는
이 만찬이 언제 끝날지 더더욱 모른다.

세사르 바예호, 「불행한 만찬」

산책을 끝내고 출판단지의 한 카페에 들러서 커피를 한 모금 마신다. 오늘 집에서 들고 나온 책은 세사르 바예호의 시집 『오늘처럼 인생이 싫었던 날은』이다. 카페에서 숨결을 고르고 시집을 펼쳐 읽는다. 바예호는 페루의 광산촌에서 태어난 시인이다. 가난한 집에서 태어나 고등학교 과정을 건너뛰고 독학했다. 부친의 일을 돕다가 의대에 진학하지만 중도에 그만두었다. 여러 대학을 전전하다가 고향으로 돌아와 사탕수수 농장에서 회계 보조로 일했다. 23세 때부터 시인들과 교류하며 신문과 잡지에 시를 기고했다. 바예호 시집을 읽는 시간은 한가로움과 안식, 고요한 몰입으로 채워진다. 시를 읽는 내내 먼 데서 봄비가 내리듯 귀의 달팽이관에 고요가 차오른다.

금지된 것을 기다리며 고통 속에서 궁지에 몰린 채 사는 일은 '불행한 만찬'을 받는 것과 같다. 얼마나 많은 사람들이 목전의 필요와 기본적인 욕구를 해결할 최소한의 벌이에 속박된 채 살아가는가? 누구나 삶은 고단하고 괴롭다. 자영업자와 소상공인이나, 보람이나 큰 기쁨 없는 노동에 매인 노동자만 삶이 고단하고 괴로운 것은 아니다. 우리는 한밤중에 배가 고파 잠못 들고 칭얼대는 어린애와 같이 이 세계에서 고단한 노동과 여러 형태의 불행에 반응하며 산다. 우리는 언제까지 팔꿈치를 괴고 머리 숙인 패자로 살아야 하는가? 생(生)이라는 이 '불행한 만찬'이 언제 끝날지 모른다. 그러나 '불행한 만찬' 앞에서 한숨을 쉬고 괴로워할 수만은 없다. 니체는 쓴다, "오늘 웃는 자가 최후에도 웃는다."라고! 웃음이 삶의 무거움을 덜어 낼 명약이라면 웃자. 더 자주, 더 크게, 웃자. 더 멋진 건 함께 웃는 것이다.

집으로 돌아오는 길에 교하의 들을 가로지르는 하천에 야생 오리들이 떠 있는 모습을 보았다. 하천 안쪽으로 마른 갈대가 늘어서 있고, 둔덕에 밀집한 버드나무 가지마다 연두색 물이 올라 있었다. 산책하면서 몸에 걸친 불행과 나쁜 기억이라는 축축한 옷을 말린 느낌이다. 덕분에 살아 있다는 감각은 더없이 생생해지고 기분은 한결 나아졌다. 낮 시간이 길어져서 해는 늦게 떨어진다. 지상에 남은 마지막 빛이 낮은 고도로 깔리면서 버드나무 그림자가 늘어지고, 서편 하늘에는 노을이 붉게 타오르고 있다. 곧 해가 지고 바람이 불며 사위가 어두워질 것이다.

봄을 관조하다

따스한 봄날, 새로 돋은 작약 움, 풀 한 포기, 무릎에 앉아 가르랑거리는 고양이, 꽃눈이 촘촘한 홍매화 가지, 먼 산, 말갛게 갠 하늘 아래 푸른 이랑처럼 연달은 지붕, 물웅덩이에 떠가는 흰 구름…… 들을 바라본다. 그냥 스치지 않고 대상을 오래 자세히 바라보면 그 대상에 매혹된다. 자세히 들여다봐야 대상의 아름다움이 잘 드러나는 까닭이다. 일을 멈추고 무언가를 자세히 바라보며 느끼는 행위를 '관조'라고 한다. 그 바라봄은 수익과 무관한 행위이고, 목적 지향적이지도 않다. 관조자는 그저 대상을 한가롭고 사랑스러운 시선으로 품을 따름이다.

사람은 어머니의 자궁 속 어둠에서 나온 새싹들! 우리는 춤추고 노래하는 봄날의 새싹들이다. 그런데 이 봄날 오직 돈만을 위해 산다는 것은 슬픈 일이다. 어른들은 새알의 껍데기가 왜 그토록 얇고 부서지기 쉬운지를, 생명이 어떻게 잠들고 깨어나는지에 대해서는 도무지 관심이 없다. 돈을 위해서만 일하는 사람은 우리 안의 생령을 너무 만만하게 보고 태만함에 빠진 것이다. 어른들은 다들 바쁘다고 말한다. 그들은 바쁜 탓에 목적이 불분명하고, 수익을 내지 않는 활동에 짬을 낼 여유가 없다.

아이들은 돈이 만든 세상의 태만함에 쉽게 빠지지 않는다. 아이들이 놀이에 열중할 때 수익을 따지는가? 아이들은 자기 안의 생명이 시키는 대로 즐거움에 따를 뿐이다. 아이들에게 이 세상은 온갖 신기한 것들로 가득 찬 있는 '호기심 천국'이다. 아이들은 쉽게 놀라고, 경탄하고, 즐거워한다. 하지만 우리 새싹의 천진난만한 시절은 짧게 끝난다. 아이들은 곧 어른의 세계로 편입한다. 어른들은 돈이 유일한 가치이고, 돈이 모든 걸 해결한다는 맹신에 매달리는 사람들이다. 우리 시대는 그런 영악한 어른들이 만든 '히스테리성 과잉 활동 시대'다. 이 과잉 활동 시대에 아무 이유 없이 멈춰 있는 영혼은 쉽게 불안에 빠진다. 손발을 쉬지 않고 놀리는 것을 정상으로 여기고, 산만한 분주함이 익숙함으로 고착된 탓이다. 우리가 호기심 많은 아이처럼 작은 민들레꽃 앞에서 그것을 오래 바라보고 있다면, 사람들은 우리를 이상하게 여길 것이다.

관조는 대상을 넘어, 대상과 연관된 자아의 협소한 영역을 넘어 우리를 저 멀리로 데려간다. 자아가 손을 뻗쳐 만질 수 있는 좁은 영역의 속박에서 벗어나 저 먼 추상과 무한으로 나아가게 이끈다. 우리가 바라보는 대상의 표면적 아름다움뿐만이 아니라 내재된 가치와 의미를 깨닫는 관조의 찰나, 자아는 미적 쾌감과 더불어 그 경계를 확장하며 우리에게 해방과 자유를 선사한다. 따라서 우리가 사는 날들이 아무 관조 없이 욕구와 즉물적인 응답만으로 이루어진다면 거기에는 기쁨이 깃들 수 없다.

우리는 대상을 관조하는 경험 속에서 에피파니(epiphany)*의 홀연한 기쁨과 만난다. 대상과의 마주침, 그 관조적 찰나에 불꽃같이 일어나는 통찰과 직관, 영감을 얻는다. 그때 우리 영혼은 단조로움에 벗어나 풍요로워진다. 철학자들이 관조적 삶을 권한 이유는 그것이 이상적 삶에 더 가깝기 때문이었으리라. 남녘에서는 매화가 피고, 잇달아 산수유와 생강꽃 개화 소식이 들려온다. 이 꽃피는 봄날을 온전히 누릴 사람은 관조하는 사람이다. 그동안 너무 바빴다면 우리 영혼에 홀연한 기쁨이 충만하기를 바라면서 하루쯤은 일손을 놓고 빈둥거려 보자. 이 봄날, 손발 놀리는 것을 쉬고 그저 무언가를 바라보며 한가롭게 관조적 시간을 보내 보자.

---

* 사물이나 본질에 대한 직관, 통찰

'봄'을 발음하는 방법

춘분을 기점으로 날마다 새로운 꽃 소식이 올라온다. 매화, 산
수유, 벚꽃, 영산홍 등속이 시속 몇 킬로미터인지 가늠할 수 없
지만 백두대간을 타고 북상하는 중이다. 우리는 이 꽃 소식에
귀를 기울이며 겨우내 움츠렸던 어깨를 활짝 편다. 우리가 딴
짓을 하느라 바쁠 때도 봄은 최선을 다한다. 북쪽 파주에도 뒤
늦게 봄꽃이 피었는데, 산책에 나섰다가 개나리꽃 핀 것을 바
라보았다. 개나리꽃 덤불은 노란 카레를 냄비째 뒤집어쓴 듯하
다. 교하의 타운하우스 정원에는 산수유꽃이 만개하고 목련 흰
꽃봉오리도 곧 터질 기세다. 우리가 보탠 것이 없는데도 봄은
소년 씩씩한 가장처럼 당도한다. 주말쯤이면 파주의 벚꽃도 다
펴서 벚꽃 아래 걷는 이들 마음도 화창하겠다.

봄을 '보오-옴' 하고 길게 발음한다. 그러면 아스라한 꿈처럼 온몸으로 퍼져 오는 봄을 느낄 수가 있다. 교하의 들에도 봄 햇살은 따스하고, 해가 길어져 저녁은 더디 온다. 저녁 산책을 나서면 서쪽 하늘에 오래 머무는 장밋빛 황혼을 바라보곤 한다. 저 황혼은 어느 먼 곳에서부터 여기까지 왔을까? 장려한 황혼 뒤에 밤이 어둠 몇 필을 품에 안고 다가온다. 요즘 눈꺼풀로 쏟아지는 혼곤한 잠에 이내 투항하고 만다. 그 긴 겨울밤들은 다 어디로 사라지는 걸까? 겨울에 우리는 어리석고, 어리석음과 완고함으로 겨울밤의 어둠을 견뎌 냈다. 하지만 봄에 온몸에 생기가 돌아 눈이 밝아져 아름다운 죄를 짓고 한 줌의 지혜나마 갖게 될 것이다.

땅거죽을 밀고 돋아나는 새싹은 무죄다. 작약 움이 돋고, 주목나무 아래에서 비비추의 초록 싹들이 창끝처럼 올라올 때 가슴이 뛰었다. 땅속 씨앗이나 묵은 뿌리에서 새싹이 돋아남으로써 식물의 한 생애가 펼쳐지겠다. 씨앗들이 향일성에 대한 일념으로 새싹으로 돋기까지 얼마나 많은 에너지와 용기가 필요한가? 우리는 그것을 가늠조차 할 수 없다. 새싹은 식물 세계에는 흔한 불굴의 용기를 보여 준다. 새싹 하나하나는 제 운명을 창조하는 봄날의 기적이다! 마침내 새싹은 줄기를 키우고 잎과 꽃을 피우며 식물의 한 생애를 산다.

일찍 피어 봄을 맞는 꽃은 복수초다. 잔설을 뚫고 피어난 복수꽃은 어여쁜 노란 민낯으로 빛난다. 복수꽃뿐일까? 햇볕이 누리에 퍼지면 수선화, 할미꽃, 괭이밥꽃, 섬노루귀꽃, 골담초꽃, 뿔냉이꽃, 개불알꽃, 말발도리꽃, 매화, 개나리, 진달래, 산수유, 생강꽃…… 등등이 다투어 피어난다. 겨울이라는 역경을 견디고 피어난 봄꽃은 얼마나 대견하고 예쁜가? 식물의 뿌리는 하강하여 땅속으로 뻗어 가는 숙명을 가졌고, 그 속에서 어둠을 견디며 향일성의 싹을 땅 거죽 위로 밀어낸다. 땅속 저 깊은 곳으로 뻗어 가는 뿌리가 품은 하강의 힘은 식물이 태양이 있는 지상 위로 솟아오르려는 상승의 에너지로 바뀐다. 모든 향일성 식물이 줄기 끝에서 꽃망울을 터뜨리고 열매를 맺는 것은 식물이 일으키는 기적이 아닐 수 없다. 어떤 봄꽃도 저절로 피는 경우는 없다. 식물은 저를 아래로 끌어내리는 중력의 영에 저항하며 한사코 수직으로 솟아나기 위해 제 모든 것을 건다. 땅속 물과 자양분으로 수액을 만들고 그 에너지로 꽃의 광채를 가지 밖으로 밀어내려는 식물의 투쟁은 얼마나 필사적인가!

강물이 웃고 종달새가 노래하는 것은 다 천지에 난만한 양기를 받아 땅거죽을 밀고 돋아나는 새싹과 피어난 봄꽃 때문이다. 이 새싹과 봄꽃은 땅에서 솟는 해, 언 땅에서 공중으로 솟구치는 노란 불꽃, 바람에 맞서는 작은 돛, 공중을 활주하는 빛이다! 금싸라기 햇빛 속에 어여쁜 자태를 뽐내는 봄꽃은 봄날의 보람이고 기쁨이다. 내가 벅찬 가슴으로 오매불망 봄을 기다린 까닭이 여기에 있다. 나뭇가지마다 물이 오르고, 온갖 생령이 천지간에 퍼진 양기를 빨아들여 꿈틀대고 기지개를 켜는 4월은 무뚝뚝한 사람의 마음조차 화창하게 만든다. 히야신스의 움은 땅거죽을 밀며 올라오고, 종달새는 푸른 대기에서 명랑하게 지저귀며, 북방산 개구리는 하천에서 밤새 울고, 겨울잠에서 깬 뱀도 땅속에서 기어 나온다. 봄은 솟고, 뻗치며, 움트고, 노래하는 것들로 아연 활기를 띤다.

늘 오는 봄이건만 기운생동(氣運生動)하는 새봄은 늘 경이롭다. 오늘 아침, 창밖 벚나무에 벚꽃이 만개한 광경이 눈에 들어왔다. 온통 덩어리진 벚꽃이 뿜어내는 빛은 눈부시고, 햇빛은 심벌즈 소리로 울렸다. 나는 만개한 벚꽃에 아이처럼 들떠서 백치처럼 웃는다. 벚꽃은 하루 새에 오븐 속 팝콘같이 활짝 벌어졌다. 벚나무는 쉼 없이 수액을 퍼 올리고 가지 속 환한 꽃을 밖으로 밀어내느라 얼마나 힘을 썼을까? 빈센트 밀레이의 시 구절을 혼자 중얼거린다. "나는 백송이 꽃을 만지되/한 송이도 꺾지 않으리라." 이 화창한 날에 집구석을 지키며 그림자처럼 앉아 있을 수만은 없다. 주말에는 한라봉 한 개, 김밥 한 줄을 싸 들고 심학산 봉우리라도 소풍 삼아 올라갔다 내려와야겠다.

걸을수록 행복해진다

인류같이 직립보행을 하며 이동하는 동물을 찾기는 쉽지 않다. 인간은 척추를 곧추세우고 두 발로 서서 걷는다. 직립 인간은 걷는 동안 몸과 정신이 하나로 통합되어 온전해진다. 새가 공중을 활강하는 것, 물고기가 물속에서 지느러미를 써서 재빠르게 움직이는 것, 그리고 두 발로 이동하는 인류의 걷기는 제 몸을 이곳에서 저곳으로 움직이는 수단으로 삼는다는 점에서 하나다. 직립 인간의 두 다리는 곧 새의 날개고, 물고기의 지느러미다.

내 조상은 걷는 인류다. 인류에게 걷기는 진화와 진보를 향해 내딛는 일이었다. 인간은 수만 년 동안 걸으면서 생존 능력을 키우고 인지의 지평선을 넓히며 오늘에 이르렀다. 저 앞에서 걷는 사람의 자세를 살펴보자. 걷는 사람은 전방 풍경에 눈길을 주고 팔을 흔들면서 양쪽 다리를 번갈아 가며 앞쪽으로 내딛는다. 한쪽 다리를 들어 앞쪽에 발뒤꿈치를 착지한 뒤 다른 한쪽 다리를 들어 똑같은 방식으로 나아간다. 걷는 사람은 들숨과 날숨을 쉬고, 차츰 맥박이 빨라지면서 온몸에 열기가 도는 것을 느낀다. 걸음이 빨라지면 심장 박동도 더 빨라진다.

나는 걷는 일에서 작은 보람과 기쁨을 얻는다. 대개 오후 시간에 걸으면서 기분 전환을 하고, 풍경과 나를 뒤섞는다. 바람이 물결을 밀고 가듯 나는 풍경을 밀며 나아간다. 걸으며 눈앞의 풍경을 주시할 때 풍경은 눈으로 들어와 혼란스러운 감정, 뒤엉킨 생각과 섞이며 가지런해진다. 어느덧 나는 풍경과 일체로 움직인다. 내가 풍경이고 풍경이 내가 되어 걷는 동안 생각을 펼치고 다른 생각을 끌어와 그것과 겹쳐 보며 그 실마리를 한 가닥씩 풀어간다. 생각의 윤곽이 또렷해지고 정신은 점점 투명해진다. 걷는 시간은 하늘을 머리에 이고 대지를 밟고 나아가며 몸을 쓰는 시간이지만, 동시에 자기 안의 감정과 사유가 질서를 향해 나아가느라 소용돌이를 겪는 시간이다.

내 경험을 통해서 깨달은 것은 걷기와 생각하기가 한 쌍으로 움직인다는 사실이다. '소요학파(逍遙學派)'라는 이름을 얻은 아리스토텔레스 같은 고대 그리스 철학자는 물론이거니와 몽테뉴, 루소, 칸트, 니체 같은 현대의 위대한 철학자들, 그리고 보들레르나 랭보 같은 시인들은 왜 한결같이 걷기에 몰두했을까? 소요학파 철학자들은 말하면서 걷고, 걸으면서 말하는 사람들이었다. "감히 말하자면, 철학은 언제나 '걷기 상태'에 있다. 물론 이 말은 '망가진' 혹은 '고장 난'에 반대되는 '작동 가능한' 상태를 의미하는 것이 아니다. 이 표현은 철학이 걷기 방식과 유사한 존재 양식에 따라 이어진다는 것을 뜻한다. 넘어지면서, 넘어지는 걸 스스로 막으면서 무한히 반복하고 다시 시작하는 방식으로 나아가는 양식 말이다."• 철학자나 시인에게 걷는 것은 숨결이 꺼져 가는 사유를 살리고, 먼지처럼 부유하는 상상력에 윤곽과 형태를 주며 키우는 일이다. 걷기는 철학자에게 사물과 세계를 분석하고 성찰하는 계기를 주고, 시인에게는 시의 영감과 착상을 얻고 기르는 기회를 부여한다.

걷기는 무위의 행위이다. 그것은 아무것도 생산하지 않는다는 점에서 생산적인 활동과는 거리가 멀다. 리베카 솔닛은 말한다. "공상하기, 구름 쳐다보기, 거닐기, 윈도쇼핑 등 무위의 범주에 들어가는 즐거운 행위들은 좀 더 생산적이고 활동적인 행위로 채워야 할 텅 빈 공간으로 여겨진다."•• 걷기는 그림의 여백에 가깝다. 테크놀로지의 증식에 감싸여 있는 세계에서 그런 여백은 반드시 필요하다. 그것은 "사유와 경험과 도착만을 생산하는 육체노동"▲일 뿐만 아니라 휴식, 기분 전환, 시적 통찰을 시간을 선물로 주는 활동이기 때문이다. 무엇보다도 걷기는 우리가 육체를 가진 존재라는 사실을 깨닫게 하고, 권태와 허무에 찌든 몸을 애초의 건강한 몸으로 되돌려 주며, 그것을 통해 세계를 파악하는 계기로서의 시간을 만들어 준다.

걷는 자는 제 앞에 펼쳐진 세계를 눈으로 빨아들인다. 길과 길옆에 선 나무들, 더 먼 곳의 숲, 절벽, 산 능선, 푸른 하늘 따위를 제 몸으로 끌어당겨 자기라는 내부와 뒤섞는다. 그러니까 세계라는 외부와 자기 내면에 소용돌이치는 감정과의 혼융 속에서 자기가 바로 지금 여기의 유일한 주인이라는 실감을 얻는다. 우리가 걸을 때 시간은 천천히 흘러간다. "걷기는 시간을 버는 일이 아니라 오히려 우아하게 잃는 일이다."● 그 시간의 유실을 걱정할 필요는 없다. 한가롭게 걷는 동안 흘러가는 시간은 느리게 우리에게서 벗어나며, 덩달아 우리를 시간의 속박에서도 벗어나게 만든다.

벗이여, 더 행복해지고 싶은가? 더 풍부하게 상상하고 깊은 생각을 품고 싶은가? 그렇다면 당장 신발 끈을 조여 매고 밖으로 나가서 걸어라! 바람을 맞으며 앞으로 나아간 인류의 대열

에 기꺼이 합류하라! 당신은 혼자 걷는 게 아니다. 당신이 걸을
때 인류 전체가 당신과 함께 걷는다. 인류에게 걷기는 하나의
여정이고, 어제보다 한 걸음 더 나아가는 진척이며, 먼 미래를
향해 나아가는 꿈의 항해다.

* 로제 폴 드루아, 『걷기, 철학자의
  생각법』, 백선희 옮김, 책세상
* 리베카 솔닛, 『걷기의 역사』,
  김정아 옮김, 민음사
▲ 앞의 책
* 다비드 르 브르통, 『느리게 걷는
  즐거움』, 문신원 옮김, 북라이프

스승을 섬기는 기쁨에 대하여

인간이 성장하는 모든 곳에 스승이 존재한다. 특정한 한 인물만이 아니라 만물이 다 스승이다. 시인에게는 시냇물, 촛불, 망각, 무지몽매함, 문의 손잡이, 처마 끝 가장자리, 벼랑, 바다, 감기, 무한 고독, 램프의 빛, 나무, 달…… 등이 다 스승이다. 내가 아는 모든 것은 스승에게서 왔다. 스승은 가르치는 자가 아니라 내 안의 진짜 자아를 발견하고 깨닫도록 이끄는 자다. 내 안에 있는 꺼진 램프에 작은 불씨를 붙여 주는 자다. 차갑게 식은 채 어둠에 묻힌 램프의 심지에 영감과 사색을 불어넣고 그걸 환한 불꽃으로 키우는 것은 본인의 몫이다.

젊은 날 내게는 딱히 스승으로 따를 인물이 주변에 없었다. 나는 시립 도서관에서 좋아하는 책을 곶감 빼 먹듯이 찾아 읽었는데, 그때 읽은 책과 저자들이 배움의 원천이었다. 그랬으니 내 글쓰기의 스승은 수천 명도 더 꼽을 수 있다. 그중에서 기억에 남을 만한 딱 한 저자를 꼽으라면 단연코 프랑스의 시학자이자 과학 철학자인 가스통 바슐라르를 들겠다.

가스통 바슐라르는 독학자였다. 그는 1884년 프랑스 북동부의 상파뉴의 작은 마을에서 태어났다. 집안 사정으로 대학에 들어가지 못하고 우체국 직원으로 일하면서 혼자 책을 읽었다. 제1차 세계대전이 터지자 결혼한 지 3주밖에 되지 못했지만 그는 사병으로 징집되었다. 그 뒤 장교시험을 거쳐 통신 장교가 되었다가 서른다섯 살에 군대에서 제대했다. 전쟁이 끝난 뒤 고향의 모교에서 중학교 교사로 일하는 한편 독학으로 하는 공부를 쉬지 않았다. 그는 마흔 무렵 수학과 물리학 학사와 철학 교수 자격을 얻었다. 일찍이 아내와 사별하고 딸을 혼자 키우며 외롭게 독학을 하며 1927년 소르본느 대학교에서 문학박사 학위를 받았다. 바슐라르는 디종 대학교 교수를 거쳐 소르본느 대학교에서 과학 철학사와 과학사 교수로 재직했다.

바슐라르의 책을 처음 읽은 것은 『촛불의 미학』(각기 다른 국역본은 네 종이 나왔다. 최근에는 『촛불』이라는 제목으로 새 국역본이 출간되었다)이었다. 그가 죽기 한 해 전에 쓴 시적 몽상에 관한 이 아름다운 책을 마흔 해 전 서울의 한 시립 도서관 참고열람실 창가 자리에서 읽었다. 마침 창문을 통해 비쳐 들어온 햇살이 어깨를 넘어 펼친 책장 위로 떨어졌다. 나는 순도가 높은 햇빛에 물든 책장에 고개를 박고 그것을 초식 동물처럼 천천히 곱씹으며 읽었다. 무엇보다도 그 책에 몰입해 있는 동안 알 수 없는 행복감이 나를 감쌌다.

바슐라르는 어두운 물질에 빛이라는 생명을 부여하는 램프 불꽃에 이끌려 시적 몽상을 펼친다. 램프에서 퍼져 나오는 빛은 세계의 싹이다. 우리는 고독 속에서 시적 몽상을 키우며 어린 시절의 추억을 소환한다. 구형(球形)의 유리 용기 안에서 타오르는 노란 불꽃은 순수한 파동으로 혼자 외로운 우리를 부드럽게 감싸며 내면으로 스며든다. 램프에서 타오르는 고요한 불! 우리는 램프의 고독 속에서 그 누구도 아닌 자신을 발명한다. 식물이 수액(樹液)을 줄기로 길어올리듯 램프는 심지로 기름을 빨아올려 빛을 밝힌다. "몽상가에게 기름은 빛의 질료 자체요, 아름다운 노란 기름은 응축된 빛, 팽창되고 싶어 하는 응축된 빛"•이다. 저녁에 켠 램프는 밤의 어둠 속에서 타오르다가 기름이 고갈된 새벽이 되어서야 꺼진다. 밤새 저 혼자 타오르는 램프, 세상의 모든 외로운 자들에게 환대와 우정의 빛을 던져 주는 램프! 램프가 건네는 빛은 지속하는 우정과 위로

고, 현실 저 너머에 있는 행복에 대한 암시다. 바슐라르는 "램 프는 첫 페이지부터 '존재'다."라고 쓴 문장에 이어서 "책의 화 자가 자신이 어느 인적 없는 고원, 어느 인적 없는 집, 벽이 둘 러쳐진 어느 텅 빈 정원에 자리 잡았음을 말하는 첫 여섯 줄이 씌어지자 램프가 개입한다. 타인의 램프, 멀리서 보이는 램프, 예상치 못한 램프다."라고 덧붙인다. 그렇게 램프의 몽상가는 한 시인으로 탄생한다. 시인은 고독 속에 유폐된 가운데 오직 그것이 이끄는 대로 우주를 향해 나아가는 몽상을 펼친다.

나를 시인으로 이끈 것은 저 멀리서 타오르고 있는 타인의 램프, 우리 존재 바깥에서 빛나면서 동경과 유혹의 빛을 던지 는 누군가의 램프다. 그 램프 속 빛이 내 안의 꺼진 램프를, 어 둠 속에 방치되어 있는 내 심령의 램프에 불을 점화시킨다. 그 램프에 노란 불꽃이 당겨지자마자 나는 불가피하게 '쓰는 자' 로 호명되었다. "램프가 비추는 책상 위에, 백지의 고독이 펼쳐 지면, 고독은 증가한다. 백지! 가로질러야 하지만, 한 번도 가로 지른 적 없는 이 거대한 사막. 밤샘 때마다 하얗게 남은 이 백 지는 끝없이 다시 시작되는 고독의 큰 징표가 아닌가?" 램프의 빛으로 환한 책상에는 백지가 놓여 있다. 램프의 창백한 빛 아 래 펼쳐진 백지의 고독과 마주하는 자는 기어코 다시 시작하 는 자, 날마다 무언가를 쓰는 자로 진화한다.

나는『촛불의 미학』을 잡자마자 눈을 떼지 못한 채 그것을 다 삼켰다. 나를 무의식의 상상력과 환상의 세계로 이끈 바슐라르의 책을 다 읽은 뒤 내면 형질이 바뀌어 버린 걸 깨달았다. 나는 어떤 기운과 영감에 이끌려 한 번도 써본 적이 없는 문학평론의 첫 문장을 거침없이 썼다. 그게 시작이었다. 어느 날 우연히 시작한 그 작업을 마흔 해가 넘도록 할 줄을 몰랐다. 나는 『촛불의 미학』을 시작으로『몽상의 시학』,『물과 꿈』,『공기와 꿈』,『공간의 시학』,『불의 정신분석』,『대지 그리고 휴식의 몽상』 등 국역된 바슐라르의 모든 책을 섭렵했다. 20대 초반의 나를 문학평론의 길로 안내한 바슐라르를 우연히도 내 운명을 창조하는 촉매 역할을 한 스승이라고 불러도 좋지 않을까?

• 가스통 바슐라르,『촛불』,
김병욱 옮김, 마음의숲

나는 오늘도 '종이 책' 읽기에 열중한다

지하철 좌석에 나란히 앉은 사람들 모두가 스마트폰에 정신이 팔린 채 열중한다. '종이 책'을 읽고 있는 사람은 없다. 그 광경을 볼 때마다 나는 소름이 돋는다. 우리 시대의 문화가 디지털 중심으로 이동하면서 변화의 국면에 접어들었음을 실감하기 때문이다. 읽기와 문해(文解) 기반의 문화가 끝나고 디지털 문명으로 방향을 선회하는 대전환의 시기로 들어섰다는 여러 조짐이 동시다발적으로 나타나고 있다. 그중 주목할 만한 것은 자기 시간의 대부분을 소셜미디어에서 가상 현실 게임을 하는 데 쓰는 '디지털 뇌'를 장착한 젊은 인류가 몰려온다는 사실이다.

디지털 기기를 쓰는 데 익숙한 젊은 인류는 '종이 책' 읽는 사람들이 가진 '고요한 눈'을 더 이상 갖지 못한다. 날마다 디지털 기기에 코를 박고 사는 동안 젊은 인류는 '고요한 눈'을 키울 시간도 동력도 다 잃는다. 디지털 기반 환경 속에서 그토록 많은 정보 자극에 주의가 흩어지면 제 신체를 제어하고 텍스트에 몰입할 인지적 인내심도 사라지기 때문이다. '종이 책' 읽기에 대한 주의력의 질이 낮아진 탓에 '읽기'를 통해 얻는 비판, 성찰, 상상, 공감, 연역, 귀납, 분석의 기술과 능력에서도 점점 더 멀어진다.

우리는 읽기가 후천적 학습의 결과물이라는 점을 다 안다. 애초 호모 사피엔스의 뇌에는 읽기 능력이 탑재되어 있지 않았다. 우리 선조는 몇 만 년 동안의 역사를 문맹인으로 건너왔고, 문자 없이 살아온 '원시인의 뇌'에는 문자를 읽거나 해독할 능력이 전무했다. 문자 발생 이후 6천 년 동안 인류의 뇌는 읽는 비로소 '읽는 뇌'로의 진화를 시작했다. 쿠덴베르크 활자가 나온 뒤, 인쇄와 제책의 기술 발달과 종이의 양산 같은 인프라가 갖춰지자 인류의 뇌는 읽기에 최적화된 새로운 회로를 만들어냈던 것이다. 그러나 디지털 문명의 시대로 들어오며 인류의 뇌는 디지털 기기가 쏟아내는 수 기가바이트의 정보 과잉으로 인해 인지적 과부하에 걸린 상태다. 뇌는 이런 상황에 대처하기 위해 엄청난 양의 정보를 단순하게 압축하고, 최대한 빠르게 처리해 취할 것과 버릴 것을 선별한다. 느긋한 읽기에서 멀어져 갈 때 우리 뇌는 읽기 능력이 전반적으로 낮아지면서 복잡한 생각이 필요 없는 단순한 '원시인의 뇌'로 돌아간다. 단순하게 말해 '원시인의 뇌'란 읽기 회로가 퇴화된 뇌다. 뇌는 잘 알려진 협소한 지식에만 기대면서 나태한 휴면 상태에 빠진다. 이것이 디지털 뇌의 시대에 우리에게 닥칠 수도 있는 변화다.

그동안 강연 초대를 받아 다니면서 자주 '종이 책' 읽기의 의미와 효과에 대해 말했다. 책을 읽는 게 생업과 연결된 일이라 독서 강연은 자연스러운 일인지도 모른다. 오랫동안 읽기는 내 가장 중요한 화두 중 하나였다. 읽기는 타인의 사유와 경험을 취함으로써, 내 좁은 사유와 유한한 경험의 영역을 확장하는 일이다. 펼쳐진 책은 의미의 바다고, 책은 우리를 무궁무진한 가능성의 세계로 이끈다. 독서 행위는 바다를 가로지르는 항해고, 미지의 가능성과 세계를 향해 나서는 지적인 모험이다. 우리는 그 모험을 통해 정신의 쇠락, 그리고 망각에 맞서며 궁극의 나를 찾는 것, 새로운 인지적 지평을 키운다. 읽기의 효과는 뚜렷하다. 읽기는 전반적으로 정보 편집력 키우기, 타인과의 공감과 소통력 키우기, 여러 상황에서의 시뮬레이션 능력 키우기, 본질을 통찰하고 복잡한 사고 능력을 키우기에서 탁월한 성과를 드러낸다. 나는 날마다 책을 구해 읽고, 그 읽기 경험을 통해 내적인 변화를 겪었다. 그 내적인 변화가 의미가 있다고 판단해서 강연을 통해 경험을 공유하고 싶었다.

책을 읽는 동안 우리 뇌에서 어떤 일이 벌어지는가? 책을 읽을 때 우리는 문자를 보는 게 아니다. 우리의 눈은 문자 위에서 쉬지 않고 미친 듯이 '광학적 춤'을 추고, 뇌는 상상의 날갯짓을 멈추지 않는다. 이 춤과 날갯짓이 독서 행위의 가장 중요한 핵심이다. 이 춤과 날갯짓으로 배는 저 먼 다른 나라로 나아간다. 책은 떨어져 있는 이 세계와 저 세계를 잇는 다리다. 읽기에 빠진 사람은 책을 매개로 눈앞의 현상 세계와 내 '안'의 세계를 연결한다. 책은 돛대가 달린 배이고, 동시에 그 배는 독서삼매경에 빠진 우리 자신이다. 바람이 배를 밀고 저 먼 바다를 거쳐 낯선 나라로 데려간다. 읽기에 빠져 있는 동안 우리는 꿈결 같은 여행을 한다. 책에서 눈을 떼고 고개를 드는 찰나 우리는 책에 코를 박고 시작한 '이상한 나라'로의 몽환적 여행에서 다시 현실로 귀환한다.

인류는 수천 년간 구술 문화 시대에서 문자 문화 시대를 거쳐 구텐베르크 이후 시대로 넘어오면서 학습과 훈련을 통해 '읽는 뇌'로 진화했다. 뇌가 읽기에 최적화된 형태로 회로가 바뀌고, 배선과 그 구조가 달라졌다는 뜻이다. 지속적인 읽기는 뇌의 인지적, 언어학적, 생리학적 변화를 가져오고, 결국은 뇌를 돌이킬 수 없는 '읽는 뇌'로 바꾸었다. 인지신경학자인 매리언 울프의 『책 읽는 뇌』에 이어 신작 『다시, 책으로』를 흥미롭게 읽었다. 울프는 '읽는 뇌' 안에서 "뉴런의 연결망이 음속 수준으로 빠르게 자동 반응해야 하고, 다시 같은 속도로 뇌 구조 전역에 걸쳐 연결이 일어"난다고 설명한다.* '읽는 뇌'는 깊이 읽기를 통해 인지적 공간으로 솟구쳐 올라 도약한다. 그 도약의 절정이 바로 통찰이다. 통찰은 지식의 저장고인 뇌 속에서 미지의 것이 홀연히 나타나는 현상이다. 그러니까 '읽는 뇌'는 지식과 정보의 해석을 넘어서서 통찰이라는 눈부신 도약을 이루는 뇌다. 울프는 깊이 읽기가 사라지고 책 읽기에 흥미를 잃은 세대가 새롭게 마주친 디지털 매체로 둘러싸인 환경에 적응하면서 어떤 변화를 겪는지를 주목한다. 디지털 매체가 읽는 뇌에 어떤 영향을 미치는지를, '디지털 뇌'가 우리 운명을 어떻게 바꾸는지에 대한 인지 과학의 연구 결과를 펼쳐서 보여 준다.

읽기는 외부의 지식과 정보를 내 뇌로 옮겨 놓는 행위가 아니다. 특히 깊이 읽기는 훨씬 더 복잡한 프로세스를 거쳐 인지적, 지각적 차원의 변화를 만드는 활동이다. 지금 인류는 디지털 미디어의 확산에 영향을 받고 있다. 디지털 기기로 둘러싸인 새로운 기술적 환경 안에서 우리 뇌는 "속도와 즉각성, 고강도의 자극, 멀티태스킹, 대량의 정보를 선호하는" 상황에 노출되고, 그에 따른 변화의 강제 속에 놓인다.* 디지털 기기의 사용에 일상적으로 노출된 젊은 인류는 더 이상 '읽는 뇌'의 집중력, 그리고 심심함이라 부르는 정신의 둔주 상태를 헤쳐 나가는 법을 영원히 잃어버린다. 이미 멀티태스킹에 길들여진 '디지털 뇌'는 심심함에서 벗어나려고 조바심치면서 끊임없이 디지털 자극을 갈망한다. '디지털 뇌'는 코르티솔과 아드레날린 같은 호르몬에 잠긴 채 초점을 잃고 외부 자극을 찾아 항시 주의집중 과잉 상태에 놓인다.

우리는 다양한 디지털 매체가 만드는 새로운 기술 문명적 환경에 맞춰 '디지털 뇌'로 살 것인가, 아니면 시간이 걸리고 느긋한 인지적 노력이 요구되는 '읽는 뇌'로 살 것인가 하는 선택의 기로에 선다. 문제는 '읽는 뇌'에서 멀티태스킹이 쉬운 '디지털 뇌'로 갈아타는 순간부터 주의집중 과잉 상태에 빠지며 다시는 '읽는 뇌'로 돌아갈 수 없다는 점이다. '읽는 뇌'가 사라지면, '종이 책'도 사라진다. 그 빈자리를 디지털 기기가 만드는 '가속의 에토스'가 채울 것이다. 요즘 지하철을 승차했을 때 자주 마주치는 광경이 그것이다. 이제 더는 아무도 '종이 책' 읽기에 느긋하게 빠져들며 관조적 삶을 즐기지 않는다. '종이 책'의 시대와 완전하게 결별한 뒤 과연 인류의 삶은 얼마나 행복할까?

* 매리언 울프, 『다시, 책으로』,
  전병근 옮김, 어크로스
* 앞의 책

혼자 있는 시간의 맛

사람은 잉태되어 열 달 동안 모태 안에 머물다가 달이 차면 산도(産道)를 거쳐 태어난다. 아기는 혼자 세상에 나와 울음을 터뜨린다. 그것은 아기의 유일한 재능이다. 아기가 처음으로 울음을 터뜨리면서 세계라는 비정한 무대에 들어선다는 신고식을 치른다. 아기는 가족 속에서 성장한 뒤 자연스럽게 집을 떠난다. 가족의 울타리를 벗어나 자립을 하는 사람은 자칫 고립감에 빠질 수도 있다. 가족과의 일상에 길들여진 사람에게는 혼자 밥 먹고 혼자 깨어나는 것은 낯선 경험이다. 이제 그는 포스트 고독의 시대가 불러오는 변화의 삶을 살게 될 것이다.

우리 사회에서 1인 가구가 빠르게 늘어나고 있다고 한다. 이혼이나 사별을 겪은 이들, 비혼주의자, 은둔형 외톨이 들 중 혼자 사는 이들이 많다. 이들에게는 외롭고 불행하다는 이미지가 덧씌워져 있다. 물론 혼자 사는 사람이 고독할 가능성은 높지만 고독하다고 다 불행한 것만도 아니다. 고독이 세계에 대한 관조적 태도를 길러 주는 자양분이 될 수도 있다면 혼자만의 삶은 타인의 간섭에서 벗어나 자유로움을 만끽하는 삶의 조건이 될 수도 있다.

혼자 사는 이에게 불행의 낙인을 찍는 것은 편견에 지나지 않는다. 오히려 우리는 분방한 사회적 관계에서 오는 피로감에 빠질 수도 있다. 가족도 더러는 부담스러울 수도 있다. 아버지와 아들, 어머니의 딸 같은 가족 관계에서 갈등과 불화를 겪는 사람이 뜻밖에도 많다. 오죽하면 '가족은 남이 보지 않을 때는 갖다 버리고 싶은 존재'라는 말도 있지 않은가! 가족 안에서 불행하게 사느니 혼자 사는 처지가 정신 건강에 더 나을 수도 있다. 창작을 하는 예술가들은 흔히 홀로 있음을 즐기는 부류다. 예술가의 홀로 있음은 사색과 몽상으로 자기 예술을 양조하는 축복의 시간이다. 이들은 보통 사람보다 더 은둔하며 일하는 것을 더 좋아한다. 화가 빈센트 반 고흐, 『호밀밭의 파수꾼』을 쓴 작가 샐린저, 철학자인 니체 같은 이들도 평생 독신으로 살았다. 니체는 고독 속에서 영원 회귀의 철학을 빚고, 마침내 『차라투스트라는 이렇게 말했다』를 써냈다. 이렇듯 혼자만의 시간은 직관과 창조성을 발현하는 시간이다. 고독이 주는 내적 평온이나 황홀경을 모르는 사람은 좋은 철학자나 예술가가 될 수 없다.

　나는 30대 중반에 출판사를 접고 시골에서 살아 보기 위해 서울을 떠났다. 시골에서 혼자 사는 것은 뼛속까지 파고드는 시린 고독과 마주치는 일이었다. 어느 해 겨울 새벽, 검푸른 하늘에서 눈발이 날렸다. 우주에서 외톨이로 고립되어 있다는 생각과 함께 고독이 날카로운 금속이 찌르는 듯했다. 누군가의 온기가 미친 듯이 그리웠다. 누구라도 옆에 있었다면 나는 그의 품에 무너졌을 것이다. 그 새벽, 사랑하는 사람들이 닿을 수 없는 먼 곳에 있다는 사실 때문에 불행했다. 이마를 벽에 쿵쿵 찧었다. 얼마 뒤 찻물을 끓이고 눈발이 날리는 광경을 오래 바라보았다. 그런 날들을 보내며 홀로 있음에 차츰 익숙해졌다.

　혼자 살면서 외로움을 꿋꿋하게 견딜 수 없을까? 새벽마다 마당으로 밀려온 물안개와 늘 꿋꿋한 물가의 버드나무, 5월의 모란과 작약을 벗 삼으며 살았다. 나는 차츰 혼자 사는 데 익숙해졌다. 겨울엔 무릎에 담요를 덮은 채 책을 읽고, 봄날엔 종일 바흐의 파르티타를 들으며 지냈다. 사람은 혼자이면서, 동시에 남과 더불어 사는 존재라는 깨달음은 범속한 것이다. 사람은 본디 혼자 있기를 바라면서도 끊임없이 관계를 갈망하는 존재다. 타인의 관심과 애정을 갈구하고 매달리면 자기 내면을 충만하게 가꿀 기회를 잃는다. 혼자서 외로운 것은 견딜 만하다. 나쁜 것은 둘이서, 혹은 관계 안에서 외로운 것이다. 관계 안에서의 외로움은 불행으로 변질된다. 타인의 불행 속에서 자기의 이익을 찾는 사회, 인간관계가 이익에 의해 좌지우지되는 사회 속에서 번잡한 관계를 맺고 사느니, 차라리 혼자 순수한 자연 상태로 돌아가 고독을 누리며 사는 게 좋을 수도 있다. 아무도 방해하지 않는 오롯한 고독은 자기에게 몰입할 수 있는 축복이 되기 때문이다.

그러니 혼자 있는 것에서 도피하지 말라. 외롭다고 징징거리거나 지레 겁을 먹고 도망가지 말라. 사람은 본디 외로운 존재다. 혼자의 외로움도 오래 씹고 음미하면 달콤 쌉쌀하다. 애써 혼자만의 시간에 칩거할 필요는 없겠지만 자기 의지와 상관없이 인생의 어느 시기에 혼자 있는 시간이 닥칠 수도 있다. 그럴 때 혼자만의 삶을 즐길 수 있는 몇 가지 취미를 가질 수도 있다. 혼자서 책을 읽고, 음악을 듣고, 여행을 다니는 것도 좋다. 그리고 자기 내면을 들여다보며 상처를 치유할 수도 있다. 혼자만의 호젓한 시간은 숭고한 고요 속에서 자기 안의 창조적 직관과 어린 천사를 깨울 수 있는 은총의 시간이다.

청춘, 그 '가장행렬'은 빨리 지나간다

나도 한때는 울울창창한 숲처럼 건강하고 젊었었지. 하지만 그 시절 나는 자기 조절 능력이 부족한 탓에 자주 미숙과 불안정성, 시행착오에 빠지곤 했다. 혼란과 열정이 뒤섞인 채로 세상의 질서에 반항하고, 불가능한 꿈을 꾸던 그 시절, 나는 무능력했고 외톨이로 외로웠다. 문학에 투신한 20대 시절을 시립 도서관에서 책이나 읽고 습작을 쓰며 보냈다. 그 밖의 것은 무관심으로 일관했다. 자기가 좋아하는 일에 열광하는 것은 젊은이들이 가진 특징이다. 그 질풍노도의 시기를 지나왔지만 다행히 문학이 나를 압사시키지는 못했다. 오히려 내 연약한 내면은 문학으로 더 단단해졌다. 가난을 견디는 내구력 같은 게 생겨 났다. 니체의 경구처럼 나를 죽이지 못하는 모든 것이 나를 더 강하게 만들었다.

청춘, 그 '가장행렬'은 빨리 지나간다. 어느 날 거울 속에서 늙고 지친 모습을 보고, 나는 화들짝 놀랐다. 가을로 접어들면 넘치던 여름의 눈부신 일광(日光)은 줄고, 활엽수들은 잎을 떨군다. 젊음의 빛은 사라지고 초목들은 덧없이 마르고 시든다. 가을은 그늘과 조락의 계절, 모든 것을 더하는 여름과는 달리 '뺄셈의 계절'이다. 가을은 인생의 장년기다. 나이와 경륜을 쌓고 맞은 장년기에는 혼란은 걷히고 체념과 원숙함으로 내면이 제법 확고해진다. 나이가 들고 보니, 알겠다. 나이 든 자에겐 젊음이 갖지 못한 몇 가닥의 지혜와 한 스푼의 원숙, 그리고 고유한 슬픔이 있음을.

천지간에 가을이 닥치는 일과 시간의 덧없음에 대한 깨달음은 항상 늦게 온다. 봄과 여름의 꽃과 신록도 아름답지만 가을의 단풍과 열매도 충분히 아름답다. 젊음이건 노년이건 다 인생의 한 과정이다. 미숙과 만용, 실수로 얼룩진 젊은 시절로는 돌아가고 싶지 않을 만큼 지금의 내가 좋다. 늙음은 누구나 인생에서 처음 겪는 낯선 사태다. 내 안에 들끓던 갈망은 마르고 동경은 시들었다. 예순 고비를 넘어 노년기로 들어섰다는 실감이 당혹스럽지만 청춘의 때를 지나 맞는 노년기가 아무 의미가 없지는 않다.

개봉 소식을 듣고 설레며 기다리던 영화를 보러 극장을 찾아갔다. 〈체실 비치에서〉는 영국 작가 이언 매큐언이 쓴 동명의 원작 소설로 만든 영화다. 이 영화의 시대적 배경은 존 F. 케네디가 미국의 대통령으로 있던 1960년대다. 역사학도 에드워드와 바이올린 연주자 플로렌스는 첫 만남에서 사랑에 빠진다. 이 청춘남녀는 '체실 비치'로 신혼여행을 온다. 여자는 남자를 받아들이는 데 어려움이 있다. 남자는 여자가 자기를 배척한다고 오해한다. 남자는 여자에게 '돌덩어리'이고 '불감증 환자'라고 비난을 퍼붓는다. 매끄러운 자갈로 덮인 바닷가 신혼여행지에서 둘은 오해에서 빚어진 갈등으로 어처구니없는 파국을 맞는다. 세월이 흘러, 여자는 결혼해 아들과 딸을 낳았다. 남자는 여자가 이끄는 실내악단의 고별 연주회 공연을 찾아가 섬광처럼 짧았던 사랑의 기억을 떠올린다. 인생의 아이러니와 엇갈리는 사랑의 비극을 보여 주는가 싶더니, 반전(反轉)이 숨어 있다. 이 영화는 잔잔한 가운데 체실 비치의 수려한 풍광과 베토벤, 바흐, 모차르트의 아름다운 선율이 넘실댄다. 그것이 사랑의 서사와 하나로 녹아들며 관객의 가슴을 시리게 한다.

극장을 나서며 영화의 아름다운 잔상을 품은 채 '젊음'에 대해 다시금 생각했다. 예나 지금이나 아침 날빛이 어둠을 무찌르고 솟구쳐 나오듯이 젊은이들은 무모한 열정과 모순의 혼재를 꿰뚫고 나온다. 젊음의 무모함과 불확실성을 보자면, 청춘이 마냥 아름답다고만은 할 수가 없다. 젊은이에게 결혼식은 미숙한 젊음에서 탈피를 하고 성인기로 넘어가는 일종의 입문 의례다. 젊음은 오랫동안 '미숙'의 표지였다. 그 표지를 떼어 내고 '성인'으로 인증해 주는 절차가 바로 '성인식'이다.

결혼식은 '깃털 없는 두발 동물'에게 남은 젊음과 성인 세계 사이에 있는 성인 입문식의 흔적이다. 〈체실 비치에서〉의 주인공들은 그 통과 의례에서 삐끗하여 미끄러진다. 그 실패의 책임이 딱히 어느 한쪽에만 있다고 말하기는 어렵다. 남자의 성급한 욕망과 여자의 과도한 두려움이 만나 예기치 않게 일어난 '사고'이기 때문이다. 남자는 성인식 입문 의례에서 실패한 후유증으로 변방을 겉돈다. 그가 체실 비치에 홀로 서서 바라보던 일렁이는 바다는 그가 살아 내야 할 미래 시간의 아득함과, 세상에 안착하지 못한 채 떠도는 방황의 고단함을 암시한다. 그가 겪는 인생의 실패와 참담함은 때로 청춘의 시기가 얼마나 위험한지를 잘 보여 준다.

젊음이 인생의 가장 좋은 때라는 생각과 젊음이 인생의 가장 끔찍한 때라는 상반된 생각이 공존한다. 앞선 것은 젊음이 인생의 창창한 가능성과 희망을 품은 까닭이고, 뒤의 것은 젊음이 실수와 시행착오를 품고 있기 때문일 테다. 오늘날 한국 사회가 젊음에 열광하고, 젊은이들이 과거에 견줘 더 많은 자유를 누린다. 하지만 이들이 막상 제 벌이를 하며 어른이 되고자 할 때 장벽에 부딪친다. 주류 사회로 들어서는 기회의 문이 어렵고 협소한 탓이다.

오늘날은 누구나 전통 사회의 성인식을 생략한 채 어른이 된다. 성인 입문 의례의 폐기에는 함정에 숨어 있다. 첫째는 자신의 사춘기를 생물학적 필요 이상으로 길게 늘이는 것과, 둘째로 '어른의 유소년화'라는 인지 부조화의 시기를 연장한다는 점이다. 일자리 절벽 사회에서 젊음은 장애이고 넘어서야 할 벽이다. 많은 젊은이들이 취업과 결혼이라는 진입 장벽 앞에서 덩치만 커진 '어른의 유소년화'에 머물며 방황한다. 무자비한 경쟁 세계에 방치된 젊은이들은 제 몸에 문신이나 바디 피어싱을 하는 것 따위로 어른임을 과시한다. 하지만 이들은 어른의 세계에 이르지 못한 채 '도착(倒錯)된 아들의 몸'에서 머문다.

젊건 늙었건 참된 방식으로 인생을 산다는 것은 어렵다. 경험과 견문이 얕은 젊은이가 인생의 이치를 깨닫고 지혜롭게 행동한다는 것은 불가능하다. 다른 사람은 모르겠지만 내 경우는 그랬다. 나는 나이가 든 뒤에서야 상상하는 모든 것이 현실이 되지 않으며, 세상이 내 뜻대로만 되지 않는다는 것을 깨달았다. 인생이란 수수께끼와 같다. 시간을 되돌려 다시 살 수 있다면 더 근사한 삶을 만들 수 있을까? 아니다. 젊은 시절로 돌아가도 다시 같은 어리석음과 실패를 되풀이하고 말 것이다. "인생은 뒤돌아볼 때 비로소 이해되지만, 우리는 앞을 향해 살아가야 하는 존재다."라는 철학자 키에르케고르의 말은 옳다. 왜 아니겠는가! 그게 최선인 줄 알았지만, 세월이 지난 뒤 그게 얼마나 큰 위험한 선택이었는지를 깨닫고 오싹해진 적이 여러 번이다.

타인과 연루된다는 것

어쩐 일인지 나는 어려서부터 사람을 쉽게 사귀지 못했다. 물론 또래 집단에서 따돌림을 당하는 딱한 처지는 아니었다. 하지만 또래들과 어울려 당구장이나 극장 따위로 우르르 몰려다니는 것을 썩 내켜하지도 않았다. 본디 내향성 기질을 타고 난데다 일찍이 문학이나 그림 따위에 관심을 두고 있었기 때문인지도 모른다. 문학이나 그림은 타인과의 협업이 없이 자기 혼자 하는 것이고, 고립과 고독이 창작의 동기를 만들기 때문이다. 어쨌든 나는 20대 초반 혼자 음악 감상실을 떠돌거나 시립도서관에 처박혀 꾸역꾸역 책을 읽었다. 그런 것들은 혼자 할 수 있는 일이다.

그렇다 하더라도 나는 더 나은 삶을 사는 데 사회적 관계가 필요하다는 사실을 부정하지는 않는다. 우리는 타인과의 관계를 통해 인간 본성에 대한 이해를 확장하고, 다양한 경험을 쌓으며 보다 온전한 인격체로 성장한다. 타인과 사귀고 관계를 맺는 사회적 친화력은 사람이 살아가는 데 반드시 필요한 능력이다. 그게 없다면 우리는 외톨이로 고립될 수밖에 없다. 우리는 부모와 형제들과 관계를 이루고, 학교와 군대와 직장 동료들과 친구 관계를 맺는다. 이 관계들이 사회적 인맥을 만든다. 결국 이것이 사회 생활의 촉매가 되는 것이다.

나는 살면서 많은 관계를 맺고, 그 관계를 통해 도움을 받았다. 어린 자식의 장래를 염려한 내 부모는 학비를 지원하고, 형제와 자매 들은 더 좋은 기회를 양보했을지도 모른다. 문학에 빠진 청년들과 사귀면서 문학을 향한 동경이 더 오롯해진 가운데 더 높이 도약하고자 하는 꿈을 키울 수 있었다. 그랬으니 문청 시절 내 곁에 있던 친구들이 인생에 도움이 되었다고 말할 수 있겠다. 사회에서도 마찬가지다. 나는 사회생활을 해 나가며 사람과 관계를 맺고 도움을 주고받으며 살았다. 나를 좋은 방향으로 끌어 주고 밀어 준 사람들이 있었다. 내가 그런 크고 작은 도움 없이 혼자만의 힘으로 여기까지 올 수는 없었을 테다.

왜 우리는 '타인'을 갈망할까? 바로 생존 때문이다. 사람은 누구나 혼자 살 수 없다. 태어나는 순간부터 사람은 타인의 도움을 받아야만 한다. 누군가가 탯줄을 잘라 주고, 엄마는 젖을 물려 주었다. 그런 조치를 취하지 않았다면 아기는 곧 죽고 말았을 것이다. 이렇듯 사람은 사회 속에서 사람들과 어울리며 제 인격을 빚으며 사는 존재다. 내 안에 있는 필요와 욕망은 대체적으로 타인의 조력이 있어야만 채워질 수 있다.

한 사람이란 '관계의 망'이라는 바다 위에 떠 있는 섬이다. 우리 각각은 섬과 같이 고립되어 있더라도 해저의 거대한 땅으로 연결되어 있다. 유대인 상인의 아들로 태어난 작가 프란츠 카프카는 청년 시절부터 소설을 썼다. 대학에서 법학을 전공하고 보험재해국에서 일하면서 퇴근하고 프라하 시내의 방에서 혼자 글을 썼다. 그에게 문학은 위안이고 도피처이며 자기 구원이었다. 카프카는 1922년 1월 27일자 일기에 이렇게 썼다. "문학이 주는 묘하고 불가사의한 위안, 어쩌면 해로울 수도, 해방을 안겨 줄 수 있는 위안, 그것은 살인자의 대열에서 뛰쳐나가는 일이며 행위를 관찰하는 일이다." 그는 고립감을 느낄수록 문학에 더 기댈 수밖에 없었다. 카프카는 누이들과는 좋은 관계였지만 자주 옥박을 지르는 고압적인 아버지 때문에 평생 불안과 고통 속에서 살았다. 그는 어디에도 소속되지 않은 채 혼자 고립된 채로 작품을 쓰는 데 몰입한다.

하지만 그가 일체의 사교 활동도 없이 살았던 건 아니다. 카프카는 그 나름대로 다양한 관계 속에서 살았다. 그는 독신자였지만 세 번에 걸쳐 약혼과 파혼을 거듭하면서도 여러 여성과의 '관계'를 꾸준히 이어 갔다. 펠리체나 밀레나와 같은 연인에게 수백 통의 연애편지를 쓰고, 또 평생에 걸쳐 우정을 쌓은 훌륭한 벗도 있었다. 카프카는 친구인 막스 브로트에게 유언처럼 전 작품을 맡기면서 없애 달라고 부탁을 했다. 막스 브로트는 단 하나의 신실한 친구였다. 1924년 카프카가 죽은 뒤 막스 브로트는 『심판』 『성』 『아메리카』 등을 편집해서 세상에 내놓는다. 그는 죽을 때까지 카프카의 작품과 생에 대한 책을 썼다. 카프카에게 막스 브로트가 그랬듯이 단 한 사람이라도 자기를 알아주는 진정한 친구를 갖는 건 그 인생이 성공했다는 징표가 될 수 있을 것이다.

사람 사이를 잇는 관계의 기초는 애정과 관심, 그리고 이해다. 타자가 나와 다를 바 없는 존재라는 두터운 느낌 속에서 인간애나 동료애가 형성된다. 그걸 바탕으로 우정이나 사랑을 싹틔운다. 타인에 대해 무관심하다면 타인과의 좋은 관계는 생기지 않는다. 타인의 처지를 진심으로 이해하고, 지속적인 관심을 갖고, 그의 필요에 응답할 때, 좋은 관계는 만들어진다. 타인과의 좋은 관계는 '정서적 밑천'이며, 우리가 사회라는 토대에 뿌리를 내리고 흔들리지 않게 하는 '닻'이다. 건강한 사람에게 타인과 관계를 형성하려는 욕구는 자연스럽다. 우리가 타인과 맺은 관계가 우리의 운명을 창조한다. 우리가 누구를 만나 관계를 맺느냐에 따라서 운명이 달라진다는 얘기다. 이렇게 말하니 '관계'에 운명이라는 무게가 얹혀 묵직하게 느껴진다. 어쩌면 산다는 것은 관계를 만들고 이것을 감당하는 것이 전부일 테다.

우리가 관계를 맺으며 진짜로 갈망하는 것은 친밀감과 행복이다. 그것은 돈으로는 살 수 없다. 사람 관계가 저절로 두터워지는 법은 없다. 그것은 마치 식물을 돌보듯이 정성 들여 키워야 하는 것이다. 혼자보다는 나를 사랑하며 내 필요에 응답하는 사람들 사이에 둘러싸여 사는 게 더 좋다. 혼자보다 둘이 항상 더 좋다. 우리의 행복, 강렬한 기쁨과 보람, '자기 충만감'은 한결같이 사람을 통해 오기 때문이다.

5장 사소한 행복을 찾다

여행의 끝

베를린 여행이 어느덧 끝나간다. 아내와 나는 내일 아침 일찍 일어나 호텔에서 체크아웃한 뒤 인천 국제공항으로 떠나는 비행기를 타러 베를린-테겔 공항으로 갈 것이다. 베를린에 머무는 동안 메뉴판을 채운 알 수 없는 이국의 음식들, 거리에 나갈 때마다 환청처럼 울리는 독일어, 눈에 설던 거리의 풍경도 익숙해졌다. 독일어 간판이 걸린 상점들, 노천 카페, 공원, 횡단보도와 신호등, 트램과 자동차, 무리 지어 달리는 자전거들. 거리의 풍물이 익숙해지듯 숙소 역시 편안해졌다. 창문을 여니, 바람이 불고 나뭇잎이 바람결에 따라 서로 비비고 부딪치며 소리를 낸다. 바람 소리에 귀를 기울인다. 눈 감고 들으면 바람 소리는 메마른 땅을 두드리는 빗소리거나 나뭇잎들이 환호하며 박수 치는 소리 같다. 어쨌든 기분이 좋아지는 소리다.

베를린에서 여행자로 지내는 생활에도 리듬이 생겼다. 여행지에서 시간을 보내는 동안 손톱과 발톱이 조금씩 자라났다. 새벽에 일어나면 거리에서 들려오는 소음에 귀를 기울이며 책을 읽었다. 그리고 아침 일찍 호텔 조식을 먹은 뒤 거리로 나간다. 폭염으로 끓는 한낮에는 거리를 돌아다닐 수가 없어 숙소에서 쉰다. 폭염이 누그러진 저녁 무렵 노천 카페에 나가 책을 읽거나 원고를 들여다본다. 8월 초순, 베를린의 아침 기온은 섭씨 18도 안팎이다. 맨살에 닿는 아침 공기는 차갑고 쾌적하다. 하지만 정오 무렵엔 열기를 품은 불볕이 거리로 쏟아진다. 여름의 일광은 오후 두 시에서 네 시 사이에는 화염이 되어 쏟아진다. 이 시각 직사광선은 정수리를 꿰뚫을 듯 고통스럽다. 거리에서 그늘만을 골라 걸을 수는 없다. 때때로 직사광선 아래를 걸어야만 한다. 땡볕의 거리에서 더위에 시달리다가 숙소로 돌아오면 무너지듯 널브러졌다. 땡볕 더위에 몸이 지쳐 버린 것이다. 우리는 수시로 수박, 자두, 복숭아, 바나나 같은 과일을 사다가 먹는다.

여행이 끝을 향해 다가갈수록 감성의 여린 부분이 속절없이 멜랑콜리로 물든다. 손안에 남은 것은 미지의 부(富)가 아니라 한 줌의 멜랑콜리뿐이다. 여행은 상아나 금은(金銀) 같은 재화를 주지 않는다. 다만 새벽의 텅 빈 거리, 이국의 시끌벅적하고 홍겨운 밤들, 낯선 꽃들이 내뿜는 방향(芳香), 거리의 젊은 연주자들, 낯선 음식에 담긴 향신료들이 우리의 눈과 혀와 귀에 비벼지며 만드는 이색적인 경험들을 선물처럼 듬뿍 안겨 줄 뿐이다. 여행은 시작이 그렇듯이 어느 순간 갑자기 끝난다. 여행이 끝날 때 허무와 덧없음이 날카롭게 가슴을 파고든다. 우리는 이 낯선 나라에 잠입하여 밀거래를 끝내고 빈손으로 돌아가는 자의 허망한 기분에 빠진다.

보들레르는 「여행에의 초대」에서 여행이 풍경에의 도취와 함께 '쾌락과 사치'를 건넨다고 썼다. 이번 베를린 여행 중 동물원을 찾아간 것은 잘한 일이었다. 베를린 동물원에는 아시아와 아프리카에서 온 맹수와 조류 들로 가득 차 있었다. 동물과 사람 사이에는 뛰어넘을 수 없는 간격이 있다. 존 버거는 사람과 동물이 "몰이해라는 좁은 심연의 건너편에서"* 서로를 낯설게 바라본다고 말한다. 사람과 동물은 별개의 종이다. 사람은 동물을 모르고, 동물은 사람을 모른다. 그런 탓에 동물의 눈에 비친 사람은 공포의 대상이거나 비밀과 수수께끼로 감싸인 존재가 될 것이다. 나는 동물원의 맹수들을 마치 야생 생태학자인 듯 눈여겨보았다. 거대한 몸집의 코끼리들이 줄을 서서 차례대로 샤워 꼭지 아래서 물로 몸을 적시고 있었다. 코끼리는 저보다 앞선 코끼리가 샤워를 마칠 때까지 인내심을 갖고 기다리는 것으로 보였다. 그것은 매우 인상적인 광경이었다. 동물원은 동물에게 감옥이고, 정신 병원이며, 강제 수용소다. 동물들은 제 의지와는 상관없이 동물원에 갇혀 지내는 것이다. 동물이 그에 대해 항의하는 일은 일어나지 않는다. 동물에겐 항의의 수단인 '말'이 없기 때문이다. 그들은 동물원에 갇힌 채 스스로 사라질 때까지 견딜 뿐이다. 목이 긴 기린의 움직임은 서두르는 법 없이 우아했다. 기린은 긴 목을 빼고 아주 느린 걸음으로 이동했다. 긴 다리로 이동하는 기린의 움직임은 마치 무용수 같다. 어느 동물원이든지 야생 자연 환경을 복제한다. 하지만 그것이 자연일 수는 없다. 그것은 파도가 없는 바다요, 모래가 없는 사막이고, 초목이 없는 열대 우림이다. 동물원에 갇힌 동물들은 조금은 지쳐 있고, 권태와 우울에 젖어 있는 듯 보인다. 우리 역시 이 세계라는 동물원에 자기 의지와 상관없이 태어나서 일생을 보내는 영장류가 아닌가!

여행의 끝은 예정된 것이지만 돌연 막을 내린다는 느낌을 안겨 준다. 일정이 끝나는 것과 동시에 여행이 건넨 설렘과 기대, 그리고 행복의 계시는 소멸한다. 우리는 여권과 비행기 티켓을 챙기고, 늘어놓았던 옷과 책을 챙겨 여행 가방을 꾸린다. 여행지의 기념품과 지인에게 줄 소소한 선물들로 트렁크는 부피가 커지고 무게는 더 무거워진다. 여행이 끝나면 남는 것은 여행지에서의 돌이킬 수 없는 시간과 그것이 소환하는 짧은 기억들이다. 여러 상점에서 물건을 사고 받은 영수증, 시효가 만료된 티켓, 어떤 찰나의 기억들, 스쳐 지나간 사람들, 시행착오와 실수로 얼룩진 일화들, 그리고 갈피에 스며드는 애수와 회한이다. 여름 아침의 수련은 진흙에 뿌리를 박고 수면 위로 솟구쳐 홀연 봉오리를 연다. 여행 중 우리 영혼도 수련처럼 그렇게 활짝 열린다. 내 몸 깊은 곳에서 영혼이 수런거리는 소리가 들린다. 우리의 인격과 감성은 여행 전과 후로 바뀐다. 어쩐지 여행 후 우리는 스스로가 조금은 낯설게 여겨진다. 여행지에서의 경험으로 내적 인간이 한 뼘쯤 자라나서 더 성숙해지기 때문이다. 그게 바로 여행이 우리에게 건네는 선물이고 소득이다.

우리는 여행을 끝내고 돌아가 파주에서의 일상과 마주해야 한다. 행복학 연구자들은 우리가 물건을 사들일 때보다 경험을 구매할 때 더 행복감을 느낀다고 말한다. 콜로라도 대학의 리프 반 보벤 교수는 "행복한 이들은 공연이나 여행 같은 '경험'을 사기 위한 지출이 많고, 불행한 이들은 옷이나 물건 같은 '물질' 구매가 많은 것으로 나타난다."고 말한다. 경험 구매가 물질 구매보다 더 행복한 이유는 무엇일까? 물건은 혼자 쓰려고 구매하지만 경험은 다른 사람과 공유할 수 있다. 물질 구매보다 경험 구매가 더 친사회적인 행동이다. 물질 구매의 효용성(즐거움)은 빨리 사라지는 반면, 경험 구매는 다른 사람과 함께 나눌 수 있어 그 효용성(즐거움)이 보다 오래 간다. 물건이 아니라 일상의 작은 경험이 우리를 행복하게 해 준다. 여행은 일종의 경험 구매에 속한다. 여행은 약간의 사치와 즐거움, 뜻밖에 감정의 고양, '상상적 부'와 풍부한 영감을 준다. 여행의 경험은 남과 공유할 때 그 즐거움은 더 커진다.

• 존 버거, 『본다는 것의 의미』, 박범수 옮김, 동문선

나는 마음의 주인인가, 혹은 마음이 내 주인인가?

누구나 하나의 신체로 살지만 그 신체가 품은 자아에는 여러 사람이 들어 있다. 그러니 '나'는 하나이자 동시에 여럿이다. 내게는 단 하나의 호적과 생년월일, 단 하나의 부모와 단 하나의 몸이 있지만, 자아는 그렇지 않다. 자아는 무수한 분열과 증식으로 인해 여럿이 동시에 존재한다. 사람은 저마다 고유한 성격과 성향이 있지만 이것은 불변하지 않고 수시로 변한다. 잡다한 번민과 백일몽은 무시로 변하는 자아 속에서 들끓는다.

시를 쓸 때 이 분열과 증식은 더욱 활발해진다. "시는 진지함 너머에, 즉 어린이, 동물, 미개인, 예언자가 속하는 보다 원시적이고 원초적인 수준, 꿈, 매혹, 엑스터시, 웃음의 영역에 존재한다. 시를 이해하기 위해서는 우리는 마법의 망토 같은 어린

이의 영혼을 지닐 수 있어야 하며 어른의 지혜를 버리고 어린이의 지혜를 가질 수 있어야 한다."* 시를 쓸 때 어린아이로 돌아가야 한다고 말한다. 어린아이의 우매함과 천진함으로 삶과 세계를 보지 않는다면 시는 깃들지 않는다. 세상에 태어나 그것을 처음 보듯이! 낯설게 바라보기가 시적 이미지를 낳는다. 대상을 낯설게 바라보는 가운데 사물과 세계의 능동적 독해가 이루어지는 것이다. 항상 좋은 시는 우리 대뇌변연계의 혼돈을, 그 창백한 무지를 반영한다. 자아는 신성한가? 그렇지 않다. 자아는 공중 화장실의 변기—특정할 수 없는 많은 사람들이 오줌을 누거나 똥을 누고 떠나는 변기!—, 지옥의 입구—다양한 정신 질환을 떠올려 보라!—, 누구나 드나드는 동네 담배 가게에 불과하다.

우리는 자아가 '나'를 이루는 개체적 동일성이라고 믿지만 실은 자아는 "잡다한 작용들의 집합"이고, 그것은 본래적이거나 개인적인 것이 아니라 "우리의 할아버지들과 아버지들이 느끼고, 바라고, 생각했던 것들의 창백한 반영"일 따름이다.* 자아는 온갖 유령과 헛것이 몰려와 춤을 추는 무대다. 사유라고 부르는 것은 자아의 활동이고, 이것은 헛것이 활개를 치는 것에 지나지 않는지도 모른다. 좌선은 인습적 사고, 습관의 속박과 연결고리에서 자아를 끊어내는 수행법이고, 몸과 본성 사이의 조화와 리듬을 되찾는 절차다. 불교 수행자는 진정한 자아와 만나려고 무수히 많은 제 안의 자아를 죽인다. 참선 삼매경에 빠져 무념무상에 드는 일은 제 안의 자아를 질식시켜 그 활동과 작용을 전면 중단시키는 것이다. 그리하여 홀연 온갖 자아의 속박에서 풀려나 자유로워진다.

셰익스피어는 희곡 『리어 왕』에서 극중 인물의 입을 빌려 "내가 누구인지 말해 줄 수 있는 사람은 누구인가?"라고 물었다. 이 말은 천덕꾸러기가 되어 버린 자아에 대한 자책이고 자기 부정을 담고 있다. 자아는 너무나 많은 것들을 담는다. 자아에 의해 수행되는 인식 활동, 그에 따른 결과물인 확실성과 좌표의 근거를 우리는 '앎'이라고 부른다. 그 앎은 절대적 '무', 즉 역동적 전체로 향하는 길에 놓인 장애물이다. 우리는 어설픈 앎으로 말미암아 우리 자신에게, 혹은 완벽한 자유로 돌아가는 시도에서 실패한다. 우리는 '나'를 모르고, 그 자아의 무지 속에서 그것과 싸우며 살아간다.

• 요한 하위징아, 『호모 루덴스』, 김윤수 옮김, 까치
• 야니스 콩스탕티니데스, 『유럽의 붓다, 니체』, 강희경 옮김, 열린책들

교하 들을 걸어가다

6월 하순으로 접어든 어느 날 늦은 오후, 때 이른 폭염이 가신 뒤 교하 들로 산책을 나갔다. 농민들이 대대로 벼농사를 짓던 농지였을 이 들은 묵힌 탓에 잡초만 무성했다. 홑바지 적삼을 입고, 보리밥을 먹으며, 조선낫을 써서 잡초를 베어 내고, 봇도랑을 돌보던 옛날 농부들은 다 사라졌다. 인근 아파트 대단지에 입주한 이주민들의 선조는 농경민일지 모르지만 그들은 농사를 짓지 않은 채 살아간다. 지금 교하 들에서 하얀 꽃망울을 맺은 개망초 무리가 무성하다. 그밖에 갈대와 부들 같은 습지 식물이 군락을 이루었다. 물이 고인 곳이 습지로 바뀌고, 자연스럽게 습지 생태계가 생겨난 것이다. 이 들에는 농로가 있고, 물을 대던 수로가 있으며, 습생인 버드나무가 대부분이고 간혹 아카시나무와 뽕나무가 자란다. 그 아래 다양한 양서류

254

와 파충류가 서식할 것이다.

　수평으로 펼쳐진 들 건너 해발 1백 미터 남짓 야트막하게 평지에서 돌출하듯 솟은 건 심학산이다. 심학산 산자락에는 각종 음식점과 분위기가 좋은 커피숍 서너 군데가 자리하고 있다. 지인들이 파주에 오면 그쪽으로 나가 식사를 한다. 나는 자주 교하 들을 가로질러 출판단지까지 나갔다 돌아오는데, 어제는 들길 한가운데에서 유혈목이의 사체를 두 번이나 만났다. 무릎을 굽히고 이 파충류의 사체를 유심히 살펴본다. 녹색과 주황색이 교차하는 무늬가 선명한 유혈목이는 올해 부화한 새끼들이리라. 이들은 들길을 가로지르다가 운 나쁘게 자동차 바퀴에 압사해 죽었을 테다. 아직까지 교하 들에서 산 뱀을 본 적은 없다. 죽은 것만 세 번째다. 언젠가 까치독사나 살모사 같은 산 뱀을 만날 수 있기를 기대한다.

　　　뱀이 꿈틀거릴 권리에 대해 흥정하고
　　　태양이 생활 임금을 받으려고 파업할 때면—
　　　장미 가시가 장미를 걱정스럽게 바라보며
　　　무지개를 노후 대비용 보험으로 걸어둘 때면

　　　지빠귀들이 모두 초승달을 노래하지 않을 때면

소쩍새들이 모두 그의 목소리를 안 좋아한다면
— 파도가 점선 위에 그의 서명한다며
아니면 대양이 억지를 끝내 버린다면

참나무가 도토리 열매를 맺기 위해
자작나무에게 허락을 구할 때면 — 계곡이
높이 솟은 산을 책망하고 — 삼월이
사월을 파괴자라 비난할 때면
그때 우리는 저 놀라고도
비(非)동물적인 인류의 존재를 믿게 되리라(그제야)

E. E. 커밍스, 「뱀이 꿈틀거릴 권리에 대해 흥정하고」

발걸음을 옮기며 동물의 삶에 대한 생각이 골똘해졌다. E.
E. 커밍스의 『이것은 시를 위한 강의가 아니다』에서 읽은 짧은
시를 떠올렸다. 뱀이 꿈틀거릴 권리에 대해 흥정하거나 태양이
생활 임금을 받으려고 파업을 하는 경우는 현실에서 일어나지
않는다. 동물은 절대적 무(無)에서 나와 주어진 운명을 묵묵히
살다가 죽는다. 그게 동물적 본성의 실체다. 동물에게는 미래의
죽음에 대한 선험적 인지가 없고, 살아 있음의 목적 따위도 전
혀 필요하지 않다. 배고프면 먹잇감을 찾고 졸리면 잠드는 동
물로 사는 것은 그 자체로 완전하기 때문이다. 우리 '비동물적

인' 인류, 기만과 환상으로 가득 찬 '자아'라는 걸 갖고 사는 인간에겐 반드시 삶의 목적이 필요하다. 그래야만 비루함에서 벗어날 수가 있다고 믿기 때문이다.

정말 인간의 삶과 동물의 삶은 다른가? 다들 인간의 삶과 동물의 삶, 인간의 죽음과 동물의 죽음, 이 둘이 다르다고 생각한다. 하지만 포르투갈 작가 페르난두 페소아는 다른 얘기를 한다. "인간의 삶을 잘 들여다보면, 나는 동물의 삶과 다른 것을 찾지 못하겠다. 인간과 동물 모두, 자각하지 못하는 사이에 세계로 내던져지고, 짬짬이 즐거운 일들을 누리며, 날마다 똑같은 생물학적 필요에 따라 행동한다. 둘 다 그들이 생각하는 것 이상의 것을 생각하지 않고, 그들이 살아가는 것 이상으로 살지 않는다." 동물은 생물학적 필요 이상을 바라지 않는다. 동물은 식욕과 수면욕, 생식 욕구가 충족되면 그것으로 만족한다. 반면 사람은 그것을 넘어서서 또 다른 것을 갈망한다. 그들은 필요 이상으로 많을 것을 갈망할 뿐만 아니라 유달리 제 삶이 의미와 가치가 있기를 바란다. 바로 그런 까닭에 자기가 무지와 연루되어 있다는 사실을 수치로 여긴다. 인류 중 일부는 불멸을 갈망하고, 구원을 좇는다.

교하 들을 가로질러 심학산 자락에 있는 생선 구이 집에서 저녁 식사를 했다. 이 생선 구이 집에서는 갈치는 세네갈산이고, 고등어는 노르웨이에서 수입한 것을 구워서 식탁에 내놓는다. 우리는 영육으로 이루어진 생물인 탓에 빈 위를 채워야만 심신이 두루 평화로워질 수가 있다. 낯선 나라에서 온 생선 구운 것과 야채를 곁들여 밥 한 공기를 먹고 나자 몸과 마음은 느긋해졌다. 저녁 식사를 마치고 다시 교하 들로 들어섰을 때, 사방에는 옅은 어둠이 깔렸다. 벚나무들이 어둠 속에 초병(哨兵)처럼 서 있는 인도를 따라 걸었다. 바람이 불어 들 쪽으로 무성한 버드나무 가지들이 흔들렸다. 이 너른 들은 곧 아파트가 들어서며 공동 주거지역으로 개발되며 사라질 운명에 처해 있다. 이 변전과 유동의 운명이 교하 들만의 것은 아닐 테다. 우리 역시 어쩌다 파주 교하까지 흘러와 생활을 꾸리고 있지만 언제까지 이곳에 머물지는 알 수가 없다. 언젠가는 이곳에서 저곳으로 헤매며 떠돌아다닐 운명인 것이다.

나를 행복으로 이끄는 소리들

우리는 빛과 소리로 이루어진 세계에서 산다. 만물은 저마다 소리를 낸다. 낮밤을 가리지 않고 침묵의 벽을 뚫고 나오는 소리들. 소리는 만물이 저마다 살아 있다고 내는 기척이고 신호다. 우리 몸도 소리를 낸다. 배고플 때 위장에서 나오는 꼬르륵거리는 소리, 물이 식도를 타고 내려가는 소리, 기지개 켜는 소리, 웃음소리, 기침 소리, 방귀 소리, 심장이 뛰는 소리, 혈관에서 피가 급류처럼 흐르는 소리……. 사람은 누구나 어머니의 자궁 속에 있는 태아 시절부터 음향적 세계에서 산다. 어머니의 몸속에서 듣던 그 태초의 소리는 우리 무의식에 남는다. "그곳에선 피가 졸졸거리고, 물이 꾸르륵 소리를 내고, 위액이 꼬꼬댁거린다. 담즙과 젖빛 임파액이 좁은 길목에서 휘파람을 분다. 당신이 미역 감는 양수가 기분 좋게 찰랑거린다."• 이렇듯이 세상은 온통 소리의 향연 속에 있다. 소리는 청각을 울리는 모든 음향적 진동을 포괄하는데, 그것은 우리의 감정과 신체에 지속적으로 영향을 끼친다.

여섯 살 무렵 풍뎅이 목을 비틀고 뒤집어 놓으면 풍뎅이는 날개를 펴고 바닥을 쓸며 붕붕거렸다. 나는 풍뎅이가 붕붕거리며 공기를 진동시키는 소리에 귀를 기울였는데, 그게 잔인한 행동인 줄도 모른 채 그 놀이를 즐기곤 했다. 어쨌든 그토록 어렸을 때 내가 소리의 세계에 있음을 불현듯 깨달았다. 우리는 마음을 아련하게 하는 소리에 이끌려 귀를 기울인다. 아기를 재우는 어머니의 자장가 소리, 책장 넘기는 소리, 새벽 문 앞에 조간신문 떨어지는 소리, 젊은 여자가 크루아상을 씹고 양상추를 아삭아삭 씹는 소리, 대숲에 스치는 바람 소리, 바닷가를 맴도는 파도 소리, 낯선 지방을 지나다가 여관방에 들었을 때 늦은 밤 벽 너머에서 들려오는 낯선 이가 두런거리는 소리, 어머니가 부엌에서 도마에 칼질하는 소리, 아기의 옹알거림, 꽃 둘레에서 잉잉대는 벌의 소리, 풀잎 위로 미끄러지듯 스쳐가는 뱀의 기척, 참새가 포르릉 하고 날갯짓하는 소리……. 이런 소리는 마음을 고요하고 평온하게 이끈다.

마음을 사납게 만드는 소음은 청각적 압력이고 공격이다.

더 많은 에너지를 소비하길 장려하는 산업 사회 이후 세계는 더 많은 소음을 만든다. 도시의 인공물이 만드는 불협화음은 신경을 곤두서게 하고 짜증을 부른다. 심지어 공동 주택에서는 층간 소음으로 인한 불화와 시비가 폭행이나 살인으로 번지기까지 한다. 자동차가 시동을 거는 소리나 발작적으로 울리는 경적, 오토바이나 트럭 바퀴가 미끄러지거나 급정거하는 소리, 공사장에서 나오는 굴착기 소리, 이웃집 거실의 텔레비전에서 나오는 소리가 다 소음의 범주에 든다.

집밖을 나서 거리에 첫발을 내딛는 순간 소음이 우리를 포위한다. 걷는 것은 이 소음의 포위망을 뚫고 앞으로 나아가는 행위다. 종일 인파가 모이고 흩어지는 도시의 광장, 아케이드, 카페에서는 말소리가 소음으로 변해 웅웅댄다. 소음은 고막을 후벼 파고 신경을 곤두서게 하며, 결과적으로 내장, 심장, 혈관을 통제하는 자율 신경계에 과부하를 일으켜 불안과 두통, 정신과 질환을 유발할 수도 있다. 소음에 시달리며 살면 더 쉽게 불행해지는 이유는 도시에서는 누구나 항구적 소음 공해에 시달리는 까닭이다.

마흔 무렵 서울 살림을 접고 시골에 내려가 집을 짓고 삶을 꾸렸다. 집 뒤로 약수터를 품은 야산이 버티고 있고, 앞으로 넓은 저수지가 있는 경기도 남단의 시골이었다. 고라니가 수시로 출몰하고, 간혹 너구리도 나타났다. 시골에 들어와 살며 새삼 느낀 것은 이곳이 소음 공해로 찌든 도시와는 다른 신세계라는 점이었다. 낮밤 없이 시끄러운 도시 소음 속에서 시달리다 온 나는 시골의 고요와는 서먹서먹했다. 시골 밤은 한없이 고요해서 20데시벨의 가장 낮은 소리의 밀도로 빚어진 침묵이 어둠과 함께 공중에서 내려와 넓게 자리 잡을 때, 소음에 길들여진 내 청각 기관이 그 침묵을 못 견뎠다. 시골에 내려와서도 한동안 도시에서 살며 얻은 항구적 난청이라는 지병에서 벗어나지 못했다. 차츰 시골 생활의 즐거움에 빠져들고서야 비로소 내 청각 기관은 침묵을 오래된 벗처럼 다정하게 받아들였다.

시골 살림을 꾸리면서 깨달은 것은 자연의 소리가 마음을 고요하게 하는 바가 있다는 점이다. 봄에는 봄의 소리가 있다. 산골 계곡의 얼음이 녹아 흘러내려 가는 소리, 물가의 버드나무가 가지가 하루가 다르게 연초록으로 변할 무렵 땅을 촉촉하게 적시는 봄비 소리, 북방산 개구리가 하천에서 호르륵호르륵 우는 소리 — 처음 시골에 내려간 초봄에 들었던 그 소리가 밤새 울음소리인 줄 알았다 — , 공중에 높이 뜬 종달새의 우짖는 소리, 먼 산에서 우는 뻐꾸기 울음소리 따위다. 그 봄의 소리 속에서 땅에 떨어진 씨앗들은 새싹을 틔운다.

　여름에는 여름의 소리가 있다. 커다란 파초 잎에 빗방울이 후두둑 떨어지는 소리, 풋감이 가지에서 땅에 떨어지는 소리, 하늘이 야수처럼 으르렁거리다가 마침내 장대같이 쏟아지는 빗소리, 검은 구름장에서 내리꽂히는 번개와 우레 소리, 비가 그친 한낮의 매미 소리, 여름밤 무논에서 떼 지어 우는 개구리 울음소리, 새벽 예불 때 울리는 종소리……. 여름은 제가 품은 소리들로 풍성해진다. 집에서 가까운 숲은 녹음으로 울울창창해진다. 바람이 불 때마다 숲은 솨아솨아 파도 소리를 낸다. 숲속에서 귀를 기울이면 바람 소리 속에 텃새, 살무사, 도마뱀, 개구리, 다람쥐, 고라니…… 따위가 바스락대며 움직이는 기척을 들을 수 있다. 숲속에 사는 생물을 직접 볼 수는 없지만 그것들이 내는 작은 기척을 엿들을 수 있는 거다.

　가을에는 가을의 소리가 있다. 어렸을 때 시골에서 듣던 어머니의 다듬이질 소리, 낙엽 바스락대는 소리, 노랗게 잘 익은 모과가 모과나무에서 떨어져 구르는 소리, 저물녘 아궁이에 불을 들일 때 나뭇가지에 올라붙은 불이 타오르며 타닥타닥 하고 내는 소리, 외양간에서 슬프도록 큰 눈을 껌뻑이는 소가 머리를 움직일 때마다 울리는 워낭 소리, 개가 공중에 높이 뜬 달을 보고 공허하게 짖는 소리, 심야에 등불을 끄면 어두운 수풀 속에서 높아지는 풀벌레 울음소리……. 그 가을의 기척에 귀를 기울일 때 우리는 고독의 풍요 속으로 들어선다. 우리 자아는 고독한 가운데 스스로 깊어진다.

겨울에는 겨울의 소리가 있다. 동지 지나면서 초빙과 북풍이 겨울을 예고한다. 어둡고 춥고 축축한 겨울이 오면 해가 떠올라도 공기는 차갑다. 한해살이 초복식물은 덧없이 시들어 바스락거린다. 한밤중 얼어붙은 호수에서 나는 쩡쩡 얼음이 갈라지는 소리, 북풍이 내는 사나운 소리, 폭설 뒤 눈의 무게를 견디지 못하고 소나무 가지가 찢어지는 소리……. 겨울밤은 대체로 적막하다. 겨울밤이 내는 소리는 그 적막의 바깥으로 미끄러진다.

스무 살 무렵 나는 고전 음악에 빠져 살았는데, 그 시절엔 귀가 아니라 마음으로 음악을 들었다. 나는 음악에서 소리의 원형, 리듬의 음향적 완성을 느꼈다. 음악이라는 불후의 소리에 빠져 비참을 견디고 저 너머 내가 살아 보지 못한 아련한 세계를 동경했다. 이제는 내면의 고독 속에서 귀로 세계를 경청한다. 고막을 울리는 온갖 소리는 거기에 뭔가가 있음을 알린다. 귀는 단순한 청각 기관이 아니라 세계와 소통하는 정신 기관이

다. 자연에서 나는 소리는 세계의 그리운 기척이다. 그러나 도
시 속 소음은 생명의 가능성을 갉아먹고 소진시킨다. 나는 심
리적 염증을 낳는 소음이 아니라 마음에 내면적인 정일함, 즉
고요와 평안을 주는 자연의 소리 속에서 살고 싶다. 내가 도시
를 떠나 시골로 내려간 까닭이 바로 거기에 있었다.

---

* 크리스티안 생제르, 『우리 모두는
시간의 여행자이다』, 홍은주 옮김,
다른세상

일요일이 좋다

아침마다 시간에 쫓기며 출근하지도 않건만 나는 직장인이 업무에서 해방되는 일요일이 좋다. 일요일은 잠자리에서 한껏 게으름을 부리다가 느지막이 일어나서 늦은 아침 식사를 하는 게 좋다. 일요일엔 느긋해질 필요가 있다. 일요일은 빈둥거리며 고독을 발명하기 맞춤한 날이니까. 일요일에도 일하는 가게 주인들의 사소한 불행에 진심으로 연민을 느낀다. 날씨가 좋다면 밖에 의자를 내놓고 누구에게도 방해받지 않은 채 햇빛 아래 나른하게 지내고 싶다. 일요일의 커피와 고양이, 일요일의 슬픔과 빌리 조엘, 일요일 점심의 스키야키와 갑작스러운 이별들. 일요일은 덧없이 저문다. 일요일 밤의 어둠은 멜랑콜리를 동반한다. 이윽고 어둠이 사위를 삼킬 때 나는 속수무책으로 핏속으로 번져가는 종말의 아득함과 멜랑콜리에 취해 휘청거리겠지.

이 세상은 어머니와 아버지, 아침의 담배와 백일몽, 맥주와 막돼먹은 인간, 나쁜 소문과 우연들로 뭉쳐져 있다. 다른 사람은 어쩐지 모르지만 나는 뼈가 부러지거나 미친 적이 없었기 때문에 나쁜 일만 있었다고 말할 수는 없다. 운이 나빴더라도 이제는 어쩔 수 없는 일이다. 파주에 사는 날은 고요와 안녕이 씨실과 날실로 직조되건만 내면은 시끄럽다. 가만히 돌이켜 보면, 존재함은 햇빛이 비치던 날이건 눈과 비가 들이치던 날이건 늘 시끄러운 사건으로 가득 차 있다. 산다는 건 무수한 사건이 나를 뚫고 지나갔다는 뜻이다. 어떤 사건은 실수로 시작되었을 수도 있다. 내가 나로 태어나던 시각에 어떤 끔찍한 일이 있었는지를 기억하지 못한다. 하지만 태어남도 사건이고, 사랑도 이별도 사건이고, 언젠가 죽어서 화장되는 것도 생애의 중요한 사건이겠지. 내 죽음은 아시아에 속한 어느 국가의 인구수에 변화를 주는 일이고, 실존적으로는 한 존재가 무(無)로 회귀하는 사건이다. 내가 잉태되던 순간 우연을 가장하여 벌어진 사건은 내 죽음으로 인해 끝내 영구 미제 사건이 되고 말겠지.

온갖 음식으로 부양한 내 몸통이 그 모든 사건의 물증이고 현장이다. 그뿐만 아니라 나는 그 사건의 중요한 증인이다. 아무리 애써도 삶은 증거 인멸이 되질 않는다. 나는 시인으로 살아왔다. 계절과 기후, 편애와 갈망에 대한 시적 진술은 수수께

끼같이 모호하다. 시가 이상한 진술인 것은 그게 모종의 발단
과 파국에 대한 사후 진술이 아니라 전조이자 징후인 까닭이다.
생이 저기에서 우연으로 붕붕거릴 때, 불확실한 것에 윤곽과
형태를 주는 일의 아득함이여!

라면도 소울 푸드가 될 수 있나요?

종일 비가 뿌리고, 집 근처 산딸나무와 밤나무의 꽃이 피기 시작한 숲은 속절없이 비에 젖는다. 책상 앞에 앉아 일을 하다 보니 어느새 늦은 오후다. 아내는 외출하고, 집 안에는 정적이 돌았다. 나는 출출해져 냉장고를 뒤적이지만 마땅히 먹을 게 없다. 라면이라도 먹을까 하고 가스레인지에 냄비를 올리고 물을 끓인다. 물이 팔팔 끓을 때 라면을 넣고 파를 썰어 넣고 계란도 넣는다. 라면이 특유의 냄새를 풍기며 익어 간다. 라면 국물이 식도를 거쳐 빈 배 속으로 들어갈 때 나는 최소 비용으로 필요한 것을 손에 쥔 자의 평안과 기쁨에서 솟아나는 낙관을 즐긴다.

라면이 고상하고 품위 있다고 할 수는 없겠지만 만인에게 위안과 포만감을 베푸는 공평한 음식임에는 틀림없다. 밥과 반찬을 만드는 번잡함이 귀찮을 때 라면은 한 끼를 간편하게 해결할 수 있는 음식이다. 나이와 신분과 성별을 가리지 않고 누구나의 식욕에 균등한 맛과 양으로 부응하는 이것은 특히 혼자 사는 이들에게는 필수품이다. 나는 라면을 자주 먹는 편은 아니지만 어쩌다 라면을 먹을 때면 서러운 감정이 북받쳐 오른다. 연인에게서 납득할 수 없는 이유로 결별 선언을 당한 뒤, 혹은 장대비가 주르륵 내리는 우기 때 집 안에서 종일 뒹굴다가 배고프면 혼자 라면을 끓여 먹었다. 젓가락으로 라면 몇 가닥을 후루룩 입안에 넣고 우물우물 씹을 때 나도 모르게 서러워진 적이 여러 번 있는 것이다.

서른 해 전쯤 서울 외곽에 있는 감옥의 미결수 사동(舍棟)에서 황송하게도 법무부에서 끼니때마다 제공하는 '룸서비스'로 공짜 밥을 무려 두 달 동안이나 먹은 적이 있다. 뭐, 그렇다고 불신과 의혹의 눈초리로 바라볼 것까지는 없다. 그때 나는 30대로 자수성가한 출판사 사장이었는데, 한 대학교수가 쓴 소설이 문제가 됐다. 그게 인신 구속의 사유가 될 수 있을 거란 생각은 못했는데, 영장을 보니 '국가적 중대 사안'이라 구속할 필요가 있다고 적혀 있었다. 나는 이른바 '풍속사범'으로 분류되는 사동에서 예닐곱 명과 함께 슬기로운 수감 생활을 했다. 나이 서른을 넘긴 사내의 앞날이 마냥 꽃길이거나 주단 깔린 계단을 오르는 게 아님은 진작 눈치챘지만 인생이 이렇게 예측할 수 없는 커브를 돌아 내동댕이쳐지다니! 이런 막장 드라마는 너무한 거 아닌가요, 라고 분통을 터뜨리며 맞은 수감 생활 초반은 억울하고 서럽고 막막했다.

곧 싸락눈이라도 내릴 듯한 초겨울 오후, 서울 외곽에 자리 잡은 감옥 전체가 적막했다. 어디선가 까마귀 몇 마리만 깍깍거릴 뿐이었다. 내 인생을 쥐고 흔드는 신이 있다면 멱살을 잡고 따지고 싶은 기분을 억누르며 나는 겨우 책이나 읽고 있었는데, 한기로 팔에 오스스 소름이 돋았다. 그때 누군가 라면을 먹자고 솔깃한 제안을 했다. 뜨거운 물을 얻어 ─ 어느 나라든지 감옥은 화기를 쓸 수 없는 곳이다 ─ 면발을 담갔다가 건져 내 훈제 닭고기를 잘게 찢어 넣고 고추장에 비빈 것을 사이좋게 나눠 먹었다. 라면 몇 가닥을 씹다가 목이 메었다. 나는 어쩌다 지금 여기서 라면이나 먹고 있는가. 가슴팍에 수인 번호를 부착한 채 감옥에 갇힌 내 처지가 딱하고 서글펐다. 나는 속눈썹을 비집고 찔끔 나온 눈물을 닦았는데, 그것은 답답함과 자기 연민이 뒤섞인 복잡한 소회 때문이었을 테다. 어쩌면 그날 먹은 라면이 잊을 수 없을 만큼 감동적인 맛이었기 때문인지도 모른다. 어쨌든 그 라면은 내 평생 먹은 것 중 기억에 남을 만한 음식이었다. 누가 뭐라고 해도 그 라면은 내 인생의 '소울 푸드'였다.

물은 내 태고의 고향이다

나는 물을 좋아하는 사람이다. 어린 시절에는 내에 나가 물고기를 좇으며 놀고, 어른이 되어서는 바다가 보이는 곳에 집을 짓고 살기를 바랐다. 마흔 무렵 큰 저수지 근처에 집을 마련한 것도 그런 이유에서다. 내가 본 바 물은 봄에 잔잔하고, 여름에는 거칠게 일렁이고, 가을엔 다시 고요해지고, 겨울엔 얼어붙어 깊은 침묵에 든다. 물가에 사는 동안 자주 물의 변화무쌍함과 아름다움에 감탄했다. 공자 역시 물을 좋아했던가, 자주 강가에 서서 물을 바라보며 "물이여, 물이여!"라고 감탄했다. 안성 금광저수지 가에 지은 집에 살 때 한동안 종일 물을 바라보며 지냈다. 그리고 물에서 촉발된 상상력으로 빚은 은유로 된 시를 묶어 『물은 천 개의 눈동자를 가졌다』라는 시집을 냈다. 나는 이 시집을 내 여러 시집 중에서도 각별하게 생각한다.

2013년 여름, 한 방송사 스태프들과 〈지중해 인문학 기행〉이라는 프로그램을 촬영하러 터키와 그리스를 찾아갔다. 우리는 이스탄불에서 출발해서 에게해 연안을 따라 남쪽으로 1천 킬로미터쯤 이동하면서 촬영했다. 한여름 작열하는 태양으로 대지는 타오르는 듯하고, 공기는 뜨겁고 건조해서 숨이 막혔다. 태양 아래 에게해 연안의 무화과나무와 포도나무의 둥근 열매에는 단맛이 밸 테다. 트로이, 베르가마, 에페소스, 파묵칼레를 차례로 지난 뒤 터키 일정을 마치고 로도스섬을 통해 그리스 영토로 진입했다. 아름다운 크레타섬과 산토리니섬을 경유해서 아테네로 건너가는 긴 여정 동안 내 기억에 남을 만한 것은 고대 유적지와 더불어 여행 내내 작열하는 태양과 건조한 날씨였다.

　우리는 더위와 싸우며 한 달 동안 고대 유적지들을 돌며 촬영을 진행했다. 한나절 촬영이 끝나면 온몸이 땀범벅이 되어 널브러졌다. 이때 들이켠 차가운 물 한 잔의 고마움! 몸 안에 들어온 물은 차고 달았다. 물은 메마른 대지를 적시듯 몸 구석구석에 돌며 생기를 채웠다. 촬영이 끝나고 그늘에 들어서면서 모두들 '아, 물!' 하고 부르짖었다. 이때만큼 타는 목마름을 해결해 주는 물 한 잔이 주는 기쁨과 행복을 만끽했던 적이 없다.

물은 하늘에서 떨어지고, 땅의 원천에서 솟는다. 이 물은 흘러 내[川]를 이루고, 내가 모여 넓은 강을 이루며, 강물은 바다로 흘러든다. 상상하기조차 끔찍하지만 물이 없다면 어떤 생명도 존재할 수 없다. 지구가 다른 행성과는 달리 생명체로 번성할 수 있었던 까닭도 순전히 물 덕분이다. 아울러 우리 몸은 태반이 물이다. 피, 땀, 오줌, 정액 따위의 성분이 물이다. 인체의 70퍼센트가 물이라니, 지구에 사는 70억 하나하나는 제 안에 작은 바다를 갖고 사는 셈이다. 우리는 걸어 다니는 작은 바다다!

인류 초기의 거주지가 강을 따라 형성된 것은 물이 사람이 살아가는 데 불가결한 요소임을 드러낸다. 사람은 물을 마시고, 밥을 짓고, 몸을 씻으며, 물과 더불어 살아간다. 새와 들짐승과 사람은 물에 기대어 생명을 잇는다. 새와 들짐승과 사람은 물에 잇대어 있고, 생명을 받아 사는 것들은 다 물의 문중이다. 물은 흘러서 대지를 적시고 씨앗의 발아를 돕고 줄기를 뻗는 식물의 성장을 돕는다. 물은 심미적 관조의 대상이고, 생명의 기초 조건일 뿐만 아니라 생활과 경제를 일구는 기초 자원이다. 예로부터 좋은 정치와 나쁜 정치는 이 물을 어떻게 관리하고 다스릴 것인가에 의해 결정되었다. 물이 사람의 실생활에 미치는 영향은 그만큼 막대했던 탓이다.

물은 항상 낮은 곳으로 흐르고, 그 흐름이 그치는 법이 없다. 물은 부드럽고 약하지만 바위를 뚫고 산을 무너뜨린다. 동양의 철학자들은 이런 물을 탐구하고 물의 성질에서 인간 보편의 원리를 찾아냈다. 물에서 영감과 지혜를 얻은 한 현자는 "물은 땅의 피요, 기(氣)다"라고 말했다. 공자 역시 물의 흐름을 굽어보며 "지나가는 것이 다 이와 같구나. 밤낮으로 그 흐름이 끊기지 않는구나."라고 했다. 노자는 "최고의 선은 물과 같다. 물이 선함은 만물을 이롭게 하지만 다투지 않고, 만인이 싫어하는 낮은 곳에 거처하는 것이다. 물은 도와 가깝다."라고 했다.

지구가 생명체를 부양하는 초록별이 될 수 있었던 것은 생명 기반이 되는 물이 풍부한 덕분이다. 인류는 더도 덜도 아닌 물 사용자이고, 생명을 가진 모든 것은 물에 기대어 산다. 물은 아무것도 하지 않지만 그 무위(無爲)함으로 만물을 이롭게 한다. 그래서 동양의 현자들은 물과 도를 하나로 겹쳐 본다. 내 영혼이 불멸의 바다를 항상 그리워하는 것은 내가 물로 된 존재이고, 나아가 물이 내 본성에 각인된 태고의 고향이기 때문이리라.

'탐라'에서 사는 꿈

나는 인생의 어느 시기에는 제주도에서 살고 싶었다! 그 꿈은 오랫동안 간절했다. 서른 몇 해 전쯤 처음 제주도를 방문했는데, 그때 만난 이국적인 섬의 첫 느낌이 좋았다. 제주도에서 마주친 말과 음식, 사람과 풍경이 내륙과는 달랐다. 제주도에 머무는 동안 빛과 바람, 숲과 바다와 오름을 보면서 아, 여기서 살고 싶다, 라는 갈망이 돋았다. 내 영혼 어딘가에 조랑말, 비자나무 숲, 귤나무 가지마다 휘어질 듯 매달린 황금빛 귤, 해질녘 오름의 풍경, 밤새 고막을 때리는 쓸쓸하고 청량한 파도 소리가 각인되었다.

서른 몇 해 전 여름, 나는 서울의 한 출판사에서 편집장으로 일했다. 제주도로 출장을 떠났다. 원고를 받아야 할 작가가 제주도에 살고 있었다. 서울 강남에 거주하던 작가가 갑자기 가족을 이끌고 제주도로 내려간 것이다. 거액의 계약금을 건넸지만 작가는 번번이 약속을 어겼다. 나는 회사의 요청으로 작가의 사정을 살펴볼 겸 출장을 떠난 것이다. 나는 그해 여름을 제주도에서 보냈다. 옆에서 지켜보니, 한창 유명세를 타던 작가는 정말 바빠 보였다. 새 소설을 건넬 수 있는 구체적 일정을 제시하지 못했다. 나는 제주도에서 하릴없이 빈둥거리다가 빈손으로 돌아와서 사표를 썼다. 출판사 대표는 만류했지만 나는 그 작가의 전속 계약에 대한 책임을 지는 게 옳다고 생각했다. 나는 출판사를 나왔다. 그때 처음으로 제주도에서 살고 싶다는 작은 갈망이 민들레 씨앗처럼 내 마음에 안착해 뿌리를 내렸는지도 모른다.

10년쯤 뒤 출판사를 경영하며 여윳돈이 생겨 제주도 남쪽 지역의 바닷가에 신축하는 아파트 계약금을 치렀다. 하지만 여러 사정으로 분양 계약을 철회하고 제주도로 입도하는 꿈을 뒤로 미룰 수밖에 없었다. 그 직후 삶은 예기치 않은 방향으로 큰 커브를 그리며 거친 소용돌이를 겪었다. 나는 필화 사건에 연루되어 구속되어 구치소에 갇혔다. 짧은 기간 동안 수감 생활을 했지만 그 여파는 컸다. 나는 하루하루 도무지 앞날을 예측할 수는 인생의 변곡점을 지나고 있었다. 그때도 나는 세면도구만을 챙겨 비행기를 타고 제주도로 내려갔다. 아무 연고도 없는 제주도 서귀포에서 누군가의 집에 얹혀 지내며 남은 인생을 어떻게 살 것인가를 고민했다. 가정은 풍비박산이 났다. 내 삶은 암중모색하는 세월로 진입했다. 그 시련을 견디고 나는 살아남았다. 덧없이 굴곡이 많은 세월이 흘렀건만 여전히 내륙의 삶을 접고 제주도로 내려가 살겠다는 꿈을 포기하지 않았다.

제주도의 한적한 바닷가에 햇빛이 넘치는 밝은 집을 마련하고 소박한 여행자 도서관을 짓고자 한다. 그동안 모은 책이 꽤 되니, 이 장서가 어떤 이에게는 도움이 될 수도 있을 테다. 그곳에서 책과 음악을 벗 삼고, 날마다 바닷가를 지치도록 걷고자 한다. 마당에 모란과 작약을 키우고, 순한 삽살개를 한 마리쯤 기르고 싶다. 저녁 어둠이 내리면 방에 램프를 켜고 두꺼운 철학 책을 읽는다. 햇빛이 좋은 날엔 바닷가에 나가 한나절 내내 낚싯대를 드리우고 앉았다가 돌아온다. 생선은 낚아도 좋고 한 마리도 낚지 못한 빈손이어도 상관없다. 봄이 오고, 여름이 오고, 가을이 오고…… 나는 단순하고 금욕적으로 살 테다. 무엇보다도 나날의 고요와 행복을 놓치지 않을 테다. 거창한 꿈을 꾸는 게 아니다. 내가 꿈꾸는 것은 햇빛과 바람, 책과 음악이 있는 공간, 그 속에서 사랑하는 이들과 누리는 나날의 작은 안녕과 고요, 그것뿐이다. 하지만 이 소소한 꿈이야말로 얼마나 거창한 것인가!

나는 고독을 갈망하지만 그 고독에는 어떤 불행이나 모욕의 그림자가 드리우고 그것이 자라는 것을 용납하지 않으리라. 어쩌면 제주도는 조촐한 살림을 꾸리기에 적당한 장소이고, 고독의 축성(祝聖) 속에서 심령의 안정을 되찾는 기회를 주리라. 더는 생산성과 효율성에 매여 가속화된 삶의 속도를 늦추고 쫓기는 듯 살지 않을지도 모른다. 해가 뜨기 전에 일어나 무언가를 읽고 쓰는 생활을 이어 가리라. 내가 책을 편애하는 습관은 그곳에서도 이어지리라. 비자림, 산굼부리, 우도, 성산포, 한림, 애월, 협재 등을 찾아 부지런히 돌아다닐 테다. 그리고 제주도의 작은 식당들을 찾고, 밤하늘 가득한 별과 하현이나 상현의 달을 머리에 이고 침묵을 벗 삼으며, 촌음을 아껴 가며 읽고 쓸 것이다. 나는 '탐라'에서 살며, 밤에는 가끔 어린 시절의 시골집과 고양이가 나오는 꿈을 꿀 테다.

내일부터는 행복한 사람이 되겠습니다

5월 하순은 이미 여름의 문턱이다. 산들바람이 부는 저녁 —천국이 있다면 그곳의 날씨는 5월 날씨와 닮았으리라—, 파주교하의 소택지를 산책하다가 어느 집 대문에 탐스러운 흰 불두화가 흐드러지게 펴 늘어진 걸 보았다. 어린 시절 꿈 중 하나가 마당이 있는 이층집에서 사는 것이었다. 30대 때 운이 좋아 그 꿈을 이뤘다. 서울 강남에 너른 마당이 있고, 대문 앞에 열매가 많이 열리는 대추나무가 있는 이층집을 샀다. 정작 이층집을 갖긴 했으나 일에 매달리느라 행복을 누릴 겨를이 없었다. 내 좁은 마음에 지옥이 웅크리고 있었다. 마음이 늘 사나웠고, 고요하지 못했다. 인류의 사상을 다 품은 듯했으나 내 인격은 졸렬하고 비루했다. 봄이면 나무마다 새잎이 돋고, 새들이 나무에 날아와 지저귀며, 자두나무에는 자두 열매가 익는데, 나는 자주 불행했다.

새끼들을 살뜰하게 키우고 싶었다. 하지만 그렇게 살지 못
했다. 삶은 내 뜻과는 달리 급류같이 흘러갔다. 아이들은 제멋
대로 자라서 다 품 안을 떠났다. 살뜰하게 품지 못하고 흘려보
낸 지난날을 돌이키자면 쓸쓸하기 짝이 없다. 산책 내내 마음
에 납을 얹은 듯 울적했다. 한 시간쯤 산책을 끝내고 동네 카
페에 와서 커피를 마셨다. 진실한 벗이 있다면 그를 붙잡고 물
어보고 싶었다. 친구여, 왜 인생은 지나간 뒤에야 비로소 알 수
있는 것일까? 왜 후회 속에서만 참다운 인생의 길이 보일까?
그 대답을 해 줄 진실한 친구는 멀리에 있다. 우리는 밤이 밤인
줄도 모른 채 불멸의 시간 속을 가로지르며 건너가는 중이다.
카페 창밖으로 어둠이 밀려오는 걸 우두커니 지켜보다가 일
어섰다.

초저녁 하늘에 파릇한 풀포기 돋아나듯이 별이 떴다. 그
별들을 머리에 이고 집으로 터벅터벅 걸어 돌아오는 중이었
다. 1989년 3월 26일 철로에 누워 자살한 하이즈라는 중국 시
인의 시「바다를 마주하고 따뜻한 봄날에 꽃이 피네」가 떠올
랐다.

내일부터는 행복한 사람이 되겠습니다
말에게 먹이를 주거나 장작을 패거나 세상을 돌아다니겠습니다
니다
내일부터는 양식과 채소에 관심을 기울이겠습니다
바다가 보이는 집, 따뜻한 봄날 꽃이 핍니다

내일부터는 모든 친척들에게 편지를 쓰겠습니다
그들에게 나의 행복을 알리고
그 행복의 번뜩임이 내게 알려 준 것들을
모든 이에게 알리겠습니다

모든 강줄기 모든 산봉우리들에게 이름을 지어 주고
낯선 이들의 축복도 빌겠습니다
당신의 앞날이 찬란하길 바라고
당신에게 사랑하는 이가 있다면 부부가 되길 바라며
당신이 이 티끌세상에서 행복하길 바랍니다
나는 그저 따뜻한 꽃 피는 봄날 바다를 마주하길 바랍니다

나는 말에게 먹이를 주거나 장작을 패거나 세상을 떠돌아
다니지 못했다. 강줄기나 산봉우리들에게 이름을 지어 준 적
도 없다. 나는 겨우 삶의 혼돈 속에서 밥을 축내고 불행의 의

상(衣裳)을 걸친 채 죽음의 두려움에 떨며 가을과 겨울의 밤들을 보냈을 뿐이다. 오, 저기 봄날의 바다와 여름의 산들을 두고 행복을 몰랐다. 모든 책임은 내 어리석음에 있다. 내가 누린 그 많은 찬란한 불행은 모두 그 어리석음 때문이다. 멀리 있는 당신에게만 알립니다. 이제 나는 내일부터 행복해지겠습니다.

웃고, 슬퍼하며, 노래하라

과거에 견주자면 사소하고 확실한 행복을 찾으려는 삶의 태도는 최근 주목할 만한 흐름을 이루는 듯 보인다. 이것은 공허한 행복이 아니라 손에 쥐고 실감할 수 있는 행복에 제 삶을 비끄러매려는 태도와 연관된다. 영화 〈꾸뻬씨의 행복 여행〉은 사소하고 확실한 행복을 보여 준다. 감독 피터 첼섬은 행복의 비밀을 풀기 위해 여행을 떠나는 한 정신과 의사를 통해 동화 같은 '행복론'을 펼쳐 낸다. 감독은 행복이 남과 자신의 처지를 비교하지 않는 것, 자신의 좋아하는 일을 하는 것, 온전히 살아 있음을 느끼는 것, 가족과 함께 맛있는 음식을 먹는 것, 소명에 응답하는 것, 알려지지 않은 아름다운 산속을 걷는 것이라고 말한다. 주세페 토르나토레 감독의 〈시네마 천국〉도 무슨 일이든지 자기 일을 사랑하는 데서 행복을 찾을 수 있다는 아주 또렷한 전언을 보여 준다.

가난한 시인 천상병은 「행복」이란 시에서 "나는 세계에서 가장 행복한 사나이다"라고 호기롭게 외친다. 그 행복의 근거로 집, 아내, 막걸리, 무자식, '하나님이란 빽'을 든다. 한마디로 집과 아내가 있고, 시인이라는 명예가 있고, 막걸리 마실 용돈이 있으니 부족한 게 없다는 말이다. 어쩌면 누구보다 더 참담한 불행의 조건에 처해진 시인의 입에서 터져 나온 말이니 동양적 자족의 철학에 바탕을 둔 초긍정주의 행복론은 기이한 감동을 남긴다. 사치와 환상을 좇는 것을 행복이라고 말하는 사람도 있지만 잘못된 생각이다. 사치와 환상은 행복의 실체가 아니라 포장지에 지나지 않는다. 물질을 바라고 구하는 것, 물질의 규모를 키우는 삶은 결코 우리를 행복으로 이끌지 못한다. 철학자 스피노자는 "모든 불행과 정신적 고뇌의 원인은 정신이 물질에 대한 애착과 결부되어 있고 불가능한 것을 가지려고 하는 데서 비롯된다."라고 정곡을 찌른다. 우리 정신이 물질을 탐하는 한 행복은 가까이 오지 않는다. 도리어 어떤 불행과 고뇌는 물질에 대한 집착에서 비롯한다. 물질에 매인 정신만큼 끔찍한 것은 없다. 탐욕은 자기를 삼키고 이윽고 타인마저 삼킨다. 탐욕에 빠진 정신은 흉측한 괴물로 변해 이웃을 고통스럽게 만든다.

지금 세계에는 기아와 살인과 재난에 둘러싸인 채 불안과 절망 속에서 허덕이는 사람은 얼마나 많은가. 또한 삶은 얼마나 짧고 비천하며 슬픈가! 불꽃은 아름답지만 곧 차갑게 식은 재로 변한다. 꽃은 화사하지만 이내 시들고, 달은 둥글게 차올라 빛나지만 곧 야윈다. 인생에서 아름다움은 금세 퇴색하고, 젊음은 빨리 지나가며, 모든 사랑은 시든 꽃이 지듯 사라진다. 곁에 영원히 머무를 것 같던 친구도 언젠가는 떠난다. 우리는 혼자 남아 자기 삶을 견뎌야만 한다. 삶은 행복보다는 견뎌야 할 것, 늘 초극(超克)을 재촉하는 그 무엇이다. 우리 삶을 직조하는 씨실과 날실은 불행과 슬픔이다. 우리는 늘 삶이 펼쳐 놓는 비극과 불행에 맞서 싸운다. 그 싸움에 이겨야만 행복은 겨우 한 줌의 안식으로 다가올 뿐이다.

러시아의 대문호 톨스토이가 쓴 『안나 카레니나』의 "행복한 가정은 고만고만하지만 무릇 불행한 가정은 나름나름으로 불행하다."라는 첫 문장은 널리 알려져 있다. 이 문장은 모든 행복과 불행이 가정에서 비롯된다는 중요한 암시를 함축하고 있다. 단란한 가정은 험한 폭풍우 치는 세상의 유일한 피난처이자 안식처다. 불행을 안고 있는 가정에서는 행복할 수 없다. 사랑은 음습하고 사악한 불행의 그림자를 물리친다. 그런 까닭에 사랑으로 이룬 가정은 지상 천국이다.

행복은 공허한 삶의 저 반대편에 있다. 행복은 고귀한 야 망이자 찰나의 몽환, 강렬한 감정, 불가능한 도취이기도 하다. 행복을 "긍정적인 감정의 전율"이라고 할 수 있다면 그 실감 은 어떤 느낌일까? 작가인 벵상 세스페데스는 이렇게 말한다. "행복을 느끼는 순간, 나는 알 수 없는 신비한 힘이 나를 충만 하게 채우는 듯한 기분에 사로잡힌다. 마치 나의 육신이 땀구 멍 하나하나를 통해 세계를 흡입하며, 그 과즙을 빨아먹고 있 는 듯한 기분에 휩싸인다."* 행복을 느끼는 사람은 세계를 빨 아들이며 자기의 자아를 한껏 확장시킨다. 슬픔이나 불행이 삶을 축소하고 해체한다면 행복은 충만 속에서 자기 존재를 세계 저편으로 확장한다. 벵상 세스페데스는 다시 우리에게 이렇게 묻는다. "맑게 갠 날, 더 이상 우리가 저 둥그스름한 지 평선을 바라보지 않게 된 것은 대체 언제부터일까요?"* 아마 바로 그 시점부터 우리는 행복을 누릴 수 있는 권리와 능력을 상실하는지도 모른다.

행복은 물질적 형편의 문제가 아니라 사소한 것 속에서 느 끼고 향유하는 능력에 깃드는 무엇이다. 살아 있음 자체에서 순수한 기쁨을 느끼고, 그것이 지속되리라는 신뢰 속에서 만끽 하는 감정이다. 행복은 늘 작고 단순한 것 속에 있다. 나를 행복 으로 이끄는 것은 새소리에 잠 깬 여름 아침, 자두 한 알, 탁 트여 빛나는 바다, 깊은 숲이 있는 산속 고요, 대숲에 사락거리는 바람 소리, 아름다운 시로 가득 찬 시집 한 권, 갈증 날 때 차가운 물 한 잔, 모르는 여인의 친절한 미소, 누군가의 배려와 호의, 우정, 건강한 정신과 신체, 숙면, 산책, 따뜻한 담요, 여행지에서의 기분 좋은 일박…….

내 경험에 따르자면 누구나 꿈꾸는 만큼만 행복해질 수 있다. 더 많이 꿈꿔라! 타인의 고통에 공감하는 능력을 가진 사람, 매혹적인 것을 쟁취하기 위해 거침없이 뛰어드는 사람, 두려움 없이 자기 꿈을 향해 나아가는 사람은 행복해질 수 있다. 행복을 좇지 마라. 우리는 이미 행복하다. 다만 그 행복을 행복으로 느끼고 누리지 못할 따름이다. 행복을 갈망하며 그 뒤를 좇는 순간보다는 그것을 느끼고 경험하는 게 더 낫다! 행복이 무거운 짐이 되어서는 안 된다. 먼저 행복에의 강박증을 내려놓아야만 한다. 많은 심리학자, 철학자, 정신과 전문의 들은 행복이 여기 있다, 저기 있다고 말을 하지만 행복은 정작 가장 가까운 곳, 즉 내 자아와 내적 질서 속에 숨어 있다. 그것을 찾아서 느껴라! 불행한 사람은 불행을 더 크게 받아들이고, 행복한 사람은 행복을 더 크게 받아들인다. 불행과 행복은 그것을 받아들이는 사람의 마음에 따라 달라진다. 주위를 둘러보면 행복한 사람은 늘 행복하고 불행한 사람은 늘 불행하다. 왜 그럴까? 사람에게는 저마다 타고난 행복의 기질이나 불행의 기질이 있는 것 같다. 행복한 사람은 자기가 누리는 것을 더 크게 보고 그 기쁨을 키우는 반면 자기 불행의 요인은 작게 바라본다. 반대로 불행한 사람은 자기 행복은 축소하고 오직 불행만을 현미경으로 확대해서 보며 괴로워한다. 지금보다 더 행복해지고 싶다면 자기가 쥐고 있는 것의 가치와 의미를 더 크게 보라!

내 어린 시절 기억은 칙칙하다. 그것은 가난의 참담함이나 무능한 아버지에 대한 실망과 분노에 연관되어 있다. 그 칙칙함은 어렸던 내가 시난고난한 세월을 헤쳐 나오며 느꼈던 불행의 색채였으리라. 나는 가난으로 인해 갈망하는 것을 포기했다. 어렸을 때 평생 일하지 않고 무위도식하며 산다면 행복해지리라고 상상했다. 그때는 부족함이 없는 삶이 쉽게 진절머리 나고 지겨워진다는 사실을 몰랐다. 30대 때 출판사를 운영하며 꽤 큰돈을 쥐었으나 행복하지 않았다. 내 인생은 겉보기에 물질의 풍요로 화사했지만 내면은 빈곤하고 암울했다. 일에 내몰리며 영혼은 고갈되어 생기발랄함을 잃고 기쁨은 바닥을 드러냈다.

한때나마 나는 전전긍긍하며 행복을 좇아 살았던가! 부자가 되면 행복해질 것이라는 믿음으로 열심히 돈을 벌었다. 더 큰 집을 사고, 더 좋은 자동차를 탔다. 비싼 음식을 사먹고, 더 좋은 옷을 걸쳤지만 내가 바라는 행복은 오지 않았다. 행복이 야망으로 바뀌는 순간 행복은 내게서 멀어져 갔다. 내가 갈망하는 일을 할 때 행복해진다고 믿었으나 그 생각은 틀렸었다. 헤르만 헤세는 이렇게 말한다. "그대가 행복을 좇고 있는 한 행복에 다가서지 못한다. 그대가 갈망하는 바를 버리고 이미 목표도 욕망도 없고 행복에 대해서 더 이상 말하지 않게 되었을 때 세상의 거친 파도는 그대 마음에 미치지 않고 비로소 안식을 얻는다." 행복은 파랑새와 같다. 좇아가면 파랑새는 멀리 날아간다. 파랑새가 스스로 우리에게 날아와 깃들게 해야 한다. 그러니 애써 행복을 좇지 마라.

행복한 사람은 잘 웃는다. 웃음은 내 안의 생기와 맥동(脈動)하는 기쁨을 밖으로 밀어내는 것이다. 그것은 자기만족과 기쁨의 표현이다. 삶을 견디고 더 많이 웃어라! 지혜로운 사람은 행복해서 웃는 게 아니라 행복해지기 위해서 웃는다! 화목한 가정을 이룬 사람, 자기가 좋아하는 일에 미친 듯이 몰입하고 깊이 잠들 수 있는 사람, 누군가를 사랑하는 사람, 자기 일에서 보람과 기쁨을 느끼는 사람이 행복하다. 행복은 복잡하지 않다. 그것은 믿기 힘들 만큼 단순하다. 무엇보다도 행복한 사람은 자기다움을 찾고 그 삶에 충실한 사람이다. 본연의 자기를 찾는 과정에서 소박하게 먹고, 욕심을 비우고 천진난만한 마음으로 살며, 타인과 더불어 즐거워한다. 그렇게 하루하루를 기쁨과 보람으로 채우는 삶에 행복의 파랑새는 날아와 깃들리라.

---

* 뱅상 세스페데스, 『행복에 관한 마술적 연구』, 허보미 옮김, 함께읽는책
* 앞의 책